文創風

love.doghouse.com.tw

文創風
love.doghouse.com.tw

狗屋硬底子，臺灣文創軟實力，原創風格無極限！

文創風 010

# 青瓷惜夢

二之一〈死生契闊〉

琴瑟靜好 著

文創風 011

# 孝嘉皇后

二之一

〈一任群芳妒〉

台城柳 著

# 目錄

# 第一章 生病

家裡設了學堂，請了師傅，弘昌到了上學的年紀，便也乖乖地去了，但畢竟還是孩子，心裡總是有太多想玩的情緒，經常偷偷溜出來在我院裡躲上一陣子。

這日，又拿柳枝編了個帽兒戴在頭上就跑進了院子，還沒進來就聽見喊我「額娘、額娘！」的聲音。

我與杏兒相視一笑，放下書等候他進來。我正襟危坐，他嘻嘻笑著喊：「兒子又來了。」

「還好意思說？小心你阿瑪知道。」

他搖著腦袋說：「額娘不知道，那老夫子說話忒迷糊，剛說了前頭的，下句還是前頭的，四、五句過去就愣是沒變過，咳，他還說得挺樂呵，兒子真是受罪。」

杏兒一聽，撐不住就笑了，我也微笑著給他出主意。「趕明兒給他提提意見，讓他改改。實在不行，讓暖暖也去學堂吧，還能跟你做個伴兒，省得悶。」

弘昌趕忙說：「別，女子哪有上書房的道理，暖暖不唸書也好，學著做您就行了。」

外面小廝突然報胤祥來了，慌得弘昌亂了手腳，拉著杏兒的袖子就喊：「杏嬤嬤，快帶我躲躲，快呀，阿瑪來了！」

正說著呢，胤祥就進了屋，板著臉道：「你還要往哪兒躲？」

弘昌行了禮，膩在我身邊就是不敢過去。「讓師傅找到我書房裡去，你還真是好本事。」胤祥坐在凳上沈沈教訓他。

我笑了。「杏兒，帶大阿哥出去吧。」

弘昌高興地看了我一眼，就趕緊跟著她走了。

我笑著走向胤祥。「實在不行，就換個師傅吧。」

他莞爾。「妳倒是會做好人。」

「那當然，弘昌從小把我當親生額娘看，我自然要幫他的。」

他笑著點了點我的額頭，就不再苛責我，沈思了半天道：「我倒與這師傅交談過幾次的，確實有些問題，難怪弘昌這樣，再讓張嚴去找合適的吧。」

兩個人正說著呢，素慎按照日常禮數過來給我請安，見了胤祥拿捏有度地笑了笑。她行了禮道：「爺，真巧，沒想到能在福晉這兒看見您。」

胤祥微微點了點頭，轉頭跟我笑了。「妳好好的吧，晚上來趟書房，我有話跟妳說。」

我應了，他便要出去。

素慎低頭送了他，再抬起頭來依舊波瀾不驚，笑得很是得體。「爺跟福晉感情真好。」

康熙五十二年弘晈出生，我與胤祥的第二個兒子。

康熙五十三年和惠出生，我與胤祥的第二個女兒，因著與容惠格格的約定，我對她的感情太是不尋常，我信緣分，也信宿命，所以我固執地認為她就是容惠的轉世。

弘曕的身體一直不是很好，總會時不時地咳嗽，小小的孩子因為病痛卻變得懂事起來。我經常坐在他身邊笑看他，他伸手緊緊攥著我的指頭道：「額娘，等兒子大了，能應承家裡的事了，額娘就能天天陪兒子說說話了。」

我像被巨物堵住了喉嚨，一陣難受，摸了摸他的額頭才開口道：「曕兒真是懂事，今兒都幹了些什麼？」

「背了《大學》，阿瑪教的。」

我微微嘆了口氣，他不像弘昌，不能四處跑跳。這孩子感覺到了我的情緒，看著我立即道：「額娘別傷心，兒子過兩天就能下床了，到時去跟額娘一塊玩兒。」

我忍著淚看著他，又是個胤祥，善解人意，溫和多情。

……

天氣漸漸暖了起來，園子裡的花草樹木都欣欣然一片向榮，石塊甬路也鮮活可愛。

我心情大好，剛看完弘曕，在去探望和惠的路上，拐了個彎兒去練武場看了看，卻不經意地發現素慎在裡面，面容精狠，身姿窈窕，挽弓搭弦。箭剛一離弦，刺破凝滯的空氣，風聲彷彿也被劃了個口子，「錚」的一聲便落在靶心處！

看著還在上下擺動的箭尾白羽，我不自覺地就拍了手。「真好。」

她驚訝地轉身看見了我，稍有呆滯，立即又靦覥地笑了。「讓福晉見笑了。」

我笑著走過去，真心道：「妳看起來這樣嬌滴滴的小姐，沒想到居然有這個本事。」

她也淺笑著低頭回話。「在家中阿瑪曾經教過一些的，只學了些皮毛，姊姊別笑話我了。」

我也不知道是為了什麼，總覺得這女孩子特別壓抑，總藏著說不完的心事。

她又恭敬地笑著對我說：「福晉也試試吧？」

我擺手。「不行不行，我只能在三步以內射中，以前經常被笑話的。」

「被他笑話嗎？」她突然緊盯著我，眼裡的寒氣盡力掩飾卻也遮不住。

我一愣，無意識地開口。「不是，被我哥哥。」

待我說完，她便笑著低下了頭，還似平時敬恪的樣子。

出了練武場，我有些不安，就道：「杏兒，妳相信嗎？我怕她。」

杏兒一驚，抓了我的手著急地問：「她對您怎麼了？格格為什麼這麼說？」

看著她緊張的樣子，我不好意思起來，向她扮了個鬼臉。「女人的直覺。」

剩下她愣在原地一陣子，緩過神來趕忙追上我，惱道：「格格怎麼可以這樣？」

……

和惠的口水淌了一脖子，這麼小的孩子只會哼哼呀呀的，我把手伸給她，小小的手掌只能攥住我的食指，她就這樣緊緊攥著，我心裡一片通明，親情的血液在一大一小兩人之間汩汩流動。

容惠，我想她真的是妳，我別無他願，只要妳幸福地活下去。

晚膳，我沒有跟大家一起吃，天氣太熱，沒有胃口，只讓杏兒吩咐廚房做些清淡的。正吃著呢，外面小丫頭就喊：「主子，爺來了。」

我放下了碗，看胤祥進來，似乎已經兩、三天還是三、四天不見了，我跟胤祥成親多久了？七年還是八年？怎麼總覺得時間像流水帳一般，幾個時間點一串，眨眼間就過來了？

他進來吩咐：「再添副碗筷。」看著我碗裡的東西道：「我跟妳一起吃。」

我忍不住笑了笑。「在外頭沒吃飽嗎？」

他莞爾不語，半晌後突然問我：「書房怎麼也不經常去了？」

「您看的書太晦澀，我見了就暈，不願去。」

他笑。「妳倒實在，明天過來，幫我把書目謄一下。」

我噘嘴不滿地道：「一個張嚴加上那麼多小廝還不夠使？幹麼老是支使我？」

他刮了一下我的鼻子，揶揄道：「那麼多人我就想支使妳，以後過來給我當書僮。」

乖乖去了書房，在那間小屋內，我看著滿桌的書，開始抱怨。

他把一摞書全攏在炕沿上，笑得開心，斂了斂神色，開始吩咐：「把書名寫了貼好，再擺到書架上就放妳離開，別再這麼愁眉苦臉了。」

我滿是怨恨地白了他一眼，就開始翻書——《慎子》，心裡好奇就翻了一頁，只見上面寫著《守山閣叢書》，再看正文。「天有明不憂人之暗也地有財不憂人之貧也聖人有德不憂人之危也天雖不憂人之暗……」剛看到這兒已經不耐，最忍受不了沒標點，抬眼看胤祥正在專心研究算

學，就輕輕問他：「哎，胤祥，慎子是誰？」

他頭也不抬。「慎到。」

「他是誰？」

他有些驚訝地答：「諸子百家，戰國中期法家頗有成就的人。」低下頭又說了兩句。「我不太贊成他的說法，過於浮誇，治國不只是臣下去辦事兒，國君更應該使己為賢人。」說完不再理我，又埋頭開始研究。

寫好了貼在書脊上放好，我再拿了一本《唐律疏議》，照樣翻了翻。「漢制九章，雖並湮滅，其「不道」「不敬」之目見存……」放棄再往下看的念頭，就合了書，寫好再拿另一本《宋刑統》，之後《大明律》，寫完後頗不死心就又翻開看了看，大喜，這些不拗口，只見上面寫著十惡。「一曰謀反，二曰謀大逆，三曰謀叛，四曰惡逆……」再往下看就是羅列的刑罰。「車裂，梟首，棒殺，凌遲……」不自覺又開了口。「胤祥，何謂惡逆？何謂梟首？」

他抬頭一一解釋了，道：「妳別看這些，太殘忍了。」

我點了點頭，他怎麼連刑獄的書都看？心裡再感嘆，以後他要協助雍正治國安天下，如若無才又怎能應付得來？再拿起一本《棠陰比事》，胤祥在上面用筆批註了很多。「刑先於貴，後於賤，重於貴，輕於賤，密於貴，疏於賤……竊以為刑罰者，與教化相結合也，重於刑罰，則減於寬仁……」

我再開口。「胤祥……」

他的好脾氣終於到了盡頭，放了筆，哭笑不得地問我。「又怎麼了？」

「呃……咱們本朝的律例是什麼樣的？若要講究寬仁，那犯了法可以贖罪嗎？」

「本朝律例中有『四折除零』的規定，」他看著我納悶的臉，微微笑了。「杖一百折四十大板，不滿的零數不算。」

我哦了一聲，低頭再拿書。

他搖頭自言自語道：「被妳這一折騰，我也看不進去了。」又自嘲地看著我，笑得寵愛。「早知道妳不安生，我卻還要自找麻煩。」

我看他心情不錯，就問：「你真要這樣供著素慎，不去她屋裡？」

他挑眉嘲弄我。「當初是誰跟我說要死給我看的？我這府裡要真出了人命還了得？」我不好意思地笑了笑，他正色道：「如今也沒有什麼法子了，當初娶進來是錯，如今在府裡放著也是錯，不娶違了皇命是死罪一條，若是玷污了她我心裡不快，人多口雜中傷她一個姑娘家更是難堪，這一切的錯所有的罪名全讓我擔著吧。」

胤祥沒錯，素慎沒錯，這到底是誰錯了？

夏天潮濕溽熱，胤祥的腿遲遲沒有康復完全。他受不了熱，便在書房別院的濃蔭裡待了一個夏季。

我向來沒有午睡的習慣，心想這會兒他的書應該都看完了，便出門去找他說話解悶。走到房門外的時候，透過茜紗窗卻看見素慎在屋裡給他打著扇子，烏骨的扇子襯著她瑩白的手，與額上微微滲出汗的嬌媚容顏相映成趣。

我呆呆地看了她一會兒，卻忽視了她臉上志在必得的精芒。看著胤祥睡熟的臉龐，我又踅回了院子。

晚上，他遣人告訴我要在書房歇下，我一直到半夜還是翻來覆去的睡不著，自己就一路踢踢踏踏地走過去找他。

深夜月光淺淡，他均勻的呼吸聲一下下地傳進我耳朵裡，心裡這才覓得安寧，趴在他床沿就漸漸睡著了。那一瞬間，真希望我們就這樣靜靜守著彼此，誰也不要離去，哪怕只有這一天，僅剩這一晚，我也想要彼此相隨，繾綣依戀。不知道什麼時候被他解了外衣絆扣，抱上床，蓋好了被子。

夢裡不知身是客，一晌貪歡。

康熙五十四年。

大量饑民湧進京城，身上攜帶病菌者不少，時疫來襲慘狀不斷，甚至出現了一巷百餘家，無一家倖免；一門數十口，無一口僅存的境況。京內一片恐慌，康熙下旨在京內設了多處惠民局，銀錢也花了不少，可終究作用不大。京中大夫們終日忙碌，宮中人人皆驚。

十三皇子府內的親眷們都被康熙接進了宮，一方面避亂，一方面能更方便管教胤祥。最現實的一面是由於沒有爵位收入，府中實在度日艱難。

萬般不願地又回到了這裡，絳雪軒是決計再也不去了的，孩子們卻高興來了這麼大的皇宮，可以在御花園裡恣意玩鬧。胤祥親自教導弘暾，每日早早地讓他起來唸書，唸完了還要學滿語、騎射，我向胤祥抗議了半天，終以失敗告終。

有一日實在忍不住，我就把兒子帶了出來。「暾兒真苦。」

他拉著我的手安慰道：「額娘別擔心，兒子一點也不苦，額娘可知道阿瑪當年是怎麼讀書的？」

我一愣，搖了搖頭說：「不知道。」

弘暾像個小大人似的開始給我解釋。「大臣們還未早朝時，阿瑪同伯伯叔叔們就要入書房讀書，早學詩文書畫，未時畢再學國語，習騎射，一天不得閒，天天如是。所以他們才是最苦的。」

說完我心裡咯噔一下，這麼多優秀的皇子並不是平白得來的，一般專以讀書為安身立命之根本的漢人尚且做不到，這些天皇貴胄們卻日日早起，康熙教子之嚴、課程之滿，天家古往今來第一人。弘暾小小的臉上全是崇拜嚮往之情，兩人又笑著說了一會兒，他就回去乖乖唸書了。

……

時間一日一日地過去，感情一時一時地累積，孩子們一分一秒地長大，我們一刻一刻地行將老去。浮華的生活背後顯現著生命最本質的歸宿——死去，所以這一切終究都會歸於平淡。

我進了書房看到胤祥正在教我兒子六藝中的樂，素慎也在裡頭，她撫琴耐心給弘暾講解「宮、商、角、徵、羽」五音。我看著弘暾臉上的認真神色，頗是安慰地笑了笑。

古箏聲乍起，如泣如訴，時而低沈幽咽，時而聲陡欲裂，不屈不撓地想要證明自己存在的價值，不甘，徘徊，爭取……我不禁開始佩服起素慎，她還有心力再去爭取，年輕的女孩兒真好。

春日依舊寒峭，小雨潤如酥，杏兒心情很好地打開了窗戶，拿了件衣服給我披上，這麼些年來，唯一陪我喜憂同受的就只有她了。很想把她嫁出去，不願耽誤她，可又一點都不想讓她離開我身邊，不用問也知道她的答覆，只是八阿哥很平淡地退出了生活，誰也不再提起，彷彿從來沒有這樣的人，從無那樣的事。流年無情，歲月長更。

突然外面亂了起來。「福晉，二阿哥不見了！」漸漸地聲音越來越清晰，我「騰」的一下拉了杏兒的手，連忙往外邊跑去。

她也有些驚恐地勸道：「格格別急，二阿哥一向安穩，不會有事的。」

我心急如焚地跑出去，清寒的小雨淋在身上，卻澆不熄著急的心火，一路走一路喊，直到在御花園的亭子裡看見素慎與他，正牽著手在避雨。

弘暾看著我濕淋淋的樣子，用小小的手親自給我擦了臉。「額娘，兒子害您擔心了。」

我抓住他的手安了心。「暾兒沒事就好。」

毫不意外地我著涼發了燒，非常順利地我被康熙遣出了宮，這種疾病氾濫的非常時期，宮中的主子們哪個都比我金貴，更何況我是外姓人，只是個兒媳婦。即使我不是得了疫病，為了他們的安全，也得乖乖出去。

收拾東西準備離開，這生命真是一場好戲，我終究不喜歡這個地方，不喜歡這個爾虞我詐耍心機的地方。不管是蓄意安排的戲碼也好，還是無意中造成的事端也好，也不管我有多麼不捨得這個男人這些孩子們，最終只能化作聽從康熙的吩咐而無奈離開的心情。

匀芷、玉纖和沅沅都十分捨不得我，我勉強笑著與她們告了別。素慎也來了，哭紅了眼睛，道：「都是妹妹的錯，這才害得姊姊必須得出宮，若當時考慮得周詳一點，姊姊也不會得病了。」

我笑著搖了搖頭。「是福不是禍，是禍躲不過啊。」

說完她嚶嚶哭出了聲，我燒得厲害，勉強坐起身子，頗像遺言般地叮囑道：「妳還小，嚐不到當娘的心情，以後有了孩子就知道那是心頭的肉啊，不管怎樣，以後我不在這兒了，孩子太柔弱也沒有錯，妳多照顧著他們吧。」她是個聰明人，自然明白我的意思。

素慎抬頭，淚眼婆娑地看著我說：「姊姊說這話太見外，這些都是爺的孩子，我自然要好好照顧他們的，您病成這樣，我去求皇阿瑪，陪著您回府，這樣還有個照應。」說完就快步走了出去，正巧撞在滿臉氤氳著怒氣的胤祥身上。

「爺……」她拿帕子拭了淚，輕輕叫了一聲。

胤祥只是皺眉看著我，說了一句。「妳下去吧。」她便低著頭走了。

胤祥走到我身邊，強壓下自己的怒氣與失意，勉強笑了。「就這麼想回府？」

我點了點頭，抬眼深深看著他。

他一把將我緊摟在懷裡。「妳怎麼還是這樣不注意自己的身子？等杏兒拿把傘能費多長時間？明知道是人家的計，卻還要義無反顧地去。」

我搖頭。「不一定是她，您也只是猜測罷了，弘暾身子太弱，我不能讓他出意外。生他的時候我欠了他太多，若這樣算還的話我也心甘情願。我知道您一向疼他，事事都親自教導，以後也多上些心吧。」

他應了後沈吟道：「罷了，看妳病得這樣可憐的分上，我也不再說妳了，出了宮好好調養身子。」

那晚，胤祥瘋了一樣地吻我，他似乎也想被我傳染，這樣患上病痛才能與我一起出宮回家，他譴責的話成了我唯一在意的情緒。「青兒怎麼能這樣狠心拋下我？妳故意的！妳分明就是故意的！」

回府之後，請了太醫仔仔細細地給看了，只說並沒有什麼大礙，受了涼吃些藥，著意調養著就好。也讓太醫給杏兒瞧了瞧，開了幾服藥讓她喝著。

終於如願出了宮，真不知道是素慎陷害了我，還是我利用了她？

第二天張嚴就過來了，打了個千兒道：「爺不放心福晉，叫奴才過來聽福晉的差遣，說遇事還有個照應。」

我笑了，道：「還說什麼來著？沒說要天天向他報告，一天一封信寫進去吧？」

他也笑得歡喜。「福晉怎麼知道？」

府裡的一切都沒有改變，還是以前的樣子，沒有那眾人在才合了我的心，疲於應付倒不如順勢離開享受這難得的自由，莫不是真的老了？主屋一直擱在那兒不願去住，就搬進胤祥時時待著的書房小屋，輕鬆愜意。

但站在房裡總會有錯覺，依稀彷彿看見昔日兩人玩笑打鬧的身影，我無奈地笑了笑，踢了鞋就上了炕。

……

過了十天左右，身子好得差不多，宮裡依舊是裡面的出不來，外面的進不去。我笑，當初不願待在裡邊，如今可好，來了個徹底分離。胤祥的提議是行不通的，這天天書信往來並不方便，我們被一道宮牆隔了兩個世界。

跟杏兒在園裡闢了塊地，我開始種花，燦爛的花圍滿了那一方土地，獨剩中間一塊。杏兒不解，納悶地問了我很久，我一直搖頭就是不告訴她。

滿園柳絮飄飛，輕輕地撲在簾子上沾著不下去，嫩綠柳枝，豆蔻花開。跟胤祥時有書信往來，在情最濃時離開，卻促使我們像極了初涉愛河的男女，羞澀甜蜜。春日裡百花芬芳爭豔的時候，我告訴他我又懷孕的消息，他的喜悅如同絢爛花季。

因為有了新生命，每天的感情都漲得滿滿的，我總有很多細微的感觸，剛剛放下筆卻又想起了新的情緒，於是提筆再寫。直到夏季終了，荼蘼花開盡，滿滿的一摞信箋堆積在桌上。

我把張嚴叫過來，他看了看桌上先笑了。「奴才這就去送信，只是福晉這次要跟爺說什麼？」

「告訴他我想與他一起過七夕。」

我與杏兒對面坐下，沒有人的時候她也不拘束，好歹這麼些年都過來了，我開口：「杏兒教我做針線活好嗎？」

她詫異。「格格怎麼突然想做這個？」

我低頭淺淺笑了，一個人太無聊，反正也是消磨時間。

府裡未出嫁的女孩子們在七夕這天異常興奮，上元燈市、七夕的星夜都是女子們期盼的日子，盼能得到一份好姻緣。上古風俗，雅俗共賞，乞巧染甲，瓜棚夜話。

一大早起來，就有丫頭們嘰嘰喳喳地湊過來，大丫頭環翠喜道：「福晉，今晚可以放咱們出去嗎？」

我拿扇子敲她的頭。「真是個不安生的主兒，妳就這麼盼著得份好姻緣？」

她倒豪爽地不跟我拘束。「這府裡的人誰不盼著能像爺跟福晉這樣感情好呢？」說完，惹得周圍一片笑。

四、五個才剛剛垂髫的女孩兒也湊了過來，見了我規規矩矩地行了禮，看我心情不錯，就嚷著讓年歲大些的丫頭給她們用鳳仙花把指甲染了。環翠「哧」的一聲笑了，指著其中的一個道：「我不幹這個，讓妳的情哥哥幹才好呢！」

周圍人都開始鬧她，小丫頭臉皮薄，「哇」地哭了出來。

我笑著擺了擺手叫她過來，看著她梨花帶雨的臉，就指著她跟杏兒笑。「這模樣出落得像妳杏姑姑。」

杏兒立在一旁也含笑望著她。

我與杏兒親自搗了明礬，把花瓣也灑了進去，和成絳絳的泥狀，用扁豆葉一人一隻手給她包了，小丫頭這才笑了。「奴婢謝福晉。」

環翠看我興致勃勃，問道：「難得福晉今兒這麼好的興致，也賞臉給奴婢們染了吧？」

一時間鶯鶯燕燕，女孩子愛美的心都是相同的。

好不容易散了，杏兒問我：「格格也試試吧，奴婢給您染？」

我連忙搖了搖頭。「我不喜歡往指甲上亂抹，還是我給妳染吧。」

她也擺手。「一會兒還要乞巧呢，幹活不方便。」

胤祥並沒有書信傳出來，我等了一天，心中忍不住失望。皇宮守衛森嚴，出來很是不易，也許我那話在他看來只是句任性的玩笑罷了。

杏兒端了盆熱水進來，我納悶地看了她半天，她笑。「格格散了頭髮吧，小丫頭們剛採了新

鮮樹液送來，奴婢給您洗洗。」她把水盆放在架上，用袖子抹了抹額頭上的汗，笑道：「這可是風俗，您別又嫌麻煩推辭了。」說完就過來放下我手中的書，拉我起身坐到鏡前開始解頭髮。

我笑著任由她，低著頭兩個人一起洗完了頭髮，自己拿了塊布子開始擦，一邊擦一邊吩咐。「杏兒，再燒一爐香，把爐罩子清一下再點。」

她「哎」了一聲就開始去忙活，我擦著頭髮走進裡屋，看著朱紅木几上杏兒未裁剪完的鵝黃緞子，心裡微動，就單手拿了剪子順著她劃下的痕跡開始剪，擦頭髮的左手突然被人握住，掌心中狹長的痕跡刺激著我的手背。

我身子一僵，手中的布子被他拿了去，劉海上的水珠兒順著鼻梁一路滑入脖子裡，他輕輕握著髮就這樣一下下地擦著，生怕拽疼了我。我站在原地背對著他不敢回頭，直到剪子狠狠砸在几上，我猛地回頭對上他溫暖的眼睛、熟悉的面容、和善上揚的嘴角，忽然就笑了。

「您怎麼出來的？」

「瞞著皇阿瑪偷跑出來的。」他微笑。

「真本事啊，您又不是孩子了，這種事兒也幹得出來？」我挑釁。

「幼時沒幹過，現在補上也不遲。」他淡然。

我就一直仰頭笑著盯視他，胤祥突然將我拉近，俯頭就吻了下來。

夏日，濕濕的頭髮很快浸濕了料子單薄的衣物，他的手也開始順著腰往上遊走。

突然聽見杏兒進門的聲音。「格格，香爐好……」我與胤祥分開，氣喘吁吁地一起側頭看她，杏兒睜大眼睛羞紅了臉，終於反應過來，頭也不抬地放下香爐，趕緊掩門逃走了。

我看胤祥，他也看我，再也進行不下去，兩人哈哈大笑。

有些事情，某些特定回憶，不管時間再怎麼久也是刪除不去的，反而會歷久彌香。時光不再繼續它匆匆的步伐，彷彿停滯在這一刻相視而笑的兩張臉上。

胤祥牽著我在府中走著，我笑吟吟地開口。「咱們居然也能做回牛郎織女，只不過這感覺怎麼倒像私會似的？」

他緊了緊手，朗聲笑了起來。「河漢清且淺，相去復幾許？盈盈一水間，脈脈不得語。」

我突然停了腳步，心裡高興也不管現代古代了，笑得討好話說得也沒邊際。「哎，我說胤祥，七夕是情人節，情人節知道嗎？」他挑眉示意我說下去。「既是節日，情人間要互送禮物的，我的意思你可明白？」

他敲了敲我額頭，哂笑道：「我出來得急，沒帶東西。」

我捂著額頭心裡生氣，沒事幹麼老敲我頭？沒帶東西應該是我打你才對。

我嘆氣。「就知道是這樣。」並沒有太計較，拉著他的手在前面拽著他走，好不容易見著，心情好情緒也高。「我告訴您，在某地有許願樹的風俗，如今咱們府中也發現一棵，我帶您看看去……」

他笑著任我拖著他走了很遠，終於在府中後園停下，我牽著他走到銀杏樹下虔誠地雙手合十，許了個願。

他問：「許的什麼願？」

「下輩子一定忘了您。」我認真說完，然後指著樹道：「我們約定好了，它答應了的。」這願許得絕對真實，不管我會以怎樣的結局收場，這些跟他在一起的記憶與其記著折磨自己，倒不如忘得乾乾淨淨，了無牽掛。

他也學我雙手合十閉了眼許願，道：「我也與它約定好了，它亦答應了。」

我側頭問他。「您許的什麼願？」

他笑得略顯嘲弄。「我跟它說妳先前許的願不算，妳要記我生生世世。」

胤祥斜躺在靠墊上看著我拿扇子搧頭髮，看似不經意地開口道：「妳如今身子也大好了，在府裡也自在夠了，還是收拾東西隨我進宮吧。」

我只顧著搧頭髮讓它快些乾，並沒有接他的話茬兒。

「孩子們都很想妳。」他繼續。

我依舊不說話，專心擺弄頭髮。素慎對胤祥的感情多到不能猜測，她是個太過聰明的女孩子，只有把孩子這樣明白託付給她，為了討胤祥的歡心得個好名聲，她會好好照顧著的，所以並不需要刻意擔心。

他終於起身拿了我的扇子，牽著我走向床邊，他坐著我站著，開始訓話。「妳不要太任性了，哪有嫡福晉不在我身邊的道理？」

我終於開了口。「胤祥，我覺得在皇宮待著太辛苦，再說也不是那麼容易就能進去的。」

「妳是皇子福晉，皇阿瑪再准妳進去也不怎麼難，我不是也出來了？」

我沈默不語，不想跟素慎接觸，也不願扯進這些無聊的爭奪他的戰爭中，反倒眼不見為淨。雖然很想念孩子們，可是這一次我真的不想再那麼懂事。

他無奈嘆氣。「罷了，看來這皇宮跟妳八字不合，眼下疫病也快過去了，當初是我等妳進府，如今妳可要耐心等我回府了。」

胤祥在他能夠接受的範圍內給了我最大的自由，這種理解讓我太是感激。於是我便朝他忙不迭地重重點頭，他微笑著便開始解我的衣扣，我突然一把推開他，衝他甜甜笑著，單眼眨了眨，道：「我自己來。」一開始一個扣一個扣地解外袍，解完之後就把它順手扔了，抬頭對上他微微錯愕的神情，再走到他面前給他解衣服。

他眼睛眨也不眨地看著我的手，終於失笑道：「妳……」說了一個字就沒說下去。

我低頭捧著他的臉開始親吻他，頭髮終於隨著我的彎身全都散落了下來，樹液的清幽苦味淡淡蕩在鼻尖。輕輕啃咬他耳朵的時候，胤祥雙手把我按倒在床，欺身壓了上來。

……

第二天睡到日上三竿才起，我打著呵欠喚杏兒進屋。「爺什麼時候走的？」

她看著我的樣子，忍不住笑了。「還不到寅時就走了。」

我「嗯」了一聲就伸了個懶腰準備起身，杏兒服侍著我洗漱完畢，幫著把頭髮綰成了髻，

然後從檀木錦盒裡將一支淺色晶瑩通透的綠玉簪子給我戴了上去，我從鏡中端詳了半天，向她問道：「姑娘送我的？」

她笑。「奴婢哪能買得起？爺臨走時看您睡得香，說不忍吵醒您，就只能讓奴婢轉交了。」

我一下從頭上拔了下來，握在手中傻笑了半天，胤祥送的禮物總是讓我歡喜。

康熙五十五年——

自四十八年後，這一年是我與胤祥第二個分開過的春節。

正月，準噶爾部擊退沙俄入侵，喜訊傳來，龍顏大悅。大宴小宴中加上這件喜事，舉朝皆和樂阜盛之象。與胤祥已經幾月沒見，也沒有往來，音信全無。

肚裡的小生命遲遲沒有要出來的意思，正值新春，僕役、嬤嬤們家中事務也很是繁忙，一直在我身邊待到破五便開始鬆懈下來，各自去忙各自家中的事了，一時間告假的多了起來，府中沒有管事的人，亂成一團。

初七，見紅之後我便開始陣痛，從早上疼到晚上，這是頭一次生產身邊連個主事的人也沒有，杏兒很是驚慌，找了半天也沒找著穩婆在哪兒，氣得她嘴都哆嗦起來。「這些婆子們不知道又去哪兒偷懶吃酒去了，如今爺不在家，格格這可怎麼辦？」

她一個姑娘家並不懂得這些事，乾著急卻也沒有辦法。

一陣陣的疼痛襲上來，我勉強拉住杏兒的手說：「杏兒妳不能急，若連妳都這樣，我可怎麼辦？」

我話一說，她恍然大悟般連忙點頭，快跑了幾步就掀簾子出了屋。再回來時已經鎮定了許多，拉著我的手開始說話。「奴婢讓小丫頭去老爺府上請少夫人過來，張嚴也去請爺了，一會兒就過來，格格別著急。」

我知道她說的話連她自己都說服不了，阿瑪府中姊妹們也該回去歸寧的，嫂嫂自然要招待客人，張嚴已經出去了很長時間，如今宮中盛筵未散，是決計進不去的，胤祥他又怎麼出得來？

我突然之間就想到了死這個字眼，腦中出奇的冷靜，生與死之間也就一步而已，總不過是一瞬間的事兒，沒什麼好怕的，只是遺憾，見不了他最後一面。我咬著被角擋住脫口而出的淒厲叫聲，那麼多孩子裡這個卻是最折騰人的一個。

我的情況已經等不得有人過來，羊水破了，再不接生，孩子與我恐怕都要去閻王殿了。

杏兒突然奪門而出，再回來什麼都準備好了，熱水擺在我面前，她眼神堅定不容拒絕，死死抓著我的手說：「就算是逞強，您也得活下來。如今，格格指望不上任何人，咱也求不上任何人。與其等死，不如讓奴婢試試，您死了，奴婢絕不一個人活著。」

我終於拿下幾乎被咬爛的被角開始叫喊出聲，一旦服了軟，眼淚也就滾滾而下了。

真是難為這丫頭了，還是個黃花閨女，卻要做接生的事，杏兒一直跟我說話轉移我的注意力。「您知道嗎？我前一陣見過他，瘦了很多。再見著就沒了話，以前說過的好似全忘了，原來也不過是那麼回事兒，再也回不了過去，再也不會有那樣的場景，也再沒有那份心情了……」

我皺著眉頭聽完，斷斷續續開口。「這世道終有一天會變，杏兒妳再等幾年，到時妳就不用這樣辛苦，也可以嫁給他的……」

說了很多話，杏兒一直給我打氣。我淚流滿面，不止一次想過就這樣死了吧，死了也好，生孩子實在太受罪，人活著也太累，胤祥累，我累，素慎累，所有人都累。

可是杏兒總有辦法讓我再拾起力氣，自始至終都不曾放棄過我。「格格若真有什麼意外，這府中第一個遭殃的就是奴婢，難道您真的忍心看著我為了您死去嗎……」

耗盡了全身的氣力，直到孩子嘹亮的哭聲響徹整個府裡……

……

嫂嫂跟雲琳一路匆忙地進門，看著杏兒滿手的血和一屋子的狼籍，愣在當場。嫂嫂立即轉頭拿帕子拭著淚，雲琳哭著趴在我床前輕輕喚我。「格格身邊怎麼連個人也沒有？好歹也是個福晉，怎麼就成了這樣……」

可能是屋裡的氣氛太過壓抑，這話一說完，杏兒一下癱在地上，先是輕微啜泣，繼而嚎啕大哭，哭得聲嘶力竭，上氣不接下氣，彷彿要把所有的恐懼不安、委屈怨恨，夾帶著對八阿哥的感情一併發洩出來。

她的淚水也灼傷了我的眼，那一刻讓我活下去的是杏兒，是這個從小跟我一起長大的女孩兒。原來這世上，最懂得女子心的是女子，也只有女子才能夠救贖女子。

睡了個天昏地暗，再醒來心情改變，活著真好，死了就什麼事都不能幹了。我看了看身邊，杏兒居然不在，就開始喚她，等了半天卻是另一個小丫頭環翠進來了，她連忙快步走到我身邊把我扶起來，我納悶地問她：「妳杏兒姊姊呢？」

「奴婢不知道。」

我看她躲躲閃閃的不自在，心裡著急，語氣也強硬起來。「妳別瞞著我，到底什麼事快說。」

她「撲通」一下跪在地上。「福晉，您快勸勸爺吧，爺要把府中的人全都遣散了。奴婢丟了這份差事，家裡的人可怎麼過活啊……」說完便抽泣起來。

我剛醒來，有些受不了這種需要調動情緒的應付，便摸了摸額頭，剛要說話，卻聽見如驚雷般的聲音響徹屋子。「福晉身子還沒好全，是誰讓妳在她眼前哭的？」胤祥鐵青著臉就進了屋，寒氣逼人地說著話。

杏兒跟在後面也進來了，連忙跑到我身邊侍候。

我故作輕鬆地笑了。「您剛回來這是唱哪齣啊？」

他掃了我一眼，對環翠怒道：「下去吧。」

他走到我床邊，心疼地看了我一會兒，便又指著我道：「當初就不應該讓妳一個人待在府裡，也是我的錯，由著妳性子胡鬧。妳若真出了事，這一生我是寢食難安了。」

我看他正在氣頭上，也不再勸說什麼，就低了頭任他教訓。

外面張嚴喊道：「爺，人都聚在一起了，聽候您的吩咐呢。」

胤祥轉了身子，背著手走了兩圈，怒道：「全遣散了！把該得的俸銀都給他們！再找人來，這次我親自挑！」

外面張嚴趕緊應了，我不是心胸寬廣的人，差點一命嗚呼，所以也沒必要假惺惺地給他們求情。

辦完了這些事，他坐在床邊緊抿嘴唇深鎖眉頭，怒氣沈沈地緊盯著我就是不說話，我想了半天法子無計可施，忍不住就嬉皮笑臉起來。「我這不是好好的嗎？」話說著就上了手，輕輕扯了扯他的嘴角，大義凜然道：「胤祥，病人是我呀，哪有你這樣的，不安慰也就算了，怎麼還罵起人來了？我可是九死一生，好不容易剛從鬼門關裡爬回來的呀。」說完笑嘻嘻地望著他。

胤祥沒有笑，依舊嚴肅，可是神色卻無助極了，疲憊又擔憂地看著我說：「幸好沒事，妳要是真有個三長兩短，我……我還真不知道自己會做出什麼事來？當初不該把妳一個人丟下的……」

府裡靜悄悄的，不復前幾天的雜亂吵鬧，天寒地凍的身子不容易好，倒是胤祥就在府裡待了下來，我沒問他究竟是怎樣出宮的，他想說的時候自然會說。

杏兒把孩子抱過來給我看了看，是個男孩子，小小的人兒緊閉著眼睛，醜醜的，我笑著看了他半天。

杏兒喜孜孜地道：「格格不知道，爺那天回來都已經過丑時了，一臉驚慌地跑進屋，看見您安穩睡著了才安下心來，一直攥著您的手不放開。」

我也笑了，道：「府中剷除這麼多人，妳下了多大力？」

她嬌嗔著背轉了身子，開始抱著拍小阿哥哄他睡覺。「爺問話，奴婢只不過據實說罷了，一夥子嬤嬤倚老賣老的，遣散了也該。」然後突然想起什麼似的，驚奇地對我說：「格格，您別看爺平日裡似乎家裡的事一點都不過問，其實心裡比誰都清楚，從來沒見他那樣過的，那天生氣地把一屋子的東西全都砸了，指名道姓地把人全給罵了。」

我有些驚訝。「哦？這倒新鮮，他罵人的樣子我還真沒見過，怎麼罵的？」

杏兒淺淺笑了，兩個笑渦很是俏皮。「爺肯定不會失了身分，是張嚴罵的，只說『誰給你們定下的規矩，當差的時候能隨便回家的？福晉身邊居然連個人都沒有，難道一個福晉加上一個小阿哥還比不上你們的家事重要？就差這麼幾天？府中空閒的時候可曾拘著你們了？』」她一學出來威力減了大半，我高興地笑了半天才止住。

胤祥不是個愛亂發脾氣的人，更不用說亂砸東西了。虛榮心極度滿足，也許真對我動了情也不一定。

府中人員混雜，難保沒有牽制我們的眼線摻雜其間，為此我們想了很多法子都不甚如意，誰想這次卻因禍得福，趕巧解了心頭大患。一部分人被遣散，倒也能安心一陣子。

儘管胤祥失了勢，但在別人眼裡，奪嫡一日不結束，他就一日是潛在的威脅。他雖然沒有軍功，但早年曾在古北口練過兵，豐台大營、綠營等京師戍衛隊大部分都是他的部下，以他的氣度

待人方面，將士們對他忠心耿耿也是必然。他與四阿哥一直有書信往來，雖然不知道內容，憑他與他四哥的交情，他們未嘗不會有所謀劃的。

……

待到第三天，宮裡的小太監在門外回話。「爺，側福晉請您快回宮，說再晚了皇上怪罪下來，誰都擔待不起。」

他朗聲頗有威嚴地道：「知道了，先候著吧。」

我終於等不到他的坦白，只得自己問：「您這次出來跟素慎的交換條件是什麼？圓房嗎？」

他並沒有回答，只是皺了眉頭叮囑我道：「等月子坐完之後我會接妳進宮，到時妳要乖乖跟我回去，聽清了嗎？」

我立馬笑著點了點頭。

可能是我太乾脆了，他疑心道：「我總覺得妳根本不會聽我的話。」

我跟他信誓旦旦道：「我一個弱女子還能跑去哪兒啊？一定聽您的話。」

他終於開心笑了。

又過得數日後，身子恢復得差不多，我終於能下床走動，就把杏兒叫了過來。「收拾東西，咱們出府。」

杏兒驚訝地問：「格格說什麼，敢情奴婢聽錯了？」

「妳沒聽錯，我要出府。」

# 第二章　隱居

憫忠寺，千年古剎，在北京城內歷經數代，頗負盛名。

與方丈散了些香油錢，勸說了好一陣子，方丈總以寺內不能住女眷為由辭了我，最後不得已搬出福晉的身分，才勉強在寺內西齋住了下來。

我給胤祥寫了封信，只說出來散心，等到他回了府我自然就回去，想我了，可以隨時過來找我。我不是吃醋，也不是欲擒故縱，只是人經歷過生死後，就把所有一切都看淡了，我只想找個清靜的地方過自己想過的生活，換個心情，輕鬆一點。

寺院裡積澱著悠久的年月，唐朝時的古柏依舊矗立其間，斑斑鏽跡的香爐和佈滿蛛網灰塵的佛像提醒著廟宇歷盡了滄桑。香客們大多很是虔誠，跪在法堂裡端正地磕著頭，繚繞的香氣環繞在他們四周，平添了莊嚴肅穆之感，人們求神拜佛，只為得心中的那一份安寧。

我就這麼住了下來，杏兒總是擔心地看著我道：「格格，這樣真的行嗎？要是萬歲爺知道了那還了得？」

我淡淡道：「這麼些年，咱們爺的本事妳還不清楚？放心吧，有他頂著呢，總會有藉口搪塞過去的。」

杏兒還是不安。「您不是沒跟爺吵架嗎？怎麼又使性子？這下可倒乾脆，直接出了府，爺還

指不定多生氣呢。」

我微微笑了，她無法瞭解對於我來說，關在高牆大院裡是多慘的一種折磨，也不知道我對將到來的下場究竟有多恐慌，像這樣能自由活動的日子實在是過完今天就沒了明天般的珍貴，只能對她沒心沒肺地笑。「爺不會拿我怎麼樣的，生完氣自然就好了，這些信心我還是有的。」

胤祥果真生了氣，不過來看我，也沒有回信。幾天後，外面就有消息開始盛傳，十三福晉得到了皇上特許在憫忠寺清修靜養。

杏兒滿是羨慕。「格格真是料事如神，爺果真什麼事都打理好了。」

我不無嘲諷地恨自己。「什麼料事如神？只不過是瞭解他，仗著他對我的喜愛在害他傷心而已。」

……

每天聽著晨鐘暮鼓，莊嚴梵唱，在清和的天氣裡偶爾聽聽方丈對佛理的釋義，十分敬佩，也只是敬佩而已，我是俗人一個，逃不脫這些紅塵俗物，捨不了情執更捨不下胤祥，所以不具慧根不能頓悟，終也成不了佛。

春日寺中海棠猶盛，觀賞遊人絡繹不絕，文人墨客經常作詩屬文樂此不疲，流連忘返。

春末夏至的日子，杏兒陪著我去寺中的碑刻旁看了看，歷代重新修建之後都有銘文立碑記載，正看得津津有味呢，杏兒扯了我的衣袖，抬頭卻看見八阿哥、九阿哥、十阿哥和十四阿哥連袂走了過來，身邊大多是些清客，搖頭擤鬚的不知在商量著什麼，在這種清幽的地方藉口賞花賓則討論國家大事掩人耳目倒也有可能。杏兒突然間就不知所措起來，我看著她為難的樣子，就拉著她的手轉身一起悄悄走了。

還沒走出林子，十四阿哥先攔住了我們的去路。「十三嫂這是幹什麼？別人尚且不說，難道咱們竟也生疏至此，全當視而未見了嗎？」

我滿是悲憫地抬起頭。「十四爺說這話好沒意思，如今我丈夫不在這兒，我迴避也是自然的。」

他一愣，稍帶怒氣道：「說得好，我竟忘了妳的身分，也忘了咱們早就沒了那份交情。你們遭了許多罪我也知道的，可十三哥成現在這樣，也不是我願意的啊。」

我聽了他略帶委屈的話，心裡有些好笑，就抬頭仔細審視他。明明已經是越發成熟挺拔的漢子，再不是當年的懵懂少年，可在我腦中浮現的依舊是那個會羞紅臉的男孩。

十阿哥的聲音也響了起來。「看來老十三的福晉還真準備要出家了？瞧這一身的打扮，緇衣布履，鉛華洗淨，倒真有幾分世外人的意蘊，越發清纖了。」

果然流言可懼，一傳十十傳百竟成了要出家。他明知道事情真相還這樣奚落我，只能心大當他誇獎了，笑著低頭。「十哥可是謬讚了，只不過是出來調養罷了。」

一時間幾個阿哥都走了過來，杏兒頭越來越低，我怕再不結束談話這丫頭指不定會哭出來，就給八阿哥行了禮道：「八哥若是沒什麼吩咐，弟媳就先退下了。」

他沒有應聲，我納悶地抬了頭，只見他的眼在杏兒身上呆滯了一會兒，十阿哥也面無表情地掃了她一眼，八阿哥道：「十三弟妹且好生調養著身子，妳們退了吧。」

我道了謝就緊緊攙著杏兒把她帶出了林子，自始至終九阿哥都是陌路人，不認得了。

這麼趕巧地匆匆見了一面，兩人心中皆是戚戚，到了西齋還有些恍然，對視了半天驚魂未定，她說話：「格格，咱們跟過關似的。」

「杏兒妳……沒事吧？」我關心地問了問。

她不說話，強裝出的笑臉隱藏不住心中的悽苦，這句話算是白問了。杏兒，再等幾年吧，再等等吧，會在一起的。

盛夏，胤祥終於解了氣，送了封信過來將我狠狠數落一頓，要我準備準備中秋過後回府。在紅牆古殿中彷徨了許多時日，我細細留意這些古柏老槐，看它們繁盛的枝葉遮天蔽日，其實在這滌淨心靈的地方終此一生也很不錯。

心中有所想念，便走進了法堂，靜靜跪在蒲團上，雙手合十閉了眼。身邊的香客來了又散，一直跪了很長時間，直到有人問話。「妳準備還要再跪幾個時辰？」

我突然癱坐在蒲團上，顫著聲問他：「您怎麼來了？」

「有些話想問清楚。」九阿哥盯著我不露聲色地說了一句。

我也跪直了身子道：「佛堂中不是談論事情的地方，咱們出去說吧。」

他點頭，肅穆拜了拜就起身出去了。

……

在西齋中，杏兒沏了茶就退下了，九阿哥只是端著茶盞有一下沒一下地撇著，我有些不自在便開了口。「您要問什麼？」

「我問妳便老實回答嗎？」

「嗯。」

「咱們打個賭，賭人，妳敢嗎？」他並不看我，只莫名地說了這麼一句。

我詫異地抬頭盯著他，他微微笑了。「就賭妳我兩個，敢不敢？」

我不自然地笑了笑。「如今我自己說了不算，得問我丈夫。」

他呵呵笑了。「妳還是一貫聰明，揣著明白當糊塗。」

「只是小聰明罷了，入不了您的法眼。」

他終於放下茶，正眼看著我說：「妳是個很會蠱惑人心的女子，當初說的話我想來確實是那麼回事兒，妳若是真進了我的府，我也不過就是圖個新鮮，過了也就放下了。」

這次換我低頭不看他，他繼續盯著我道：「就因為妳的話，就因為妳的守拙，我這心裡一直彆扭著不對勁兒，等到真正花了心思去想才發現妳說的全是屁話，我終究不是個聰明人，已經錯過了卻還是更迫切地想得到，到如今要我釋懷好似太難了些。」

聽完，我嘆了口氣道：「九阿哥能說出這些話來，已經是個有大智慧的人了，不像我既想不明白，做起來也執迷。」

他沈默不語。

我看著他的茶水盡了，便走到他身邊替他再斟滿，剛放下茶壺，便被他攥住了左手。「如今有些話還是想告訴妳，不是賭氣，也不是不服氣。額娘病的那年，妳那樣全心全意為她，老十三不管變成什麼樣，妳更是盡心待他，讓我喜歡上的是妳這認定了就不放手的脾氣，卻也因著這倔強恨透了妳。」

我輕輕抽出了手，臉有些暈紅，太習慣感覺胤祥的手，他的手如同他的感情，都讓我赧顏無法接受。他看著我，也不再強求，只是苦笑道：「這麼些年過去，什麼情呀愛呀的也都磨平了，府中有的是對我死心塌地的女人，我雖然很喜歡妳，但也不少妳這一個。我該說的也說了，妳既不是小家子氣的人，咱們也沒什麼宿怨，就一笑泯恩仇吧。」

我聽完他玩笑似的話也笑了。驕傲不馴雍容氣派的九爺說了最現實的話，對於阿哥們來說，需要做的事情實在太多，從來不缺的就是女人。

「我該多學學妳，做個狠心的人。」他恨恨說完，便又笑。「妳什麼時候回老十三府？」

「也就這兩天的事兒了，胤祥也該回府了。」

他點了點頭，就要告辭。

我低著頭跟在他身後送他出了西齋，他像想起來什麼似的停了步子。「孔明燈上妳究竟許的什麼願？」

我一愣，盯著他的眼道：「來生千萬別遇見我，若是不小心遇見了，請您掉頭就走。」

他坦然迎視著我的目光，有一瞬間的傷痛，轉而又哈哈笑了。「確實像妳的風格，這話我留著了。」

這樣站在一起交談才深刻覺得，我們終究是——相愛，不如相知。

素慎帶著隨身侍婢遠遠走了過來，臉上似掛著笑，見了九阿哥給行了禮。「給九爺請安。」

九阿哥看看她，再對我嘲諷地笑。「倒真應了那句話，妳們『不是一家人，不進一家門』吶。」一說完看了我一眼就走了，他這句話讓我百思不得其解。

「爺跟妳幾位姊姊都回府了嗎？」我問她。

她溫婉的臉上一直掛著笑。「回姊姊的話，爺准妾身先回來收拾府院，皇上要留爺在宮中過完中秋才回來的。」

我點了點頭，再問：「妳怎麼來了這兒？」

「爺一直擔心您過得不好，如今妹妹代他來看看您也是應該。姊姊真是與他人不同呀，嫁了人還能輕易出府在這種地方住下來。剛見了九爺，妹妹倒突然記起來，您跟九阿哥是老相識了，姊姊家學深淵，應該知道『七出』裡面有一條是淫逸吧？」

我聽著這些惡毒的話自這個溫若處子的女子口中說出，終於再也忍不下去，在外面逍遙夠了，也到了該回府的時候了，就笑著跟她說：「素慎，好好的姑娘家為什麼要這樣尖酸刻薄呢？妳若真喜歡他，自己向他表明心意隨妳喜歡就是了，做什麼總要針對我？若真要講究這些身分規矩，如果我沒記錯，妳只是個小妾，而我卻是他三聘九禮明媒正娶，用轎子從正門抬進來的妻！」

說完再不看她，就進了院門，走了兩步回頭正對上她蒼白怨恨的目光，我抬高下巴面無表情地對她說：「我再告訴妳，『七出』裡面還有一條，即為『妒忌』，說別人時先管好自己吧。」

西齋，月明星稀。中秋節，普天同慶。

寺院裡還是如同往常，都是出家人，六根清淨，不喜不怒，紛擾世事皆拋諸腦後。門外喧囂震天，鑼鼓轟鳴，來往遊人如織，歡聲笑語。門內寧和平靜，青煙繚繞，肅穆莊嚴，槐柏漸幽。借住寺內的落魄才子們偶有喟嘆，睹物思人，把酒當歌「但願人長久，千里共嬋娟。」我卻想起了「此生此夜不常好，明月明年何處看？」

正亂想著呢，就有人拍門叫人，杏兒站在院裡問：「是誰呀？」

「奴才來看看十三福晉，姑娘且開門吧。」

是位老嬤嬤的聲音。

我與杏兒狐疑地對視了一眼，點了點頭示意她開門。老嬤嬤閃身進來，藉著明亮的月光才看清是位精神矍鑠、臉色紅潤的婦人。她看了看杏兒，再看看坐在齋內罩燈的我，猶疑問了句：「福晉在哪兒？」

杏兒轉頭看著我的打扮，忽然明白了，但為了小心起見，還是沒告訴她我的身分，就笑道：「嬤嬤來有什麼事嗎？」

那嬤嬤也是個精乖的人，又仔細看了我兩眼道：「我們爺說如今十三爺不在福晉您身邊，怕您一個人悶，就遣奴才帶了罈上好的桂花酒給福晉送過來。」說完單手抱罈，單手拿了封信出來，再道：「這兒有封信是我們福晉讓奴才給您帶過來的，說您看了就知道了。」

我有些納悶，杏兒接了罈子，我從屋內走出來接了信，拆開只見幾個蠅頭小楷，娟秀柔美。

我笑著對嬤嬤說：「回去跟你們爺說，他的好酒我收下了，也替我謝謝你們福晉的好意。」

嬤嬤點頭應了，再看了我一眼道：「福晉還有別的吩咐嗎？」

我搖了搖頭，她便走了。

杏兒納悶地問：「格格，是誰啊？九爺送來的嗎？」

我開心地笑了。「是十四爺。」

不再思考，徒留感覺。縱使各謀各路，自走兩邊，也有滅不了的血緣，捨不下的執念。十四終究還是個善良的孩子，只有孩子才不會忘記年少記憶裡的胤祥和我，也只有善良的人才不會忘了那時的燦爛時光。多了感性就少了理性，不夠理性就坐不上那個位置，也忍受不了那孤獨。自古多情總被無情惱。

晚上喝了些酒，昏沈沈的就先睡下了，杏兒一直在院子裡守著。我正閉眼小寐呢，身後床一陷，被人從背後抱住了。我猛然驚醒，蜷縮著身子下意識地掙扎，後小聲試探性地問了句：「胤祥？」

他低沈應了句「嗯」，我這才全身鬆懈下來，下一秒就被喜悅侵佔了整個思想，剛要回頭看看他，卻被他的胳膊固定在懷裡不讓我回頭。他的手覆蓋住我放在胸前的手，拇指輕輕揉著我的手背，臉埋在我腦後的頭髮裡，熱熱的呼吸噴在我後腦勺上，心裡也癢癢的。

他先平淡開了口。「妳的話以後還能不能信？」

我耍賴笑道：「下次再也不敢了。」

他的餘氣並未消。「還有下次？」往後仰了仰頭，他的臉順勢貼在我頸項間，接著教訓我。「古人的話一點也不錯，婦人之言，慎不可聽。明明約定好卻不遵守諾言，背信棄義，私自離開。」

我一直笑呵呵地聽著。「也怪您太倒楣，碰上我這麼個厚臉皮不知羞的小人，只能自認倒楣了。」

我話說完，他似乎皺了眉頭，口氣微有不悅。「妳喝酒了？」

我點頭。「盈如遣人送過來的，喝了一點。」

「一點兒？怕是一海也不止吧？」

我輕輕笑了。「就這麼一次，還被您當場逮著。對了，您不是在宮裡？怎麼就出來了？」

問完，他半晌才道：「跟皇阿瑪稟報了一聲，他准了的。」聲音頗似哀傷，只是不知道其間又有什麼曲折。

兩人靜靜待了一會兒，靠在他暖烘烘的懷裡，聞著他身上檀香幽幽的味道，差點要睡熟了，胤祥又開始問：「跟老九見面了？」

我就知道，會有人跟他告狀。

「嗯，見了。」說完想跟他解釋一下。「胤祥，我……」他把我放在胸前的手拿開，把自己的手放了上去，我的臉「騰」的一下就燒紅了，心跳也亂了節奏，喃喃道：「這是寺院……」

他在我耳邊輕聲笑了，手卻移到脖子處開始解我中衣的絆扣，我擋著他的手阻止他繼續。

「這麼些年的朝夕相處，妳什麼樣的性子我最清楚，所以，我信妳。」這話的威力不啻於驚雷，也讓我再也沒有反抗的能力，不管身體還是心靈，於是就鬆了手。

他把我中衣往下扯了扯，露出了肩膀，突然低下頭咬了一口，我「啊」的一聲叫了出來。

「疼……」滿是抱怨，終於轉過臉去看他。

他恨恨道：「比之先前妳咬我那次，真是九牛之一毛。」

我噗哧一聲就笑了，這人，還跟我記著仇呢。他溫雅的臉上帶著警告，語氣無比的認真。

「如果再敢背著我跟別的男人見面，就直接打板子。」

他接著道：「我沒跟素慎圓房，上次有宮裡的人在，我若直說，讓她一個姑娘家面上過不去。」

我心裡一愣，胤祥事事想得周到，這誤會若不是一直放在他心中，又怎能過了這麼久還想著要同我解釋。

我心中十分感動，便笑著答他。「我知道，這女孩子克制力很強，前幾日來過的，突然就失了態，把我罵了個狗血淋頭。要不是您對人家不好，她不可能那樣的。」

他納悶問道：「她提前出宮就為了過來罵妳？這是什麼心思？」後點著我鼻子說：「妳能讓她給罵了？我才不信。」

我哈哈大笑。「兩人平手，誰也沒討了便宜。」

胤祥跟方丈道了謝，我乖乖隨他回了府。康熙也給剛生下的孩子賜了名，弘晛。一家人再見著，已經兩年有餘了，我看著勻芷、玉纖和沅沅，心裡難受，總是被拘在一個地方，盼著自己的丈夫偶爾來一下自己的院子該是多麼痛苦的事情，我之前大抵也是這副模樣吧？可是顧慮這麼多又有什麼用？如果連自己都不幸福了，哪還有心思再去管別人幸不幸福？

素慎笑容可掬地望著我。「姊姊您可回來了。」

我也笑著點頭，然後就看見了孩子們，弘昌、暖暖看見我笑得高興，弘暾也很是歡喜，弘晈和和惠根本不知道我是誰。

……

自己的臥房裡，跟杏兒一起拾掇著衣服。她刻意不與我的目光接觸，但又趁我不經意的時候用憂愁擔心的眼光仔細留意著我，我終於抬頭笑看她。「是害怕我為了弘晈及和惠傷心？」

她點頭，眼裡盛滿了對我的不放心。

我低頭摺著衣服，咬了會兒下唇，然後笑道：「世上哪有十全十美的事兒？有喜就有憂，有得必有失，還能所有好事都讓我占盡了？他們對我這樣也是應該的，畢竟我對他們付出的也少。」

「怎麼會少呢？奴婢可算知道了，生他們的時候遭了多大的罪啊！如今卻生疏至此，格格心裡該有多難受？」

「真心待他們就好，畢竟我是他們的親娘。」話是這麼說，心也是真疼。

院子裡弘晛正搖晃著學走路，我張開手臂在不遠處等著他，看他一步沒走穩另一腳又邁了起來，搖搖晃晃地衝著我走過來。他小小的眼裡閃著渴望的光芒，從來沒這樣深切感受過原來我竟可以成為另一個生命堅強的依靠。他幾乎是撲向我懷裡的，緊緊抱著我的脖子不放開。

康熙五十六年。

康熙大壽，定於皇三子的熙春園內，這已是壽筵連續第四年選在此處，皇三子天文數理文學無所不精，得當今聖眷甚是優渥。時疫過去連年豐收，康熙很是高興，破例讓皇孫們也參加，弘昌和弘暾都要去的。

十三皇子府人仰馬翻，都愁不知道送什麼好，胤祥與我商量了半天，全都乏善可陳，毫無新意，總不能送個蛋糕唱首祝壽歌吧？先不說那樣正式場合一夥子天皇貴胄們的反應，光想想讓胤祥捧個蛋糕進去就夠可笑的。

一邊想一邊笑得高興。「胤祥，男人最喜歡什麼？無外乎金錢、美女，你阿瑪可是什麼都不缺，你說還能送什麼啊？要不你建議在暢春園闢塊地讓他學學農家樂，種塊莊稼得了。」

胤祥有些無奈，奇怪地看著我。「妳怎麼突然就改了性兒似的？這樣的玩笑能開嗎？」

我哈哈大笑。「因為很久不見你，很想你，再加上我情場得意，所以心情自然好。」然後很誠懇地向他建議。「要不下次您也同我去寺院住段時間吧，對修身養性淡泊明志有好處的。」

他也笑彎了眼罵。「我才不去，回來後跟妳似的只會越來越聒噪。」

怎樣活都是活，倒不如讓自己活得高興些。

……

一起吃飯的時候，我談笑風生，其樂融融，素慎低頭吃她的飯，還是安分守己的樣子，胤祥也心情挺好地聽我說話。

素慎不耐，突然就開了口。「皇阿瑪大壽，爺跟姊姊商量好要送什麼了嗎？」

我看了看她，假裝不在意地配合道：「妳肯定想得差不多了，也不用客氣，就說說吧。」

她淺笑了一下。「先前曾經認識一位元傳教士，皇阿瑪對西洋東西很是感興趣，我那裡倒是有些玩意兒，不知行不行？」

我拿胳膊肘捅了下胤祥。「那您一會兒隨她看看去吧，有合適的也省下自己想破腦袋尋思了。」

弘昌和弘暾回來時都來了我的院子，說起園中盛事，很是熱鬧。弘昌回憶在園中與他諸多叔伯兄弟的玩耍，後突然問我：「額娘，您看皇爺爺會把皇位傳給誰啊？若是阿瑪能做皇上，弟弟做太子，那我豈不是親王了？」

我大吃一驚，連忙捂住他的嘴。「弘昌，這些話不能亂說，會給你阿瑪招來麻煩的，以後再也不能說了知道嗎？」

對於我還是像個孩子似的對他，他頗不滿，看著我緊張的樣子，就點了點頭。「他們都說著玩兒來著，兒子還能沒這個分寸？也就跟您說說，其他人誰都沒提過的。」

我嘆了一口氣，跟他說道：「你阿瑪自小跟你四伯伯在一起，感情自是很好，他家的孩子你多跟他們在一起玩，知道嗎？」

他撇了撇嘴。「我最瞧不上弘曆，只會討大人喜歡，皇爺爺喜歡聽什麼他就說什麼，我倒覺得八伯伯家的弘旺挺好。」

我頭疼，青春期的孩子真難應付，剛準備開口循循善誘一下，弘暾卻在邊上說了話。「阿瑪說過，莫言是非，哥哥心裡有就好了，不必說出來的。」

弘昌看著他笑了笑。「你這小孩子家，總是滿嘴大道理。」

弘暾被胤祥調教得越發出息了，雍正繼了位，胤祥是怡親王，那他應該也會繼承他父親的爵位吧？

去找胤祥的路上，張嚴遠遠地看見我就笑了，小跑到我身邊道：「福晉，您可回來了，當初聽說您要去寺院，嚇得奴才腿都軟了。」

我笑。「我又不是要出家，至於把你嚇成這樣？」

「不只我這樣，為了您的事爺差點挨了板子。」能打他的人除了他老子別人誰敢？

「到底怎麼回事啊？」我納悶地問他。

「那天奴才去請爺的時候在宮門外候了好幾個時辰，好說歹說才去了阿哥所。打了勝仗，皇上在宴請各位將軍，爺自然要去的，正好側福晉見了奴才問話，就跟她說了。爺回來知道後著急要回府，不知道皇上怎麼就知曉了，說趕上打勝仗這樣的喜事，又講究血光之災，府裡自然有人照顧著，有什麼大不了的得出宮？爺違了皇上的意思，氣得皇上把他狠狠罵了。」

我的臉色越來越難看，再問他：「怎麼罵的？皇上又罵他什麼了？」

「說爺沒出息，好女色，沒擔當，不自什麼……省身的，還說了些話，奴才不明白什麼意思，還說爺枉讀了聖賢書，為了個女人鬧成這樣。」

「後來呢？」

「側福晉去求的情，跪了好一陣子，皇上誇她有婦德，說她知書達禮。後來不知道爺跟皇上說了什麼，皇上氣得差點打了爺，最後才答應讓他回府。爺回來看見您的樣子，自責了好半天，說都怪自己失了勢，所以害得您也跟著他受苦，生產時身邊連個人都沒有，如今他的福晉竟連村婦都比不上了。」他說完眼圈紅了紅，喃喃道：「福晉不知道，那天爺的境況不比您好，皇上又摔東西又罵人，其他皇子還沒有回府，再加上還有準噶爾部的人在，連奴才都覺得無地自容，何況爺那樣的人。他受了委屈從來只往自己心裡埋，咱們看著也心疼啊。」

我眨掉自己眼裡的淚意，再勉強地問他：「我出府去憫忠寺，他是不是為了我又得罪皇上了？」

他搖頭道：「這倒沒有，皇上那天晚上高興，多喝了些酒，事後想清楚了心裡也覺得愧疚爺，知道您差點喪命後，也憐惜福晉您，就痛快允了。」

聽了他的話我才放了心，也明白了那晚胤祥跟我說起「皇阿瑪准了的」這幾個字為什麼那樣艱難。這算什麼，打一巴掌再賞幾個蜜棗吃嗎？

張嚴「撲通」一下給我跪下了，我大驚，趕忙伸手扶他，他搖了搖頭道：「奴才雖然沒唸過書，可是也曉得爺是個能擔當的人，奴才從小跟著他長大，敏妃娘娘去得早，他真的是從來不輕易求人，也從來不曾給別人添過麻煩的。」越說越控制不住，帶了哭腔低頭道：「福晉，您，以後好好對爺吧。爺曾跟奴才說，這個大家裡的擔子太重，誰當了嫡福晉都是活受罪，所以，他說能讓您覺得鬆緩點，他絕不拘著您的。」

胤祥對我這樣好原來是這個原因，可是除了責任，除了嫡福晉的身分，他有沒有一絲真心放在我身上，是那種純粹對女性喜愛的真心？時日越久，對這種平淡溫和、分不出清晰脈絡的好，我漸漸有些心不在焉。

我扶了他起來道：「我都曉得了，你快起來。」他這才聽我的話起了。

……

我一路走著，拋開自己不提，想起胤祥少年喪母，又攤上這麼個父親，皇家的親情關係如此

淡薄，他的成長勢必艱難，優待下人、處處為別人著想、凡事低調、遇事自己解決，這些性格還不都是環境造成的？

我不想在宮裡待著說走就走了，他卻不得不照顧那些老婆孩子，根本不能隨心所欲地生活，再想起他看見小屋時的喜悅，霎時間心酸起來，他心裡明白得很，隱居，這樣的想法只能是個夢，藏在心裡罷了。

我常覺得自己受盡了委屈，怨他恨他，發脾氣使性子，他一併全接受了，盡力安撫，卻從來沒想過，他心情不好的時候該怎麼辦？他被他的父親罵了心裡不痛快又能跟誰說？我覺得府中的家庭關係尚且難人，那他皇宮裡的大家庭關係又該有多錯綜複雜？廢太子時犯了事兒，人情冷暖，幸災樂禍的、嘲諷的大有人在，心裡不免怨恨，皇宮真不是人待的地方，長此以往，胤祥這樣自苦的人遲早得癌症。

走著走著就快步跑起來，到了書房的院子，我一下撞開了門往裡間跑去，他站起身子，不明所以地看著我，我直直地撲進他懷裡。

胤祥被我這樣一衝，身子往後頓了下，也沒說什麼就抱住了我，然後用手抬起我的臉，臉上帶著微笑，像淡淡的遠景般，問：「又怎麼了？四哥在呢。」

我大窘，抬頭看四周，四阿哥果然看著我，還是以往的老樣子，堅忍剛毅甚顯孤獨。我連忙跳起身子，給他和胤祥行了禮就趕緊逃了。

「你這媳婦還跟以前一樣。」

「這樣我才放心……」他輕笑著答了。

康熙五十七年。

阿瑪去世了。

我童年印象中烙下的印記時時提醒著我，我的庇護去了，父親這堅強的依靠沒了。他是青寧的父親，可是與他相處時間最長的是我，承歡膝下的是我，不是青寧。這話有些矛盾，反正以我現在的狀態根本抓不住自己心中轉瞬即逝的想法，更別說將這感覺訴諸於文字了。

母親按照禮節開始張羅喪事，嫂嫂不忍心她老人家這麼大歲數還要操勞，極力勸說，可都被母親拒絕了。從頭至尾，父親的喪禮都是母親辦的，隆重之至，並無半點差池。哥哥嫂嫂都要服斬衰三年，我是出嫁了的女兒，入了夫家的宗族，母親再考慮到親家是皇族，所以我按古制減了一級，只服大功九月，胤祥服最輕的緦麻三月，暖暖、弘暾他們是外親，也隨了他們的父親，緦麻三月。

厚重的紅木棺材裡見了父親最後的樣子，原本魁梧的身子整整縮小了一倍多，他臉色蠟黃，緊閉著眼睛，我清楚記得他臨危前的模樣，他交代後事時的坦蕩從容。「我這一輩子得當今聖上恩寵深渥，一生從沒做過虧心事，給你們留下的也就這些產業，以後全靠你們自己了。」

後又開始一個個地囑咐，對哥哥講：「我去了要好好照顧你母親，這家就交給你了。」輪到我的時候只說：「為父這輩子眾多的女孩兒裡邊，最喜歡的就是妳，最不放心的也是妳。妳嫁給

十三阿哥，帶給這家的不知是福還是禍？」戀戀不捨地又給自己的幼子稚孫們說了些話，直至耗盡自己的最後一口氣。

一屋子悲戚之聲，嚎啕大哭。

父親舊日的門客、哥哥的同僚、族中的親戚、妹妹婆家的人都過來看了，頗是勸慰了一番，便被府中的小廝們帶去供飯處。

一身粗熟布裹在我身上，入眼處是身著生麻粗布的人晃來晃去，素白的綢緞隨風時有飄動，慘白的蠟燭燃盡後剩餘的燭淚，幽幽然的靈堂裡燒紙的鐵盆，祭拜上香的身影，磕頭還禮的兄弟們，怎麼看怎麼難受。哪兒都是失聲痛哭的人群，處處都是不再流通的空氣。

我離了前庭，去了後院練武場，靜靜坐在石凳上出神，可能是太久沒回這個家了，可能是太久沒有跟父親交談過，可能我不是他們的親生女兒，可能……太多的可能性，我總覺得虧欠了他太多，我想我還是不能坦然面對死亡，承受不起生命的重量。

身後有人走進來，腳步由粗重的尋找變成了安穩的放心，他輕輕拍著我的肩膀，道：「難受就哭出來吧，所謂子欲養而親不在，我都明白的。」

我靠在他身上後就再也不像我自己，軟弱得不堪一擊，眼淚彷彿也廉價起來。

胤祥，你母親去世的時候可曾有人借你肩膀，讓你依靠？

……

第三天，十四阿哥也來了，勸慰了我半天，讓我多寬心。我看著他的臉上有抑不住的喜色，心想幸好我瞭解你的為人，要不你這樣喜不自勝地去參加葬禮，還指不定怎麼遭別人的白眼呢？

我開口問他：「被皇父封了撫遠大將軍就這麼高興？」

他看著我滿是責怪的眼神，不太好意思。「沒有。」

我不再逗他，就正色問他：「真捨得離開盈如，去那塞外疆場嗎？」

他揚頭，頗有豪情道：「大丈夫若不能幹一番大事業，活在這世上有什麼意思？」

「不害怕戰死沙場？」我接著問他。

「那也死得其所！」

看著他這樣有血性的男兒，我心想再怎麼勸阻也已成了定局，不管等待他的是怎樣的結局，只要做好眼前，問心無愧就是了。

「那我就祝您凱旋而歸，收復西藏，鞏固我大清邊疆。」

我說完他倒是一愣，轉而笑了。「妳說這樣的話，彷彿咱們又回到小時候。」

我開始有些明白四阿哥冒險在康熙眼皮底下去找胤祥是為什麼了。奪嫡已經進入白熱化階段，十四阿哥被封為撫遠大將軍，若立了軍功，似乎皇太子之位就是他的了，八阿哥與九阿哥自然是喜不自勝的，出錢出力的人都有了。明顯八爺黨占了先機，這樣一來，四阿哥會沈不住氣要與胤祥謀劃，也是應該的。

皇子們的遊戲不僅高格調，而且是真危險。我看了看十四，真心對他說：「桂花酒我很喜歡，難得您還記掛著。」

他爽朗一笑。「這算什麼，一罈酒而已。若我真的事成，定不會虧了十三哥的，妳放心。」

十四阿哥不知道，一罈桂花酒，一句不會虧待，對胤祥對我，都已經遠遠超出它本身的價值了。

他告了辭就回去了，看著他遠去的背影，因為知道他不會成功，所以我不無悲傷地也在心裡告訴他。「放心，你如此待我們，以後你的十三哥也絕不會虧待你的。」

七七之後，父親出殯下葬。我依舊過我的生活，直到父親死後才明白，靈魂之說有時候很難解釋的，我總是不止一次夢見阿瑪跟我絮絮地說著話，一如他生前威嚴的樣子。

十四阿哥在康熙的親自歡送下，意氣風發地帶著軍隊浩浩蕩蕩地出了天安門，那樣的志得意滿，躍躍欲試地開始他人生最輝煌的時刻。

整整十年，整整十年胤祥活在他父親的壓制下，才華根本得不到施展，所學一無所用，本該大展宏圖的而立之年依舊沒有作為，沒有榮耀，只落下一身的病。如今這兄弟倆的境況，是多鮮明的對照，又是多諷刺的對待。

我還沒走進書房，就聽見素慎控制不住的聲音。「您不要忘了，當初您能出宮，是我替您求皇阿瑪的，我沒有向您提出任何要求，也沒有求您跟我圓房，爺知道嗎？我進府五年了，已經再也堅持不下去，再也做不到笑著看您去姊姊的房裡。憑什麼她就可以？憑什麼？」

胤祥緩緩壓著怒氣，還是給她留了面子道：「我去誰的屋用不著妳來管，妳下去吧！」

張嚴在一旁勸道：「側福晉，您就少說兩句吧。」

只聽見她冷哼了一聲，越說越尖銳起來。「您怎麼能這樣狠心對我？您沒有心嗎？您知道我天天活得有多累嗎？我再也忍受不了了，難道我對您的感情您一點都看不見嗎？我會死在您面前，讓您後悔一輩子，讓您一輩子背負著愧疚活下去。」

然後就聽見一陣響聲，張嚴急了。「側福晉，使不得。」

我使勁踹了門就走進去，花盆底砸在門上發出悶鈍的響聲，門還兀自「吱吱呀呀」地響著，張嚴擋在柱子前狼狽地阻著素慎防止她撞上去。

我快步走進去扯了她的衣服，一記耳光打在她臉上，清脆如裂帛，我的手都生生疼了起來，這樣的突發事件讓所有人都愣在當場，張嚴一下子給我跪在地上，迭聲叫道：「福晉息怒，福晉息怒……」

連胤祥的臉都變了顏色。

我的火氣彷彿要把自己燒盡了一般，只是熊熊蒸騰著自己的神經，無法控制。「妳再敢跟他說這樣的話試試？」

素慎明顯被我的氣勢嚇著了，只是呆呆地站著，我的話如洪水般全都傾洩了出來。「去求皇阿瑪說情？哼，說得真是冠冕堂皇不要臉啊，以為妳自己幹的事別人都不知道？妳知道什麼？知道他有多累、心裡有多苦，還是知道他受了多少委屈、遭了多少白眼？妳知道他身上的擔子有多重？這樣的大家府中沒有收入，哪一項不花錢？錢又從哪裡來？妳覺得他接受皇阿瑪給撥銀子他心安理得是不是？他為了維護這家裡的每個人有多麼不容易，妳又知道多少？妳倒是清楚知道，妳死了會讓他一輩子負疚，這就是妳對他的感情？這就是妳口口聲聲說著的對他的感情嗎？」

我厲聲說完，素慎的淚就流了下來，羞憤難當，捂著臉再往柱子上撞去，張嚴眼尖，一下子拉住了她，我更生氣，大喊：「張嚴，別管她，讓她死！我最見不得這樣把性命當兒戲的人，妳根本就不知道人將死時那是什麼滋味兒？妳也不知道那瞬間閃過的萬般念頭有多無助，身上壓著一大一小兩條性命，全是妳至親的人，想死卻不能死有多慘多絕望妳根本不知道！拜妳所賜，我全嚐過。」

她咬了下嘴唇，依舊帶著淚倔強地看著我，我再說：「我阿瑪死了，真該讓妳去府裡看看那是什麼樣的景況，前幾日還好好活在這世上的人，過年那會兒還能見著面、還能教訓我幾句，突然一下子就沒了。從今往後，再也沒有這個人，再也沒有人能讓我喊他『阿瑪』，也再沒有人會像他一樣教訓我，那是什麼樣的感覺，難道妳也想讓妳父母懷著這種心情？我額娘那麼大歲數的人，心情明明糟糕透頂卻還要硬撐著把喪事辦得風風光光，覺得這樣才對得起她的丈夫！這世上的人，哪個活得不累不辛苦？難道都要像妳這樣，選擇死亡來逃避嗎？」

我把桌上的茶壺狠狠摔在地上，撿了塊碎瓷就走過去。「想死是吧？給妳這個，用它直接抹脖子還乾脆，找準了地兒，一下兒就過去了，用不用我幫妳？」

素慎掩面哭著軟倒在地上，口中喃喃道：「我恨妳，我恨死妳了。」

「妳恨我吧，我這人本來就不是什麼好東西，恨我的人多了，也不在乎妳這一個。」

# 第三章　絕食

十三福晉撒潑事件再次轟動全府，上一撥人走後，這相當於是對當差新人的再教育。原本就很安分守己的新一撥人，這下更是噤若寒蟬了。

素慎被張嚴送回了屋，我靠著牆蹲在地上，緊緊抱住自己的雙腿，開始哭。

胤祥坐在書桌後待了半天，剛要起身，我帶著哭腔大叫。「你別過來。」

他還是起身走到我跟前，摸著我的腦袋說：「妳親自給我洗衣裳，我便借與妳抹眼淚兒用，如何？」

我像個孩子般一頭鑽進他的懷裡。

我狠狠傷害了一個尚需要呵護的年輕女孩，在她需要安撫的寂寞心上又劃了一刀。胤祥可以安慰我，誰能去安慰她？我沒有階級觀念，也不認為打人是一件理所當然的事，即使她很清楚知道怎樣才能狠狠傷害人的心，即使她曾經也同樣傷害了我，可是我想我還是可以理解她追求愛情的心，一如當年我對胤祥的執著。

「不是妳的錯……」

胤祥很像安定劑，莫名地就會讓人浮躁的心趨於平靜。素慎，如果我不是那麼愛他，我想我會把他讓給妳，我說真的。

因為懂得，所以慈悲。

胤祥取笑我。「大家閨秀、知書達禮妳也做得，市井潑婦、無賴小人妳也像，說出的話文雅耐聽、頗有哲理的時候有，粗俗腌臢、難以入耳的時候也有，沒見過妳這樣複雜的人。」

素慎開始絕食，一天、兩天、三天，勻芷、玉纖和沅沅都敗下陣來，沒有一個能勸得動她。胤祥親自去看她，素慎只是哭，死活不見。在自己所愛的人面前丟盡了面子，死鑽牛角尖兒自尊成這樣的女子還真少見。

我帶著杏兒去了她的房間，她懨懨的沒有神采。

「您是來笑話我有多慘的嗎？」才一開口已經語氣不善。

我問她：「妳還真是執迷不悟，這樣作踐自己是給誰看的？逃避有什麼用？也不管妳的親人了，就這麼想死？」

她沒有力氣跟我說話，呼吸都變得若有若無起來。「是，我就是想死，現在這樣被他無視，我生不如死。」

她的貼身丫頭跪在我腳下，抓著我的袍角痛哭失聲。「福晉，求求您，救救我們家格格，她已經三天滴水未進，再這樣下去她會死的，奴婢求求您了……」

我閉了眼，真是無可奈何，杏兒把小丫頭扶了起來，我吩咐她。「去廚房端兩碗水來，要一碗鹽水，一碗糖水，服侍妳主子喝下，快去吧。」她疑惑地看了我一眼，我道：「我不會害她的，妳照我的吩咐做就是了，妳親自端來，我想下毒也沒機會啊。」

她不好意思地紅了臉，就走了。可惜這年代沒有設備，要不直接輸生理鹽水和葡萄糖會更有效。

素慎頭轉向裡邊並不看我，道：「她端來我也不喝。」

我失笑，學她也賭氣道：「喝不喝是妳的事兒，怎樣都隨妳，素慎，妳是不是也是穿過來的，怎麼就烈成這樣？」

她有些不解，不明白我為什麼要給她喝這個，也不明白穿過來是什麼意思，但還是極好地控制住自己，徹底無視我。

我笑呵呵地對她說：「這兒也沒有別人了，我也不愛拐彎抹角的，咱們談條件好了，妳到底想要什麼，直接說吧？」

她猛然轉頭看著我，可能這一下太耗費體力了，手扶了半天眼睛才勉強能看清我，可臉上卻得意地笑了，說的話堅定無比。「妳輸了！妳知道我要什麼的！」

我笑道：「就算他不愛妳，妳還是要他嗎？」

她依舊精芒倔強地死死看著我。

我緩緩道：「妳真是聰明，聰明到可以揣測人的心，上次利用弘暾，這次利用胤祥，逼得我走投無路，想找個退路都不行，就算明知是懸崖也只能閉著眼往前走。」

她也扯嘴笑。「妳這個人就輸在心軟上，所以妳永遠都鬥不過我。」

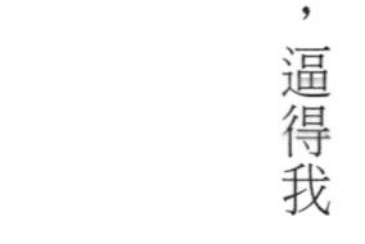

我搖了搖頭。「我已經過了爭強好勝的年紀了，我也不想跟妳鬥，胤祥心裡到底誰的分量重，妳我都明白。」她煞白著臉看著我，我接著說：「我是輸了，但不是輸給妳，而是輸給我對胤祥的心。妳說得對，妳死了他會對妳內疚，我不能讓這樣累心的他再受苦。腦子轉得真快啊，看來一巴掌倒讓妳想出個好主意來，心軟有什麼不好？女子精明過分了，就要天天算計，天天受良心的譴責，活著還有什麼意思？」

她突然就敏感起來，使出了全身力氣歇斯底里地道：「我要怎樣活是自己的事，不用妳管！我變成這樣全是你們逼我的！我不內疚，是你們欠我！」

我起身，淡淡地說：「我會如了妳的願。妳這個爛脾氣，遲早都要瘋的，記著我這句話。」

她毫不示弱地還了回來。「你們遲早都要分開的，不信咱就走著看！」

我再不願理她，扭頭就走。

……

出了屋去找胤祥，我正經八百地盯著他說：「胤祥，你跟她圓房吧。」

他依舊看他的書，對我視若無睹，聽若罔聞，根本理都不理。

我雙肘撐在他書桌上，用手捂住書面，再接再厲地勸說。「我知道讓你做這事你為難，我也知道你不喜歡她這樣精明陰沈的性子，我也不喜歡她，我也為難。可是她說得對，她若真為你死了，你會內疚一輩子的。先是皇阿瑪那兒就說不過去，她娘家的人也不會甘休，咱們就永無寧日了。你給她個孩子吧，以後就不再欠她的了。」

他突然就扔了書，怒道：「我還不至於受一個女人的威脅。」從桌上抽了張信箋抬筆就寫了「休書」兩字。

我雙手抓住他的右手。「胤祥，最想讓你休了她的是我，是我你知道嗎？可是她還是一個姑娘家，而且入了皇室的玉牒，是皇家的兒媳婦，誰還敢再娶她？你這樣的心思，別人想一步你已經想到十步了，其實你心裡早就知道咱們沒有別的路可以走，你只是在拖延時日，我沒說錯吧？你也知道她做的這一切全是因為她……」我強迫自己說下去。「全是因為她愛你，素慎，終究也是個可憐人罷了。」

他鐵青著臉把桌上的東西揮手全掃了下去，書本和信箋被灑出來的墨給污了，筆洗裡的水潑在了地上、書上，硯臺碎成了兩半，筆筒在地上轉了個圈兒就倒了，一片狼籍。

我蹲下身子低頭收拾書本，第一次他毫不控制自己，聲音裡帶了濃濃的火藥味，開始咆哮。「我真恨生在皇家！我真恨自己是個皇子！榮華富貴有什麼好，到頭來全是一場空，還要處處受掣肘，不得自在！」

久久沈默後，只聽見他說：「我跟她圓房。」他的聲音虛無遙遠。「青兒，妳錯了，她這樣鬧，只是驗證了她其實一點都不愛我，她愛的只是她自己。」

我用手捂住了臉蜷縮著，這是什麼世道？竟然被人家逼到不得不勸自己的丈夫與別的女人一起睡覺?!我不想讓他看見我哭，也不想看見他疲倦滄桑的樣子。

在成長的過程中，我們總是不停地受到傷害，不管是在古代還是現代，為了長大付出代價，

被迫學會妥協，脫離孩童甜稚的世界。皇子、嫡福晉，這樣的身分有什麼好？頗富權力又能怎麼樣？那不得不承擔起的責任竟是如此慘痛。

生活很大一部分都是事情在推動人作出決定，而不是人去掌握會有什麼事發生在自己身上，在這個陌生壓抑的大環境下，我接受的教育促使我很努力地生活，很認真地談戀愛，很用心地愛自己的丈夫和孩子。

真的已經很盡力了。

康熙六十年。

這一年，大格格出嫁了，並沒有太風光，可也是康熙的孫女，相對而言已經很好了。勻芷雖然難過，也覺得是正常現象，女子到了一定年紀總要嫁人的。我這才突然驚醒，暖暖不久後也會離開這個家的吧？我才三十出頭的年紀，竟然快要嫁女兒做婆婆了，想來真是滑稽。

和惠見了我還是怯怯的，躲在乳母的身後微露出腦袋看著我，我往前走了幾步，把手伸給她。「妳想不想跟額娘去園裡玩兒？」

她還是羞怯地拽著乳母的裙子，嬤嬤為難地看著我。「福晉，這……」

我笑了笑，摸了摸她的頭，問：「和惠就這麼討厭額娘嗎？」

她終於眼裡帶了淚。「嬤嬤，我要慎姨娘……」

容惠格格跟我感情這麼好，怎麼和惠見了我就跟見了仇人似的？難道親娘還趕不上姨娘嗎？

轉念又安慰自己，不錯了不錯了，最起碼她現在知道我是她親娘，再努力待她吧。呆滯了半天，又轉身往外面走去。

我還沒走出院子，就看見弘晥小跑著向我撲過來。「額娘，額娘。」

他抱著我的腿，仰起臉笑嘻嘻地看著我，臉上髒兮兮的，我看他滑稽的樣子，拿帕子給他抹了抹臉，寵溺笑道：「怎麼成小花貓了？這是去哪兒招了一身髒回來呀？」

「小廝帶我去掏鳥窩。」

我笑了半天，好好玩吧，反正長大了那麼累，趁著還小，喜歡怎麼玩就怎麼玩。

「那麼高的地方，自己爬上去的……」

「小廝守著呢，兒子不怕……」

素慎有了孩子，康熙賜名弘昑，她的人卻收斂了很多，越發的貌恭言順了，一口一個姊姊叫得親熱，鬧得我時時頭皮發麻，猜不透她在想什麼。

弘晈倒是與我親密了起來，常會過來說會兒話，看著有什麼好玩的順手就拿走了。這天正在拆解九連環，他一個不耐心前功盡棄，就扔在了一邊，膩在我身邊要討我身邊的丫頭侍候他、陪他玩。這孩子越來越得寸進尺了，這才幾歲，紈袴子弟的風氣就已經初露端倪了。

我狠狠說了他，他噘著嘴道：「兒子是您親生的嗎？以前我要什麼慎姨娘就給什麼，額娘忒偏心，弘昌哥哥不是您親生的，您對他也比對兒子好。」說完就氣呼呼地跑了。

杏兒拉著我的手開始笑。「格格別惱，小孩子說氣話罷了。」

我看著她緊張的臉色，就嘆了口氣，撇嘴玩笑道：「罷了，誰也指望不上啊，還是去找爺吧。」她嗤的一聲笑了。

還沒起身呢，張嚴就來稟道：「福晉，爺讓您隨他進宮，說是皇上召見。」

我疑惑地問他：「我也要去？」

他點了點頭。「皇上著意讓您去的。」

昨日下了大霧，清晨的京城籠在淡淡的白煙中，從十三皇子府出來，街上行人不是很多，店鋪剛剛下了門板，店裡的夥計正將「貨真價實、童叟無欺」的幌子掛在門外。時不時地聽見有馬車擦過的聲音，胤祥坐在車裡，放下了簾子，側頭看著我道：「這麼些年了，看著還這麼新鮮？」

我挽著他的胳膊笑了笑，視線收回到車內窄仄的空間，問他：「皇阿瑪讓咱們去幹什麼？」

他也沈思了會兒，搖頭道：「我也不甚清楚。」

十四阿哥打了勝仗的消息讓整個京城都沸騰起來，這些天一場接一場的秋雨並沒有澆熄人們的熱情，連稚子小兒都知道大將軍王的英勇事蹟。又有人在外面唱著歌：「山之巍巍兮，水之洋洋，嘆我大將軍王兮，慷慨激昂，橫刀立馬兮氣壯山河，仰天長嘯兮直逼九天。君不見沙場征戰馬骨寒，皚皚白骨心森然，君不見鑼鼓震天碎石走，風如刀割面將破，將軍持戈不成眠，男兒誓死不歸還……」

胤祥笑了笑。「像老十四的性子。」

我忽然有些心酸，拿了他的手道：「爺，我會看手相，幫您看看？」

他一臉不相信的表情，我笑著攤開他的左手，醞釀了半天。

他逗我。「怎樣?可看出什麼來了?」

我學老夫子輕撫下巴，搖頭晃腦道：「先生，好福氣呀，身處榮華，富貴自安，衣食無憂，且家有賢妻，知書達禮，性情秉順……」

還沒說完呢，他就哈哈大笑。「老十四經常說的那句話是什麼來著?不知羞。」

「別打岔，還沒說完呢。」我白了他一眼，握著他的手接著瞎編。「您是大貴之相，家宅平安，土田開張，征戰得利，訟之無咎。先生鴻運當頭，日後必能大展宏圖，隨心所欲啊。」

他笑呵呵地反握住我的手，不以為然道：「行啦，我都曉得了，借妳吉言。」

是真的，我沒開玩笑。

紫禁城孤獨佇立在迷濛中，巍峨的曲線經過煙靄的襯托，平添了陰森淒然之感。秋風穿簾而過，我忍不住哆嗦了一下，胤祥感覺到了，就單手摟我往他懷裡靠了靠，道：「以後多穿些。」這種時候這種地方要見康熙，穿多少我都覺得冷，山雨欲來風滿樓。

康熙正在看摺子，坐在龍椅後的他神情嚴峻，眉頭深鎖，人瘦了很多，兩頰都陷了下去，更顯蒼老孤獨。

我印象中見他的次數不多，但每次見著他似乎都心事重重的，心想處在風口浪尖上掌舵不是個好差事啊，這麼大年紀還要操心這整個國家的瑣事。我站在胤祥右後的位置，忍不住稍稍抬了頭仔細觀察他與他父親，康熙的眼光依舊梭巡在摺子上，精神矍鑠，胤祥垂頭恭敬等候著，我的眼睛游移著，眉眼、臉的輪廓、鼻子、嘴巴，突然驚覺，他是所有皇子中跟他父親長得最像的一個。

我又觀察了一會兒，直到康熙看似十分不經意地突然抬頭，頗有興味地對上我的眼道：「十三媳婦似乎有話想對朕說？」

我連忙低下頭，難怪能做皇上，這樣的觀察力早已對一切了然於胸。「臣媳不敢，只是納悶皇阿瑪為何召見？」

他合了奏摺，和顏悅色看來心情不錯的樣子，頭轉向胤祥問：「老十三怎麼想？」

他恭敬道：「皇父的心思豈是兒臣能想到的，請皇父明示。」

真累，真客氣，不像父子。

可康熙對於這個答覆頗是滿意，不動聲色地看了看我們，忽然就沈了臉，喝問：「烏蘇氏到底怎麼回事？你老實回答朕！」

胤祥大驚，自發開口維護我。「皇阿瑪，是兒子的錯……」

還沒說完就聽見康熙的斥斷聲。「朕沒問你，你給朕閉嘴。」

原來他什麼都知道，我們的一舉一動他都知道的，恐怕不只胤祥，估計每個兒子都在他的掌握之中吧？

他精深的眼睛定在我身上，示意我回答他的問話。我思量再三開始認錯。「是臣媳錯了，再也不敢了。」

他開始教訓。「朕最恨婦人擅寵專權，老十三不是妳一個人的，給朕記好了，他是妳丈夫，也是別人的丈夫。朕最瞧不上堂堂男兒被自己的媳婦掣住了手腳，朕給他娶媳婦是為了協助他好好維護我大清江山的，不是爭寵喝醋的。」

這話的意思再明確不過，女人之於皇子，是傳宗接代的工具，是籠絡親家盡心盡力為大清朝當差辦事的，突然想起他先前曾經一下給老八兩個小妾，這擺明了是給各位皇子福晉們看的，若我以後還是執迷不悟，下次給胤祥的恐怕兩、三個素慎也不止吧？思及至此就再恭敬磕頭道：「皇阿瑪教訓的是，臣媳謹遵教誨。」

看我認錯態度良好，康熙頗是讚賞，就轉向胤祥說：「你就是心太善，什麼都太為別人想，為父不能為你謀一輩子打算，你也別怨恨朕，是朕的兒子就要理解朕，祖宗的江山不能丟，朕從小將你帶在身邊，你跟你二哥真是傷透了朕的心啊。」

這樣直抒心意的話看來胤祥也是第一次聽見，就跪在地上道：「皇阿瑪，兒子錯了，當初不懂您的苦心，如今想來卻也明白了些。」

康熙這樣一句話解了胤祥十幾年的心結，我心裡「咯噔」一下，今年康熙六十年了？尾聲了？快要結束了？人之將死會有預感嗎？

眼前的一代聖主，勵精圖治，憂愁民生，可謂費盡了心血。但是二十年的諸子奪嫡已經導致吏治懶懈、結黨爭權，兒子們都處心積慮拉他下臺，年近垂暮的老人面對這樣的境況只能嚴厲打壓，絲毫顧不得家庭溫暖，想必心裡也是淒然。他這樣努力找回親情，也不過是個普通父親的本能，只聽見康熙緩緩開口。

「十三媳婦也別怨朕，朕打你們小起一直看著，也知道你們感情好，既是朕的兒媳婦就要免了老十三的後顧之憂，家裡若是亂了套，天天鬧起來讓天下人恥笑，我皇家的顏面何存？只是……妳見了朕要麼就喜笑顏開，要麼就悲天憫人，何故啊？」

我一開始還戰戰兢兢地聽他訓話，聽到最後不自覺地臉上就帶了笑，剛才被他說的幾句話也丟開了，賭一把了，笑嘻嘻地反問他。「皇阿瑪見了臣媳要麼就疾言厲色，要麼就耳提面命，這又是何故呀？」

康熙和胤祥都有點反應不過來，還是康熙先回過神來，果然高興地哈哈笑了。「好，敢這樣跟朕說話的妳還是第一個，朕的阿哥格格們都不敢。」

我也看著他笑了笑，英雄末路，美人遲暮，還有什麼能比這更淒涼的了？這最後的盛世也將落下帷幕了。

退了宮，馬車一路向外門駛去，我不禁挑簾子向後望去，這座雄偉的建築裹住了太多不為人知的辛苦孤獨。霧氣已經散了差不多，秋意卻越漸濃了，遠處幾個宮人正在清掃落葉，寒鴉時不時地鳴叫一聲，這兒跟我們生活的地方完全是兩個世界。

天空不知何時開始飄起雨絲，寒峭的空氣時不時地鑽進車裡，我偎在胤祥懷裡，他握著我的手親吻我額頭，問：「皇阿瑪說的話妳都聽進去了？以後真對我視若無睹不吵不鬧了？」

我嘆了口氣。「我這麼知書達禮，看在皇阿瑪上了年紀的分上，討他歡心一次還是必須的。」

他聽後沈沈笑了，聲音自胸腔發出，深厚寬廣。

胤祥很在乎我對他的情意是否足夠多足夠深厚，也很注重他在我心裡是不是唯一。可他不知道我對他也是一樣的心思，這個時代，男子是不會想到女子也有這方面的要求的。儘管與其他人相比，他已經足夠尊重女性，也非常寵愛我；但是，他骨子裡是個不折不扣的大男人主義者，這一點我絲毫不懷疑。

好半天的時間裡，我就這樣一動不動地任他抱在懷裡，往昔的事情一幕幕紛至沓來，以前記不得的、刻意忽略不去想的都清晰湧上心頭，初識，上元，格格，十四，塞外，冷戰，素慎，和惠……半生回憶，令人心神蕩漾的少，悽苦心寒的多。雨勢越來越大，不停地敲打在馬車頂，因為下雨，寂靜冷清的街道上迴蕩著鞭子抽動馬的聲音格外清晰，秋天的緣故，心情難以言說的悲涼。

……

到家的時候，張嚴冒雨吩咐下人去取把傘過來。我看著雨中他一張一合的嘴巴，有些時空錯

位的惶然，再緩緩轉過頭去看胤祥，不知道為什麼眼裡就蓄滿了淚。

「爺知道嗎？這許多年來我一直跟在您身後，就這麼不停地追著您，說實話，其實挺累的。」一邊說淚一邊往下掉。「您不知道，悲傷無助到一定時候，我就想乾脆放棄算了，再也撐不下去了。可每一次要放棄的時候又十分不甘心，都已經這樣辛苦了，也許我再堅持一下，再堅持一下他就會明白的。」我自顧自地說著話，就是特別想向他傾訴心中所有的想法以及刻意壓抑忽略的委屈。「我……特別希望您能回過頭來看看我，然後牽著我的手與我一起走，您，帶我走一程行嗎？」

胤祥頗為動容，注視著我的眼許久，烏黑的瞳仁裡盛滿了我茫然不知前路但又渴望依靠的表情，他忽然握緊了我的手，牽著我一起跳下馬車，神色堅定地看著我道：「縱使妳這樣辛苦，我也不能讓妳離開我。」

漫天風雨中，兩個人手拉手朝府裡跑去，他一步邁出，我步步相隨。張嚴嚇得在後面喊：「爺、福晉，身子要緊，使不得……還不快拿傘去？快去啊……爺、福晉等等，等等奴才啊……」

鋪天蓋地的雨打在兩張臉上，不知道是雨水還是淚水如洩了堤般順著整個臉流下來，每當我要放棄的時候，都是他堅決又果斷地再把我拉回他身邊……

舒舒服服地在熱水裡泡了老長時間，總算把身上的寒氣驅盡了。杏兒把薑湯端給我，忍不住滿臉笑盈盈的，我知道她為什麼笑，眾目睽睽之下，封建禮教之下，胤祥與我算是出盡了風頭，心裡不屑，只要兩人高興，這又算得了什麼？我喝了一口，順口問她：「給爺端過去了嗎？」

她道：「端了。」說完臉色潮紅，我就一直似笑非笑用嗔怪的眼神看著她，杏兒終於敗下陣來，婉順笑著。「側福晉早就給端過去了，奴婢的沒派上用場。」

我看著她道：「杏兒，不用對我這麼小心，她愛幹什麼幹什麼，我沒空跟她耗那麼大心思。」她應了就接了碗背對著我準備出去，我笑著再喚她。「妳啊，下次撒謊先對著鏡子練練，太明顯了，臉紅成那樣。」

雨一直淅淅瀝瀝地下個不停，秋風更兼秋雨，高簷水落如柱，再加上聲聲琵琶，倒弄得心情都潮濕了起來，素慎的琵琶不似她的箏，沒有肅殺之氣，只是哀怨纏綿。

我打了個琉璃燈披著蓑衣就出了門，青石板間的空隙裡蓄滿了水，空氣中混雜著泥土與青草香，進了書房的院子，小屋內燭火明豔，他的人影映在窗上有些模糊。我去了後院，那時種下的花已經頗具規模，中間那塊地尤顯突兀。

我拿剪刀剪了幾枝月季，用手拿著又去了前院，推門進去，遣退了上來服侍的丫頭，自己脫了蓑衣便開始找合適的花瓶插花，胤祥停了筆，笑著看我忙來忙去，問道：「怎麼不採菊花，這個時節的菊花開得最好。」說完又低下頭再翻他的書。

我剪去雜枝，擺弄了半天才插好，道：「我聞不上那個味兒，還是月季清淡宜人。」說著就把花放在書架上，依在他背上抱著他待了會兒，然後順勢躺在他身邊。

胤祥低頭親了親我道：「回屋好好睡，看一會兒著涼了。」

我扯了被子蓋在身上。「我不打擾你，你看你的就好。」

他擱了筆轉身推我。「別耍賴，快回去歇下吧。妳在這兒不管怎麼安靜，我也什麼都幹不了。」

「那就別幹了。」

「我……不想再讓妳飽受生孩子的苦。」

「可我想跟你待在一起。」

「……」

弘晛開始在練武場學習騎射，弓箭都比別人小了一號，冬天天寒，他不願早起，在被窩裡磨來磨去，最後還是憚於胤祥的嚴厲，非常不甘願地爬起身子。

練完來給我請安，我笑呵呵地捧著他凍得通紅的臉給他暖著，一如胤祥經常對我做的。

「杏嬤嬤呢？」他掃視了一周，納悶地問我。

「親自給你打熱水去了，說你射箭手肯定疼，天又寒，你嬤嬤怕凍著你，非要給你燙手。」

他聽完我的話眨了眨眼睛，杏兒給他洗手的時候，他正兒八經地拿著杏兒的手說：「嬤嬤，等我大了，一定好好孝敬您。」

杏兒稍有愣怔，臉上立馬爬滿了笑。「四阿哥有這份心，嬤嬤就很高興了。」

康熙六十一年。

連綿的爆竹聲響響歇歇，還沒到初五，弘昌卻打了弘晈，害得弘晛也成了受害者，跟著他們的小廝們各說各理，一時間場面混亂不堪。

弘昌倔強的一語不發，弘晈臉上青了一大片，精乖地「哎哎呀呀」一個勁兒叫疼，只有弘晛看看這個，再看看那個，捂著半邊受傷的臉，眼裡含著淚就小聲開口。「額娘，是為了一隻八哥打起來的，那八哥兒很會說話，是大哥哥的，三哥要，大哥沒給，就打起來了，兒子沒勸住。」

我拿了他的手看了看，臉也被打腫了。

我瞪著弘晈。「你真是本事，目無兄長，這是打哪兒學來的？」

他停了聲，滿臉不服氣。「額娘是嫡福晉，我是您正出的兒子，難道還比不上庶出的，要什麼不行？」

弘昌一臉的怒氣，畢竟已經是十六、七歲的少年，自尊心強，這些年來似乎也明白了自己的身分，臉色難看隱忍不發。

「閉嘴！小小的孩子家，居然這麼勢利?!都是你阿瑪的孩子，難道連自家的兄弟間也講究這些尊卑？若我不是嫡福晉，你還能這樣飛揚跋扈嗎？有什麼了不起的，不過是仗著你阿瑪的身分！」

他死倔地瞪著我。「額娘就是看不上兒子，對哪個都比對我好！」說完就跑了，一邊跑一邊抬袖狠狠抹眼淚。

我轉頭看弘昌。「他年紀小不懂事，你別跟他一般見識了，額娘替他給你賠個不是。」

弘昌低頭。「額……額……您別這麼說，本來那八哥兒三弟想要，我也會給他的，您好生歇著吧，兒……我告退了。」

說完弘昌也走了出去，我看著他的背影，心裡很是難受。從小看著他長大，到如今卻連聲額娘也叫不出來了？

只剩下弘晛可憐巴巴地望著我。「額娘，這個給您，兒子今天射中了靶心，安達誇獎了好一陣子呢。」

我看是他經常用著的箭，箭桿處被他的小手攥得溫熱光滑，我也握在手裡，撫著他的臉問：「疼嗎？」

他笑嘻嘻地道：「沒事兒。」

杏兒早就拿了藥匣子過來，滿眼全是心疼，拉了弘晛過去仔細瞅了瞅。「嬤嬤給四阿哥瞧瞧。」

……

晚上，弘晈鬧彆扭，飯菜端了三、四遍死活就是不吃，又砸盤子又摔碗。胤祥待在書房也沒有過來，素慎樂呵呵地起身道：「姊姊，妹妹去看看，我從小看著他，我的話三阿哥還是聽的。」說完轉身要走。

「妳站著，坐下吃妳的飯，誰都不准去，沒得給他慣出毛病。」我帶著氣說完就不再理她。

素慎也不坐下，這樣僵持了好一會兒。

沅沅看了她一眼，淡淡開口道：「福晉都吩咐了，妳快坐下吃飯吧。」

她依舊站著不動，匀芷勸我。「福晉，弘昌也有錯，您去看看三阿哥吧，小孩子餓壞了身子就不好了。」玉纖也起身拉著素慎坐下。

我看著匀芷道：「妳等著，我早晚讓他去給弘昌道歉。」

素慎頗是不屑地哼了一聲。

晚上臨睡覺那會兒，我還是不放心地去了弘晈的屋子，和惠趴在床邊叫他。「哥哥，別鬧脾氣了，吃點東西吧？」

等了半天依舊沒反應，和惠接著磨他。「哥哥，哥哥……」

弘晈掀被子煩道：「行了，出去出去，要煩死了……」

和惠委屈地哭了起來。

我走進去，看著他的樣兒撐不住先笑了。「老三，幹麼拿別人撒氣，咱們好好談談。」

他氣呼呼地拿被子蓋住了自己。「不用您管，反正兒子不是您親生的。」

他果然是我的兒子，連鬧彆扭都跟我一樣，倔強得讓人哭笑不得。這下可好，當初我加於胤祥身上的無力感，如今全被他兒子還了回來。

我轉向和惠，示意她坐在我身邊，她看了看我，還是不安，但終是柔順地聽了我的話。

放開母親的身分，像朋友一般跟他們平等說著話，我說起了容惠格格，說起對和惠的不同感情。「和惠長得很像你姑姑，她是這世上除了你外祖母外對額娘最好的女子，沒有斤斤計較的私心，只是一味全心全意地用她善良的心照顧著我……」也說了迫不得已離開他們的原因。「天下做娘的對自己的孩子都是一樣的，若不是萬不得已，我是絕不肯離開你們的……」

和惠似懂非懂地看著我，眼裡也含了淚，看到她這樣我徹底放了心，到底還是個純潔善良的小女孩。

弘晈掀開被子露出了一些空隙，靜靜聽我說話，我說完拍了拍他道：「我知道你怨額娘不順著你說話，也怨我不處處維護你。額娘現在對你這般嚴厲，是為了等到你長成的時候不會怨額娘為什麼小時不好好教導你？額娘不騙你，人這一輩子，路總是得靠自己走出來的，一步錯就步步錯了，沒有人幫得了你，只有你一個人慢慢長大，感受得與失，漸漸學會做人的道理，額娘能做的就只是陪伴著你們，在你們不對的時候及時更正過失，但絕不會害你的。」

聽完弘晈拉開了被子，耷拉著腦袋。

我不解恨地戳他腦門道：「男子漢大丈夫居然學女人絕食，這算什麼本事？好的不學，壞的你倒無師自通了。」

弘晈不好意思地摸了摸頭。「額娘心裡有兒子，兒子就不氣了。」

和惠高興地拿食指點著自己的臉蛋說：「哥哥丟臉，真不知羞。」

弘晈抓她的手道：「少廢話，不用妳來管。」再轉頭道：「杏嬤嬤，您給我做點吃食吧，我還真有些餓。」

杏兒滿臉高興道：「小格格也等會兒，吃完再回房吧。」

殘雪映著朝陽分外刺眼，弘晛頭戴著暖帽，身著厚厚的棉衣，身後跟著一青衣小蘇拉，踏雪而來，手裡還拿著根枯枝，兀自搖頭晃腦地高興。「額娘，我在咱後院高樹上看見一鳥窩，那麼高。」他一邊比劃著一邊說。

管事的嬤嬤正好過來向我稟報事情，我囑咐了幾句便讓小蘇拉帶他走了。「別調皮，早些回來。」

他笑著應承便去了。

……

聽嬤嬤稟報的時候我明顯心不在焉，心亂得厲害，說不上為什麼總是心慌慌的，直到張嚴進來確定了我的擔心。那感覺一落千丈，心像茶盞從高處直線墜落，碎得再也拼不起來。

弘晛連最後一句話也沒有跟我說上就這樣沒了。

我踉蹌去了後院，只見模糊的一團，已經辨不清樣子，暖帽上的狐毛隨風依舊「窣窣」地發出聲音，我攙著杏兒的手向那團小小的身子靠近，杏兒只看了一眼就傻在當場，淚唰地掉了下來。「四阿哥……」

小蘇拉痛哭不已。「四阿哥看見鳥巢，抓了把米說上去給鳥兒吃，誰知道剛放下，一腳踩空就掉了下來，全是奴才的錯，福晉罰奴才吧……」他嗚咽地哭著。

我抬頭看了看樹，一陣眩暈，一頭栽在地上。

寧願自己再也不會醒過來，睡著時才會以為兒子永遠在我身邊。

我站在廊前風口處，手裡握著他先前給我的箭，把箭鏃握在手中，狠狠地攥著它，想起那孩子用他那稚嫩的聲音一遍遍喊我「額娘」，那麼懂事的孩子，明明答應我會回來，可是回來的卻是冰涼的屍體，竟連一句話也沒給我留下。

胤祥焦急地握著我的手，怎麼努力也掰不開，大聲喝道：「青兒，別這樣，把箭給我。」地上一灘血，手裡的依舊一滴滴地砸在地上，天再寒也趕不上我的心，把手穿透了才好，只有這樣深切地感覺到疼痛，我才清楚知道原來自己沒有死去。

我一連幾天都沒有話，其實是很想跟人傾訴一下的，可就是說不出來。杏兒根本勸不了我，她自弘晛出生就一直看著他，相當於半個親娘，他的死對杏兒來說是個太大的打擊，一病不起，以淚洗面，越發嚴重起來。

還是沅沅坐在我床邊，看著我說：「福晉，孩子是來討債的，討完了他們就走了，可憐當娘的恨不得把心掏出來給他們。不管再怎麼難受，總得過下去不是？四阿哥那樣好的孩子，不忍心看您為他這樣的。」

我聽完，終於開了口。「沅沅，不是我不想走下去，只是太突然了，他若是剛出生就去了，我也不至於這樣，」說到這兒，聲音已經嘶啞哽咽。「可他不是，剛剛還好好的人……怎麼能這麼一下子就沒了呢？我一點準備都沒有，接受不了啊，實在是太難受了。」

沅沅抱著淚眼模糊的我輕輕拍著，也沒了話。

晚上，胤祥如往常般過來，仔細拿著我的手給換了藥，他脫靴上了床，背倚在枕上，讓我躺在他胸膛上，雙手輕輕環著我的胳膊，害怕碰著我受傷的手，就這麼細微呵護著。這幾天他一直這樣安靜相隨，不強迫我說話，也絕不惹我煩。

兩人坐了將近一夜，天將明時，慘白的青色落在房間裡，我忍不住開始喋喋不休。

「他第一步是我扶的，我閉上眼就想起他對我完全信任的眼神。」我頓了頓，再接著說：「他先前跟我說去爬樹說了不止一次，我竟從來沒有阻止過他，全是我的錯，沒有我這樣做娘的，他從小一直跟著我，半步也沒離開過我，他也是我跟您感情最好的時候所生的孩子，您無法想像他在我心中占著多大的分量。」

鼻腔內酸酸的氣體開始侵佔感官，彷彿有一根線牽著直達腦部神經，表達語言也不順暢起來。「要說這眾多的孩子裡邊，真正把我當成全部的只有他，可是現在我卻不得不讓他孤零零地一個人走，弘晛很乖，自己挨了打捂著臉不讓我看見，明明臉腫成那樣，卻還要勸慰我說他沒事。前天還額娘額娘地叫著，今天怎麼就沒了聲？我看著四周還是一樣的臉孔，一樣的物什，什麼都沒變，可獨獨就少了他一個人……」

我再也說不下去，悶聲撲到胤祥懷裡，像拋一件東西那樣徹底，彷彿窒息了一樣痛哭失聲。

「胤祥，你救救我吧，我要死了，真的活不下去了，連喘氣都覺得困難起來。」他把我的臉深深埋在他懷裡，溫溫的淚珠一滴滴砸在我頭髮上。

弘晀，別怪額娘，額娘現在還不能隨你去。

「額娘，人都會死嗎？如果死了，兒子會去哪兒？到時還能見著阿瑪跟您嗎？」

「晀兒會去天上，神仙們會看著你。會見到的，只怕阿瑪額娘到時候老了，你就不認得我們了。」

「不會，兒子一定認得額娘。」

家裡設了祠堂，把先前早夭的孩子們的靈位全都擺了進去。弘晀以前住過的屋子、使用過的東西，按胤祥的意思都原樣保存了下來。跟著的小蘇拉，一直不安自己會丟了性命，胤祥卻說主子要爬樹他也不能違了命，不能再讓人家的父母也飽受喪子的折磨，只是打了幾板子給下人們看了看，就遣他回鄉了事。

弘晀下葬那天，胤祥在他的屋裡待了整整一天，我進去的時候，光線昏暗，夕陽西下，拉長了他一個人的身影。他拿著弘晀的弓箭，眼神沒了焦點，臉上的表情不忍卒睹，依舊是煢煢孑立，孤單寂寞。我慢慢走過去，地上兩個影子疊合相依。

哀哀父母，生我劬勞。

六月的時候，幾度開裂的手終於開始慢慢癒合，我已經能夠如常吃飯，杏兒也可以下床活動，兩個人待著的時候難免會想起弘昀，好了的痂遺忘的疼痛又開始肆意蔓延，最後只能非常默契地拚命轉移視線，避免眼光接觸。

暖暖、和惠偶爾會來陪我坐坐，有一次正巧趕上胤祥過來，暖暖一如往常地膩著他，　聲迭一聲地喊著「阿瑪」，和惠卻羞紅了臉躲在我身子後面，雙手攥著我的袍子，微微露了臉悄悄打量她的父親。

濃陰盛夏，額娘派人把府中幾個孩子都接了去，今年讓他們住的時間尤其長。她擔心弘昀的死對我的打擊太大，能做的就只是多照料著孩子們讓我省心。

誰言寸草心，報得三春暉？

在離那個既定史實越來越近的時候，這府裡依舊是往常的樣子，日昇日落，晨昏交替，只有我一直在期盼，如同黎明前的破曉，充滿了希望。我看過的書，知曉的歷史僅限於此了，以後發生的事、孩子們的未來，我是一無知曉，所以竟帶了些獵奇的心思在裡面。

弘曉的出生解救了這種淒淒慘慘戚戚的家庭氣氛，從得知他的存在到迎接他的到來，十月之久他可謂受盡了重視。大概因為弘昀悲劇式的出生及死亡，胤祥害怕之餘對我格外小心，所以說，對比那可憐的孩子，我的小兒子弘曉太是幸福。

……

十月，天朗氣清，還沒進門，暖暖與和惠清脆的笑聲就傳了進來，我笑望著她們，暖暖依舊是志高氣滿的樣子，顧盼間自有一股大氣，年輕女子嬌柔的氣息初露端倪。和惠越來越端莊，笑不露齒，八歲的小姑娘如花似玉，招人憐愛。

暖暖拉著杏兒的手道：「嬤嬤，我前兒在外祖母家覺得她們的新髮式很好看，幾個丫頭們怎麼梳都不好，您幫幫我吧？」

說完就耍賴似的拉著她的袖子開始央求，杏兒拗不過她，好脾氣地笑著一邊聽她講方法一邊幫她梳頭。

坐在鏡子裡照了半天的暖暖，一邊仔細看自己，一邊傻樂。

和惠趴在我耳朵上，悄聲說：「額娘，二姊這一陣子老這樣，莫名其妙地笑，這是怎麼了？」

我也跟她咬耳朵。「妳姊姊肯定有心上人了。」

我嚴肅地說完，和惠睜大了眼睛，後格格笑個不停。

……

十一月，胤祥去暢春園的次數明顯增多，一去就是半天，往後半月的時間，天天如此。我想康熙的身子是越來越不行了，幾十年如一日地操勞，也合該到燈枯油盡的地步了。

十三日，康熙薨，享年六十九歲。傳位四阿哥，滿漢文昭示天下。對候於外庭的八爺黨來說無異是晴天霹靂，揣測懷疑之聲四起，年羹堯川陝總督牽制了十四的兵力，豐台大營京師戍衛隊控制了整個皇宮，隆科多裡應外合，在這場皇位的殘酷角逐中，四阿哥是最大的贏家，逐鹿天下，大權在握。無硝煙的戰場上，那些驚心動魄都無從得知了，大多數時候，人們在意的只是結果。

十四日，王、貝勒、貝子、公、文武大臣入乾清門瞻仰康熙帝遺體，大殮，舉哀。諸皇子斬衰三年，諸等娛樂盡免。胤祥否極泰來，直接晉升為親王，與八阿哥一起總理事務。

二十日，新君登基，太和殿行朝賀禮，禮成。次年為雍正元年。

我總是想像四阿哥的萬般艱難，為坐上這個位置犧牲了太多的精力與時間，也耗費了過多感情，接受的卻是個內憂外患、貪污腐敗、國庫虧空的國家。雍正誰都不信，除了胤祥，兄弟君臣耗在一起指點江山，著手管理。

十二月十一日，胤祥被封為和碩怡親王，自開國時起並無這等封號，一朝得道，舉朝皆驚，一個退出政治舞臺十年之久的閒散皇子，一無爵位，二無軍功，竟突然享此殊榮，實為不可思議。

他直至今日才能回到家中，幾日之間便換了天，他毫無準備也不知未來，但我就是能想像出面臨此事時他絕對是沈著冷靜，波瀾不驚的。

他對我說：「妳當初幾句吉言，我只當玩笑，現如今看來妳倒是真有先見，越發像江湖術士了。」

我也正經道：「不是一語成讖，我已經阿彌陀佛了。」還是當年的人，還似當年的笑，只是當時已惘然了。

十四被解了兵權，連夜回京奔喪，依舊是大將軍王，大家心知肚明，已是如同虛設了。

康熙的死並沒有為奪嫡畫上完滿的句號，在新君的權力還沒有穩定下來的時候，整個朝廷一片風雨飄搖。情勢所逼，各人為各人的身家性命謀打算，所以老爺子的葬禮偏於形式化，那不停抬頭悄悄四望，時不時裝著擦一下眼淚的人們為這場淒清的葬禮又塗下濃重的諷刺一筆。

# 第四章　政治聯姻

雍正在圓明園中闢了塊單獨的園子，取名交輝園，讓胤祥住了進去，三年之間，父喪在身，關於女色是能避就避的。我們分居而住，一應眾婦全留在了怡王府。有越來越多的時間見不到他，每次見了也是風塵僕僕的，還沒坐熱凳子小太監就來報：「王爺，皇上請您過去。」他便又匆匆走了。

我看著偌大的宅子空曠的府院，自己安慰自己：胤祥這樣多好，又重新找回了往昔的榮耀，他的才華也可以施展，我應該替他高興的不是嗎？

清晨起來，院裡就亂糟糟的，我問身邊的小丫頭：「這是怎麼了？」

小丫頭恭敬道：「回福晉的話，許多人送了禮來，一逕要求開門，說老早就在門外候著了。管家說不曉得怎麼辦，要聽從您的吩咐。」

我點了點頭，恍然大悟，王爺王妃世子，原來我們的身價已經往上翻了好幾倍了。盥洗完畢把管家叫過來，上次遣人時胤祥還是把這個親信兼得力助手給留了下來。

佟全彎身問：「福晉找奴才有什麼事兒？」

我緩緩開口話家常。「先生，你跟著咱們家王爺多少年了？」

他不解，有些納悶。「請福晉明示。」

我就喜歡這樣爽快的人，便開門見山提醒他道：「王爺的性子想必先生也清楚，他們這樣大張旗鼓地堵住門口，新君才登基多久，難道咱們家要出這個風頭？若讓爺知道，估計遭殃的也只能是辦事不力的人吧？」

佟全是何等精明的人，馬上回道：「老奴糊塗了，這就去門外把人遣散了。」

過不了一會兒，就又恢復了往昔的寧靜。

一連幾天送禮之人絡繹不絕，全都被拒之門外，沈寂了這麼長時間的府院，看來安靜日子也是到頭了。

弘暾的身子時好時壞，三年裡總有一年的時間是躺在床上的，臉色蒼白羸弱無力。我坐在他床邊與他交談的時候，他很容易就說出些道理讓我自嘆弗如，除了胤祥，這是我第二個佩服的人。他與他父親一樣，明明是尊貴到極點的人，卻總是將自己放得很低，如此就更讓人尊重。

「暾兒身子不好，都是額娘害的。」

「不是您的錯，身體髮膚受之父母，您不曾虧欠我，世上的人誰都不欠誰的。」

「暾兒，再去找御醫來看看吧？天天這樣躺著也不是辦法。」

「額娘知道嗎？對比一些明知是求自己的良心解脫，卻還要癡迷於此、反覆不停偏執去做的事情，兒子倒覺得認命更好些。」

是啊，世上的事並不是努力就會有成果的，對於弘暾，他比我明白，努力過沒有成效的事情就趁早放下，因為我們是人，能力有限。

凜冽寒風，胤祥依舊歇在交輝園，我能想像出他們兩人會忙成什麼樣，肯定是徹夜秉燭通宵達旦。雍正一下給他戶部三庫事務，他久不接手差事，這下子是真要忙得焦頭爛額了。

我一直記掛著杏兒的事，便拉著她坐下問：「姑娘的終身大事也該合計合計了吧？」

她搖頭淒然道：「格格不知道，其實這一輩子，我嫁過人的，也有過孩子，嫁了您，有過四阿哥，也已了無遺憾了。」

我有些失落，再勸她。「杏兒，咱們已經不年輕了，如果能讓自己高興，為何不能試一試？難道還嫌虛度的年華不夠嗎？只要妳開口，就能跟他在一起的。」

她依舊拒絕。「格格，您看看二格格和三格格，我看著她們，一點都不相信咱們以前也曾那樣過。日子就這麼過去，磨得我再也沒了待嫁的心情，過去的就是過去了，再執著只會讓自己更痛苦。」

我聽著她的話，心有戚戚焉，我們終究是再也回不去了，可是心裡卻像被掏空了一大塊，這些年一直有這個希望在，一直希望能為她做些事情，能讓她如願以償。千盼萬盼終於等到了有能力的一天，興沖沖地帶著異常興奮的心告訴她，卻發現當事人已經不需要了。心裡落差之大，實難立即恢復。

暖暖披著芙蓉色的氅衣走進來，給我行了禮就對杏兒撒嬌道：「嬤嬤，教我繡荷包。」

我聽著她拖長的後音，轉頭跟杏兒對視了一眼，再回頭笑問：「暖暖，心上人到底是誰啊？

額娘可認得？」

她大驚，慌忙掩飾。「哪有？額娘亂說話。」

杏兒也道：「真沒有？嬤嬤這兩天還有別的事要忙活，格格的活兒往後拖拖行不行？」

暖暖噘嘴。「嬤嬤也打趣我，我才不是嬌怯害羞養在深閨的格格，說就說，這人，額娘跟嬤嬤也認識的。」說完飛紅了臉，再小聲補了一句。「他在我眼裡是極好的。」

我沈思了半天，除了府中，還有哪兒能讓她碰上人啊？試探地問了問：「是在妳外祖母府裡相許的？」

她含笑點頭。我暈，還沒出五服呢，這豈不是近親結婚？「是妳舅舅家的表哥還是妳姨母家的表哥？」

我這樣直接的話竟讓暖暖紅了臉，道：「現在說還太早，到時候額娘就知道了。」說完拉著杏兒跑進裡屋做活計了。

暖暖能如了她的願嗎？我開始為她擔心起來，在這個時代女孩子想要控制自己的婚姻實在是太難了。我會放低自己的界限，絕對不把我現代倫理健康的觀念加於她身上，只要她真正能得到幸福，我一定不會阻攔。只因同樣身為女子，嚮往愛情的心誰都無權阻止並加以踐踏。可是，別人呢？

兩個月後，暖暖的荷包繡好了，是瓜瓞綿綿的圖案，寓意子孫萬代連綿不斷富貴安樂。倒是個很巧的意思，青絲金線交繞其間，一派纏綿。

我笑。「送給情郎再好不過了，以後我也能當外祖母了呢。」

她聽完，真誠地看著我道：「額娘，有您真好，從小阿瑪跟您就不拘著我，你們不知道，我真的、真的、真的是十分喜愛你們的。」

看著這樣毫不拘束地表露自己感情的暖暖，我悄然而欣慰地笑了。

……

兩天後，聖旨下，暖暖被封為郡主，著令嫁伊都立子富色額為妻。暖暖明豔的神情瞬間枯萎，再也不復往日的開朗，沈默得怕人，一直哭鬧著要見胤祥，可是他卻公務纏身根本回不來。我這便知道了她喜歡的是舅舅家的表哥庭生，而不是姨母家的表哥富色額。

胤祥好不容易能回府，用胳膊緊緊圈著我，彎身重重把他的頭支在我肩上，疲倦道了句：「暖暖也要出嫁了，這家裡的人是越來越少。」

我略帶委屈道：「皇上就這麼下了聖旨，您怎麼也不跟我商量一下，就這麼輕易地給她定了親？」

胤祥不解地把我拉開問道：「怎麼了？」

「暖暖有心上人，不是富色額。」一聽完他一下愣在原地。

他以為為暖暖找了門好親事，是親上加親，知根知底，興致勃勃，暖暖卻覺得他把她當政治棋子，輕易斷送了自己的幸福。

不可否認，她父親經過了深思熟慮權衡得失，選了個最合意的女婿人選，而雍正也覺得把伊都立籠在身邊為己所用實為上策，兩人一拍即合，十分順利。我的女兒像容惠格格一樣成了別人手中的籌碼，雖然掌握的人是伯父，可真正傷害她最深的是胤祥，因為暖暖總覺得自己被她最敬愛的阿瑪給出賣了。

陰錯陽差，世事弄人。

胤祥如同困獸般心內掙扎，事情成了這樣，不是沒想過要悔婚的，可是已經昭告天下，新君剛剛登基，若言而無信出爾反爾這面子要擱在哪兒？他是斷不肯讓他四哥這樣為難的。

暖暖是非嫁不可了。大正月裡，管家張羅著給她置辦嫁妝，我說要去庭院裡曬太陽，小太監搬了兩個凳子放在石桌旁，我與胤祥坐下卻沒了話，他已經理智到了一定程度，我是無力再說出話來。鬧或不鬧，吵或不吵，都沒必要，既定的事實已經擺在那裡，無處可逃。

暖暖手裡拿著三尺白綾走進來，那白綾在陽光照耀下十分刺眼，我忽然又想到了弘晛死之前的那個片段，也是耀眼的白。

「暖暖……」我顫著聲喚她。

她不理我，走到胤祥身邊輕輕道：「阿瑪。」叫完就掉了淚。「我本來是想跟您大鬧一場，訴說我的委屈給您聽的，我本來是想來告訴您我恨死您了的，可是我做不到，我對您還是滿滿的喜愛的感情，我看見您就什麼怨恨都沒了。」她一邊哭一邊像個小孩似的用手抹眼淚。「可是阿瑪，我心裡委屈，我明明有喜歡的人卻要嫁一個不喜歡的人，我冤得慌。」

胤祥眼裡滿是心疼，下意識抬手要給她擦眼淚，可是暖暖躲開了，她抽噎著道：「阿瑪，我一點都不喜歡現在的您，不喜歡您忙忙碌碌，也不願您對我們都視若無睹，我真想回到那時候，那個您時時會在家待著的時候。」她說完任性地發脾氣，雙手並用拍打著胤祥，哭叫著讓他站起身子，待父親乖乖站了起來，她又自己俯身拿了她阿瑪坐過的凳子，搬到院中的枯樹旁，自己站上去，我與胤祥眼睜睜地看著她，不約而同地站在原地移不動步子。

她一隻腳踮著，一隻手使勁把白綾搭在樹枝上，打了個結之後賭氣道：「阿瑪，您放心，我不會死。但是以前的暖暖死了，就死在您跟額娘面前。」她沙著聲揉了揉紅腫的眼，昂著頭哭泣。「從今往後，您再沒有我這個不孝的女兒。」胤祥的臉色越來越不好，只聽暖暖尖聲喊道：「我……嫁給姨父家的表哥，我嫁給他。」

說完就跳下凳子，這一從高空下落的動作如噩夢般牽引著我的回憶，我忽然腳軟就跌坐回凳子上，無力再站起來。

暖暖抽泣著，頭也不回地跑出去了，胤祥開始腳步沈重地往樹旁挪去，一步一步重若灌鉛，竟像瞬間老了十幾歲，他抬頭看著那個還在風中晃動的白綾打成的圈，又低頭看了看那個圓凳，驀地一腳踢出去，那凳子直直地撞向另一棵樹幹上，霎時間四分五裂，力道之大，傷心之重，可窺一二。為什麼每個孩子都可以狠狠命中父母的心？

他背對著我，壓抑著聲，語氣懨懨的沒了力氣。「青兒，咱們私奔可好？」

我淚流滿面。「好，咱們不要孩子，不要這個家，也不要責任，就我跟你兩個。」

盈如遣人給我帶了封信過來，大意是希望我跟她見一面。我知道這一見少不了是非，更何況家裡還有個人死死盯著我等我翹辮子，可是，如果因此我就怕了，那我就不會坐在馬車上，去往憫忠寺的方向了。

依舊是西齋，還似以前的模樣，只是如今住的人卻換成了十四福晉。杏兒拍門，只聽見「吱呀」一聲，我閃身而入，對上的卻是十四阿哥的眸子。他緊緊拽著我的胳膊，死拖著就進了屋。

我氣道：「這是幹什麼？」

十四阿哥粗糙了很多，皮膚是因為長年在苦寒之地所以粗糙，而神態粗糙想必是因為結果大大出乎自己意料吧？他氣急敗壞地問道：「他怎麼坐上的皇位？皇阿瑪真的選了他？」

我使勁甩開他的手道：「不管怎麼坐上的，他已經是皇上了，你還想要幹什麼？而且宮闈間的事兒，我又怎麼曉得？」

十四阿哥不憤。「我不相信皇阿瑪會傳位給他，我不信，肯定是他做了手腳。」

他如此大聲嚷嚷，氣得我傷人的話脫口而出，像教訓個孩子似的說他。「你這性子心直口快的能做皇上才怪！這還沒出京城呢，你這樣大不敬，他取你幾次腦袋都夠了。看看你四哥，你能比得上他嗎？」

想必是我這句話說得重了，十四阿哥噤了聲，皇位沒到手就夠氣惱了，何況又被解了兵權，虛戴著個大將軍王的帽子有什麼意思？我不忍心，便主動輕輕問他：「盈如呢？」

他沒好氣地回了一句：「妳如今身分尊貴，還記得她嗎？」

我一聽反而被他氣笑了，拉著他的袖子讓他坐下，吩咐杏兒去取茶鋁子。「十四爺喜歡喝雨前龍井，妳去問方丈借些，他囤的茶咱們這樣的人家也比不上的。」我再轉頭問他：「這許多年過去，您還喝這個嗎？」

他緩緩道：「早換了，妳這一說我倒想喝了。」他仔細看了看杏兒，扯了扯嘴角道：「這麼些年妳們倒形影不離，當初為了妳，我在八哥與十哥間真是難做人。」

杏兒聽完淺淺笑了，道：「十四爺跟主子好好說吧，奴婢去泡茶。」

十四阿哥坐在那兒開了口。「丫頭，妳別老是把我當小孩子看，我又不傻，什麼事兒心裡沒有。老四，我是真看不上他，瞅他就來氣，我也不信皇阿瑪之前一點動靜都沒有，怎麼就把皇位傳給他了？若真是皇阿瑪的旨意，我做兒子的肯定聽著，可我總覺得這不是那麼回事兒。」

「我知道的，你們都活得累，連帶著跟著你們這些皇子們的我們也累。盈如在哪兒呢？我真想跟她說說話。」

十四阿哥看我轉移了話題，也非常知趣地順著我的話往下說。「被我說了幾句，正跟我鬧脾氣呢，沒過幾日便好了。」

我看他若無其事地用那種深切愛著又自然無比的口氣說出來，心裡羨慕了半天，經年的夫妻理應是這樣的吧？可我與胤祥總是小心翼翼的客氣。我揶揄問了句：「回家還不是你得好好哄著她？給你操持這麼大個家容易嗎？你這麼些日子又在外面，她還要擔心著你呢！」

他擺手打斷我的話，假裝不耐道：「知道了知道了。」

十四阿哥喝了杏兒的茶，我起身要告辭，他也道：「妳回吧，如今十三哥可算苦盡甘來了，妳也能跟著他過些好日子。只是我，真不服氣。」

我苦笑了一下，神色真切地告訴他。「十四爺，聽我一句話，你想要的那個位置不適合你，坐在那上頭的人只有傷悲和無奈，我倒覺得兩個人知心知意地在一起靜靜生活很好，這樣清閒的日子過了就再也不會有了。我說真的，您好好考慮一下吧。」作為經驗，我只能說到這兒了，希望日後他能明白。

……

心裡悵然若失地帶著杏兒出了門，坐在馬車裡聽見另兩輛馬車轆轆的聲音，想必是八阿哥和九阿哥吧。這憫忠寺竟成了秘密集會的場所，十四阿哥讓我來是想探些雍正的近況，問也是白問了，一來我是真不知道，胤祥肯定會顧及到這層關係，為了省下我的麻煩，所以這件事隻字未向我提過。二來，就算我知道，為了胤祥我也不會說。八阿哥、九阿哥都是心高氣傲的人，連十四阿哥都覺得這皇位得來蹊蹺，又何況老謀深算的他們？忍不住稍稍掀了簾子看了看，卻發現九阿哥一手掀開簾子正目不轉睛地看著我，我坦然對上他的眼，兩人視線膠著了半晌，隨著馬車擦身而過，又不約而同地如同往常一樣把簾子慢慢放下。

差一點忘了，我們已經毫無瓜葛、各奔東西了。

當所有的委屈不甘被現實壓垮的時候，暖暖不得不放棄自己的堅持，接受並開始適應即將嫁人的事實，深重的不安讓她只能尋找我作為依靠。「額娘，我嫁了他能得到幸福嗎？」

「暖暖，三歲的時候妳特別喜愛小貓，長到十歲便喜歡上放紙鳶，妳十四歲的時候開始對騎馬感興趣，隨著日月的變遷，人的想法會改變，妳會發現妳丈夫的好，也會漸漸喜歡上他，妳阿瑪與我絕不會害妳的。我的女兒這樣好，一定可以得到幸福。」

暖暖即將出嫁的前幾個晚上，我一直陪著她。她目不轉睛地看著我解袍子，脫鞋上炕，兩次三番欲言又止，我對上她的目光，探究看著她，她挪了挪自己的身子偎在我懷裡，雙手環抱著我下定決心地問：「額娘，您愛阿瑪嗎？」

我突然覺得時光全都倒流了，那年的我問了自己的母親同樣的問題，額娘是怎麼回答我來著的？記不得了，我只是回答自己的女兒道：「愛的。」

「阿瑪愛您嗎？」

「他心裡盛載了太多的事情，十幾年一路走過來，他很累。」

「阿瑪愛您嗎？」

「他待我很好……」

「愛嗎？」

「……」

「我覺得他不愛。」

「我與妳阿瑪之間的事情不是三言兩語就能說得清的，也不能單說愛或者不愛。」

「所以額娘才可憐，活得卑微，可憐透頂。」

後面她還陸續說了些話，我已經再也聽不下去了。我甚至連個強勢的態度都沒有，我應該大聲喝斷她，然後堅定告訴她，胤祥愛我。可是，我又有什麼證據去證明「愛」的存在？一味的包容寵溺？他對喜歡的人都是這樣的。還剩下什麼？他從不問我喜歡什麼、不喜歡什麼，他只說我是他的嫡福晉，要與他一起承擔責任。現如今，還有多少責任要承擔？弘晛走了，暖暖不樂意地嫁了，他有了權，家裡也不常待了。我呢？早不知在何時就丟失了自己的心，卻依然死死守著他。

我十五歲嫁人的時候志氣高漲，我要他心裡只有我一個，眼裡只有我一個，只愛我一個人。

我二十歲的時候開始降低標準，他不必天天想著我，只要他心裡有我，想起的時候全是溫暖與快樂就好。

我二十五歲的時候樂觀到極點，他與我在一起的時候很滿足，他也許愛上我了吧？

我三十歲的時候已經沒有力氣再去搶，我只偏安於他心中的一隅，主動權全在他，希望他看見我的真心，付出他的真心。

如今，我非常悲哀地發現了一個不容忽視的問題——胤祥從來不曾愛過我，再發展到最後已經連悲哀的情緒都沒有了——在時間的洗禮下，我早就忘了自己是誰。

暖暖出嫁後沒幾天，雍正下旨把和惠接進宮中撫養，讓弘曉也住進去，以示對怡親王一門的恩寵。弘曉出生後我很少去看他，害怕得再也不敢付出自己的感情，可真正見了他抱著他，被他肉乎乎的小手緊抓著頭髮，還是覺得心裡像被大水淹了一樣。

我就一直抱著他，晃著他，來回走動。看他用尚還沾著口水的手指抓著我的臉，用滴溜溜轉著的黑亮圓眼睛打量著我，終於忍不住輕輕開口。「弘曉，你可不可以答應額娘，不要再像你死去的哥哥那樣傷害我的心？」

聽完我的問話他忽而咿呀出聲，一個勁兒地衝我笑了。

那晚，我與杏兒將他們的東西全都收拾妥當，我總害怕落下什麼，一遍遍地檢查，還是杏兒安撫住焦慮的我。「您別急，皇宮裡什麼都有，難為不著小阿哥和格格的。」

我翻來覆去的一直睡不著，門「吱呀」響了一聲，我忽然坐起身來——不是胤祥。和惠靦覥地蹭到我身邊，不安地揉著自己的衣角，小聲問了句。「額娘，我今兒晚上跟您一塊兒睡行嗎？」看著這樣嬌弱的她，我的不安越來越深重。

和惠抱著我的脖子，天真地問我。「額娘，我這一去何時才能回來呀？」

我不忍心地撫著她柔軟的頭髮哄她。「很快就會回來的。」

她亮晶晶的大眼睛忽閃了一下。「那您讓阿瑪一定去接我回家來。」

我笑著應她。「好。」

她滿足地閉上困頓睜不開的雙眼。「我會想您跟阿瑪的。」

……

終於等到胤祥回府，我顧不得他的倦怠，疑惑脫口而出。「和惠為什麼要被接進宮去？我要知道真相，您千萬別當我孩子似的編謊話騙我。」

他抬頭深深望進我眼裡，我再也控制不住，大喊道：「和惠是不是跟容惠一樣的命運？養在宮裡，到時候封個公主身分，然後跟蒙古各部和親，是這樣吧？」

胤祥無奈的表情印證了我的猜測，正因為他的不回答，讓我更加怒不可遏。「一個容惠還不夠，還要把和惠再搭進去？男人們的遊戲為什麼要讓女人也參與其中？憑什麼說一句為了祖宗的江山，無數的女子就應該毫無怨言地犧牲自己一輩子？皇上又怎樣？憑什麼要隨便控制別人的生活？這家裡的人非要一個個地死去，過著不幸福的日子，他才能放過我們嗎？」

接二連三的生離死別已經讓我到了極限，我突然覺得這所有的一切都是噩夢一場，以前他在我身邊，就算不愛，最起碼可以感覺到溫暖。如今面對這冷清的家，我們的孩子一個個離去，在我眼裡這預示著曾經的溫情也在一點一點流逝。

胤祥任我說了個痛快，他在我面前真的很不愛表露他的情緒，我原以為迎來的是好日子，誰想到又回到了失勢前的感情困境。我依舊沒有安全感，而這全是他造成的。

我非常執拗不死心地給了自己一個轉圜的機會，帶著微茫的希望與渴求的意味，終於問了出來。「你愛我嗎？」

「怎麼突然問起這個？」我的問題顯然十分突兀，他有些茫然不知所措。

「胤祥，我愛你。」我很認真地告訴他，彷彿耗盡了全身的力氣。

「……我……也是的……」他似乎從來沒有考慮過這個問題。

勇氣一下子從身體裡向四面八方散去，怎麼辦？這不是我要的答案。他從來沒有想過我在他心裡是什麼樣的角色、究竟占著多大的分量，這樣勉強的回答，只會讓我覺得羞恥且無地自容。

我執著了恍似幾生幾世的愛情，竟然是這樣漂浮不定，對於這一直在意的問題，我得鼓起多大的勇氣才能捅破？又有多大的心能容下這血淋淋不忍卒睹的結局？親情也很好，起碼不會受到傷害。溫吞的感情磨盡了我所有的精力，這才可笑地發現我用一生作賭注的這場感情，只是我一個人在濃妝墨彩唱著獨角戲。心的疼痛讓我也終於明白，愛他已經成了一種習慣，習慣到察覺不出來到底有多愛。

這場愛的盛宴，已經面目全非。

雍正元年。

在我謀劃離開的日子裡，對家中的每一個人、每一處景、每一項事都抱著極大的熱情，因為是抱著畢生再不相見的心態籌謀的，所以對孩子們關心到了決絕的地步。

家中只剩下幾個男孩子，女孩兒嫁的嫁，進宮的進宮，本來是春暖花開的三月暮，因著家中的蕭條，總覺得陽光也籠上了霧氣，看什麼都不真切。只有弘曒似乎感覺到了什麼，目不轉睛地看著我。「額娘，您不似平時的您，出了什麼事兒？」

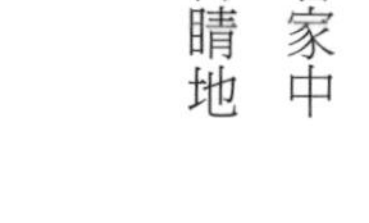

我雲淡風輕地笑。「沒事，沒事。」

他不安地看著我再緩緩道：「額娘，您還記得我曾經跟您說的話嗎？如今兒子大了，家裡的事兒都能應承了，您再不用這麼操勞的。」

我即刻紅了眼睛。「暾兒……」

因著對未來滿懷希望，他的臉龐好似被點亮了一樣，眼睛裡充滿了智慧的灼人光芒。我看著朝氣蓬勃浸在快樂裡的他，毫無預兆地垂下了淚水，我之所以這樣不快樂，只因為我一直追求著錯誤的東西。

弘暾難受地看著我，用類似他父親的樣子抬起手來給我擦眼淚，我一下子慌了心，這家中的男人似乎都太習慣內斂的動作，用這樣的溫度表達。

恆溫久了，女人都受不了的。

素慎帶著弘昑來見我，那孩子臉上有著與他這個年紀不相符的表情，沈默寡言。我見怪不怪了，古代的人生命太短，再加上這種重樓深院的環境，迫使他們在很小的時候就有了很成熟的心態。

素慎笑著開口。「姊姊，昑兒也到了上書房的年紀，您看……」她斜眼覷著我。

我看了看弘昑，道：「我同管家說一聲，明兒就過去吧。」

那孩子突然抬頭對上我的眼睛，我有些驚訝，就跟他對視了一會兒。

他有些慌張不解地道：「謝謝您。」

我莞爾，也許他在詫異蠻橫跋扈的大老婆為什麼這麼痛快就同意了？就忍不住笑了對他說：「不礙事兒。」

素慎看著我倆，突然生氣，給我行了禮扯著弘昑就出了門。

門外傳來壓抑的斥喝聲，我有些替他難過。

行李都收拾得差不多，銀兩也帶足夠了，我要離開並沒有瞞著杏兒，她執意要跟我走。我暗暗哭了好幾場，因為在這個莫名疏離的朝代裡，離開這個熟悉的地方，心中難免隱隱不安，也因為留下了太多牽掛。

她問：「格格真捨得了爺？」

「他如今萬事順遂，一人之下萬人之上，再也不是失勢時候的樣子，所以用不著我擔心的。」

她嘆氣道：「我倒不信您跟爺能分得開的。」

唯獨不巧的是胤祥回家了，在毫無徵兆的情況下，依舊是疲憊不堪，匆匆說了幾句話就去了書房，不一會兒，遣張嚴過來請我過去。

一路心事重重地走，到門口卻看見小丫頭捧著熱水要進門，見了我趕忙行禮，我伸手攔住她，接過她手中的盆就讓她下去了。入眼處厚重的卷牘幾乎要埋了他的臉，胤祥一手執筆　手揉著額頭，心緒不寧。

我輕輕走過去坐在榻上放下熱水，給他脫了靴除了襪，卻赫然發現他已經許久未犯的腿上的瘡更嚴重了些，心裡難受，他太累了。如果能多給點回應，我也不願離開他。淚水砸在他的腳上，他驚醒似的抬頭，連忙放下筆迭聲問我：「什麼時候來的？怎麼哭了？」

我搖頭苦笑了下。

他捧著我的臉溫和地笑著說：「過幾日妳隨我進交輝園吧，這一陣子太忙，我也顧不得妳了。」

「胤祥，如果有一天我不見了，你會怎麼樣？」

「這話從何說來？」他納悶不解。

我無法向他解釋，只能含糊搪塞。「我就問問。」不指望他會有任何回答，我低頭將水一下下潑上他的腳，輕輕幫他按摩著。

「我也不曉得。」他捉住我的手說道。

「什麼？」

胤祥轉過頭來看著我。「從來沒想過青兒不在我身邊我會怎樣；但我想若妳真的離開，一定有妳的道理。」

沒有留下隻言片語，在世人歌頌遍了的四月天裡，我與杏兒逃離了那個深宅大院，禁錮靈魂的地方。

真正離開，離他越來越遠的時候，壓抑的情緒鋪天蓋地地釋放，非常非常怨恨胤祥，我不需要他的理解，只希望他明確告訴我如果我離開，他會不惜一切找到我。這一個月來我的思想爭鬥各種反覆掙扎的行為他丁點都不知道，這不公平，從來只是我為他擔心，差點為他迷失了自己，我終究還是放不下身為現代人的姿態，也無法忍受自己成為素慎那樣的怨婦。哭都覺得耗費力氣，捨棄了孩子們，決絕到如此地步的我是一滴淚也流不出來了。

非常順利地出了京師，進了直隸，在一個滂沱大雨的傍晚，一間古樸的客棧裡，我深切懂得什麼叫「無巧不成書」。當我跟杏兒狼狽不堪地跑進去的時候，卻意外地碰見了九阿哥，兩人見著都是一愣，瞬間又恢復了以往的冷漠，他冷淡地看著我問：「這是要去哪兒啊？出去遊玩似乎遠了點。」

我嫣然一笑，玩笑道：「逃亡。」

他愣得厲害。

我笑呵呵地問他：「您呢？要是逃亡，似乎近了些。」

他也嘴角含笑。「去西寧。」

這次換我愣了，我被耍弄的反應好像合了他預期的目的，九阿哥頗得意，再道：「老十四卸了擔子，老四讓我去。」

我聽著他對新君不屑的態度，也爽朗地隨他笑起來。他鄉遇故知——終於體味到了其間的喜滋味。

九阿哥與十三阿哥是截然相反的極端，若是胤祥碰到這樣的情況肯定問也不問，只體貼做好自己分內的事就好了，可九阿哥不是，他開始刨根究底。「逃亡？可笑透了，虧妳想得出來。老十三落難的時候妳不是寧可守活寡也要隨著他嗎？怎麼他一得勢妳倒要逃了？」

我守著客堂上爐火通透的暖源，看著爐灶上的茶壺嘴裡蒸騰起來的白氣，道：「我寧願他永遠都不得勢。」

他拿著燙好的一壺酒，自斟自飲，嘲笑道：「老十三怎麼就放了妳走？上次不是為了妳不惜跟皇父翻臉嗎？」

我把雙手圍攏在茶壺兩側，溫暖熨貼，也許只是對一個妻子該盡的義務和責任吧。我回道：「他不知道我有這念頭。」

九阿哥聽我無關緊要地說完也不再追問下去了，這種情況下碰巧提起已逝的父親公公，兩人心中都有些難受。

時不時有打尖住店的行人進來，裹著滿身清寒的雨氣，爐膛中有噼啪作響的燃燒聲，畢竟已是這種天氣，圍了一會兒我的臉開始熱熱地燒起來。

他道：「妳給我唱歌兒聽吧？」

我朝客堂中的大戲臺努了努嘴道：「一會兒自然有唱曲兒的姑娘……」

還沒說完看見他似笑非笑地瞪視著我，太多次了，似乎拒絕他也成了一種習慣，我不好再說下去，就輕輕開口。「四月天，梅雨懨懨……我想見，你的臉，念你的時光，比相聚長，怨你的界限，比愛短，給你的逃亡無限寬廣，直到你心慌，放你走，換我憂，憂快樂，憂溫柔，太過蹉跎，我並非別無選擇，只是不想再錯，也許我真的愛的，你給不了我，換我走，放你過，過緣分，過執著。享受漂泊……願你快活而我也自由……」（註一）

許久都沒有話，他嘆氣，我卻淚凝於睫，他悠悠道：「唱給老十三的還是唱給我的？」

「唱給我自己的。」

他站起身子，俯視道：「為了個男人憂傷成這樣，偏偏這人還不是姘夫，是妳名正言順的丈夫，妳說妳這是何苦呢？」說完揮了揮袍子，轉身上樓歇息去了。

這是何苦呢？因為我只剩下尊嚴和驕傲了。

在張家口我們逗留了一些時日，他問我：「妳去哪兒？」然後又加了一句。「妳就算讓我同意妳去西寧，我也不會准的。」

我呵呵笑了，答：「我走到哪兒就算哪兒。」

「咱們大清國堂堂怡親王的福晉居然敢私自出逃，」他故作嚴肅。「等著回去砍頭吧。」

我胸有成竹道：「您放心，他不捨得。」

他也笑了，有他的部下小跑過來請安。「爺，您讓準備的東西都準備好了。」

他背著手輕「嗯」了一句，看向我道：「隨我來看看。」

（註一）〈四月天〉，許常德作詞。

我應了一聲，那部下悄悄打量了半天，驀地驚醒。「怡王……王……妃……」

我燦爛地笑了。「你認錯人了，我不是，她怎麼可能在這裡？」我心裡納悶，他怎麼認得我？再轉念一想，也該分道揚鑣了，千萬不能給九阿哥找麻煩，他本來已經自身難保了。

隨他再待了一日，我便提出來要各走各路，他顯然也明白，終究不能這樣永遠走下去，他將要出關向西去，我卻不會告訴他我要去哪兒。

「妳，什麼都不用想，咱們都不是以前的身分，妳跟我走吧？」他堅定說完，連我也不知道臉上出現了什麼樣的表情，惹得他哈哈大笑，使勁推了下我的額頭，喃喃笑道：「我逗妳玩兒的。」

關口風很大，吹響了他的袍子，獵獵作聲。他緊緊盯著我又說：「ㄚ頭，若我求妳跟我在一起，妳會同意嗎？」我剛鬆下的心又提到了嗓子眼兒，他再笑。「我說笑的，我堂堂一個阿哥，至於得去求個嫁過人的女人嗎？」

我頗是怨毒地瞪了他一眼，他伸手撫摸我的臉，我直覺地向後避，他卻一把將我拉向他懷裡，低頭吻了下來，我瞠視著他跟胤祥一般黑亮的眸子，愣怔地僵直了身子，雙手大力推他。「九阿哥，這個玩笑開不得，我不禁這樣逗的，理智一點。」

他的臉不似剛才的輕佻，凝重的雙眼再認真不過，憤憤地粗聲咆哮。「若不理智，妳沒出嫁前那天晚上就是我的人了；若不理智，妳早進了九爺府；若不理智，我就會帶妳去西寧，再不讓妳回他身邊。」

我震撼地看著他，頭一次忘記自己的身分，挫敗地垂下了頭，說什麼完全放下了，原來都是掩人耳目，騙得了別人怎能騙得了自己的心？

他雙手握著我的肩，蜿蜒順著撫上了脖子，接著單手捍著我的臉，另一隻手扶住我的後腦勺，眼裡像下了咒，句句擲地有聲。「兆佳・青寧，妳還欠我一個要求，自妳十三歲時起妳欠了我多少東西妳可曾想過？現在也是我該取回來的時候了。」他的呼吸亂極，灼熱的氣息噴在我臉上竟催下淚來，我任他施暴好一陣子後，狠狠咬了他的唇，他被迫停止，低頭怒視我。

我淡然道：「咱們以後兩不相欠。」

他用拇指抹了下自己的嘴角，自己跟自己生悶氣。

我看著他淒然笑道：「您上輩子一定欠了我的，而我一定欠了他的。胤祥是個混蛋，簡直壞透了，明知道我對他的感情，可他就是不喜歡我我又有什麼法子？最糟糕的是，我卻一點也不恨他。」我無限緬懷跟他在一起的時光，接著道：「胤祥這個人，吵了架總會先哄我，一點架子也沒有，他越低，就越顯得我高，若要和好求個平衡，我不得不降低要求，先向他那兒靠近，表面看起來他輸了，其實贏的人還是他。」我笑著說完，看著九阿哥。「九阿哥不知道，我也許死了也不會再愛上第二個男人了，一輩子只能追著自己喜歡的男人跑，做不到一心二用再照顧您的情緒。我很想對他不離不棄，但多次努力都無功而返，像我這樣執迷不悟的女人，不值得您這樣待我的。」

他震動地聽我堅毅說完這些頗是傷人的話語，認了命地疲倦道：「妳終於說出了心裡話，既如此那就回到他身邊吧，一個婦道人家拋頭露面的成何體統，況且妳拿什麼養活自己？」

「謝謝九阿哥您對我這樣好，但我寧願荒山大海寂寞，也不願深院重樓無望，離開，只是想給自己個過活的機會，所以，不如歸去。我會過得很好，您放心。」

他看向遙遠蒼茫的西北方向，長嘆了口氣道：「我這一輩子全讓妳這丫頭給毀了。好不容易妳離開了他，卻寧願漂泊無依也不來我身邊，就這樣在我面前傾訴對他的思念，妳可曾想過我的感受？」他好看的眉間打了個結，閉著眼道：「罷，最難即是如此，長相思不及常相憶，妳好自為之吧，若願意，就去西寧找我。」

我含著淚點頭，何德何能讓你如此待我？又一次說好忘記，然後他放手轉身離去，我卻悲觀地想也許他真的一生都放不下我了，就像這一生我也放不下胤禟一樣。

怪只怪，「我不是歸人，是個過客」。

# 第五章　定居太原府

張家口，因其獨特的地理位置，再加上是京畿重地，歷史上一直為兵家必爭之地，明朝時為防禦異族入侵，廣築烽火臺，狼煙四起。如今，滿人入關，大局亦漸趨穩定，因著與內蒙古的毗連，張家口的商貿業便逐漸發展起來，成為蒙人、滿人、漢人的商品交易地。

我依稀還記得那年去草原的時候經過此地，出北口時胤祥曾在馬車裡擁著我，說起這地方在軍事上的重要性，當時的我非常不屑地打斷了他的話。「我不愛聽這個，您說些有趣兒的。」

於是他換話題，講起這塞外山城的特別之處，壩上草原與河川盆地相映成趣，在人煙阜盛之地亦可望見連綿不絕的長城和蓊鬱的塞北森林，說到這兒，他好像突然想起了什麼好玩的事兒可以滿足我的好奇心，就細細講起炎黃二帝大戰蚩尤的「涿鹿之戰」，以前也聽過這個傳說的我興致高漲地耐心聽了許久，看我頗有興趣地靜等他下文，他斜挑嘴角，抬手指向虛空某個方位，溫雅笑道：「涿鹿即在那邊兒。」

想到這些，明顯感覺自己臉上不自覺地掛著笑，年少時總覺得有大把的時光可以揮霍，所以任他婉轉甜蜜也從不放心上。如今十幾年彈指一揮間走到如是地步，心裡難免感慨，此情可待成追憶，只是當時已惘然了。

九阿哥出了北口，去了西寧。我卻不曉得要到哪裡去，這樣孤單孑立的我處在這陌生的地方，前路無著，無依無靠。在現代好歹還有個家可以回，如今何處才是我的家？謀生計真是艱難，對胤祥也有了些感同身受的理解，身處這個朝代，男人養家負責實屬不易。

即使我覺得他從不向我坦承他的心思，但不可否認的是，每個人的內心世界並不一定如我想像的那樣可以光明見人，對於他這樣深受儒家正統思想薰陶的人，極有可能連帶著負面黑暗的情緒也自己一併忍受了，正所謂「己所不欲勿施於人」。他的萬事自己承擔又何嘗不是替我以及府中的所有人擋住了來自外界的一切淒風苦雨，任我們自在享受，免受任何傷害。

現如今，進也不是，退也不是，我這是陷於怎樣山窮水盡的地步了？不由得想起那些受他庇護衣食無憂的日子，已經習慣了的生活情景總是如影隨形地浮現出來，就算想要改變，也不是一朝一夕能做得到的。

人是這樣容易忽視已經到手的東西，總在失去之後才幡然醒悟原來他竟是這樣的好。而離開，就是醒悟的最佳契機。我想所謂珍惜，大概就是如此；可我卻不想再珍惜他了。

不管是現代還是古代，想要出行，交通工具還是少不了的，於是便拉著杏兒去了張家口遠近聞名的「馬市」。對馬一竅不通的我，帶著新鮮的好奇心想要瞧一瞧這真實的清代社會究竟是怎樣的，所以放棄了遣個店小二來置辦馬車行當的想法。當我與杏兒頂著或奇怪或嘲諷或生氣或猥褻的男性目光不得自在地轉了一遭後，才體會到實在不該這麼魯莽的，好在在現代又不是沒跟男人接觸過，就硬著頭皮做到底好了。

終於看上了一匹看起來不錯的馬，價格也算合理，剛要跟主人再洽談一下價錢的時候卻被人橫空截下。「我要了。」

我驚訝轉頭，是個吊兒郎當的公子哥兒，手裡提著個雀籠，身後的僕役提心弔膽點頭哈腰地跟著他。

我忍耐著跟他好說歹說商量了半天，這人卻依舊不肯把馬讓我，真沒紳士風度。他只向馬伕倨傲地說了句：「給大爺刷洗乾淨了，立馬牽走。」又轉頭涎著臉向我笑道：「這位少夫人對不住了，我看上的東西還沒有不上手的道理。麻煩您再往別地兒看看去？」

我幾次三番終於把自己的怒氣壓下去，也皮笑肉不笑地對他道：「不礙事兒，我再看看。」說完帶著杏兒又去了賣馬的另一家，挑來揀去還是覺得比不上第一眼看上的。如此反覆，四、五家過去，終於在即將洩氣的時候相中了一匹，我心中極是喜悅，可是賣馬老闆卻一盆冷水頂頭澆了下來，只聽他道：「哎喲對不住您了，這位夫人，我這馬不賣的，早有人買下了，那位爺一會兒就來。」

我與他白費了半天唇舌，價錢提了兩倍多老闆依舊不為所動，最後只能非常不甘心地氣呼呼走人。真是鬱悶到極點，幹什麼都不順，難道離了胤祥我還真的活不下去了？正想著呢，一不留神卻被人撞翻了身子，腳毫無準備地扭了，生生的疼痛讓我一觸即發的怒氣終於引爆。

「麻煩您看看路行不行？我今兒這是怎麼了，出門撞了鬼了？真夠倒楣的！」大聲喊完，臭著臉看也沒看他就氣呼呼地往前走。

杏兒跟在我身後趕緊扶住了我，關心問道：「格格，不要緊吧？」

我沒好氣地回她。「沒見閻王就是大幸了。」

她忍不住呵呵笑道：「您這脾氣真夠壞的，肯定把人家給嚇著了，也幸好那位先生好脾氣，跟爺似的不跟您計較，要不……」看我臉色，就知趣地住了話頭，一會兒還是忍不住道：「格格，您從小哪兒受過這樣的罪？咱們還是回去吧，爺肯定會四處找您的，您忍心讓他著急嗎？」

我一直沈默緘口，告誡自己千萬不能動搖，我是為了什麼才出來的？人活一口氣啊，既然對他灰了心，誓死也要自己走下去的。

請大夫看了，本來也沒有傷筋動骨的，貼了幾帖膏藥就好了個差不多。之後學了乖，讓店小二帶我去馬場，短時間內就把一切都辦妥了，我不禁開始佩服起他，這幾十年的安逸生活把我的生存能力都快剝奪了，果然是由儉入奢易、由奢入儉難。他忠告了我幾句：「您兩位弱女子獨自上路實在凶險了些，看您也不像小門戶的鄙陋女子，還是待在府裡安樂些啊。」我笑著謝了他便告辭。

之所以得離開張家口，是因為離京師太近了。

杏兒自小賣到我家，無所依歸，早就忘了自己的家鄉在哪兒，我們沒有固定的路線，也許這樣盲目才好，斷了線的風箏很難再被人找到。一路行得很隨心，車伕是個老實厚道的本分人，這一路走來幫了很大的忙，我心思一動，問了他幾個問題，他一一答了。既然沒有方向，隨波逐流也不錯。

……

進入太原府的時候，陣陣醋香隨風飄入車中，甘醇香厚。車伕笑道：「夫人不知，我已經許久都不曾回家來，真有些想老婆孩子，也不知他們怎麼樣了？要不是您說要來，誰知道哪輩子才能見著？」

還沒等我回話，杏兒的疑問脫口而出。「既然這樣，怎麼不回來呢？」

車伕搖頭苦笑。「您不知道，我曾經生過一場大病，下不了田種不得地了，只能出外謀生，若是回來，哪有錢養活他們？」

杏兒聽完沒了話，車伕的生活豈是我們這些如寄生蟲般的人能體味得到的？

太原，與京城給人的感覺很不一樣。皇城根兒下，權力往往蒙了人的眼，不像這兒貼近我原本的生活。車伕是本地人，駕輕就熟幫我租了間小小的院子住下，這才回了自己的家，臨走之前告訴我他家住在什麼地方，他過不了幾天還要四處奔波的，有什麼困難儘管去找他的女人，說總會幫上些忙的。

我非常感激地謝了他，因著這個好心人讓我對這個地方有了好感，這兒比那人心薄涼的府院好太多了。

車伕的女人在我安頓下來的第二日便來看了我，那是個典型的農家婦女，長相純樸厚道，身材粗壯，手裡還牽著一個十歲左右的小男孩，帶了些家常的麵食，對我笑道：「家裡也沒什麼好東西，您別見笑。」

我連忙讓杏兒拿了些銀兩，誠心誠意地告訴她。「大嫂，這些錢您收下吧，我沒有別的意思，就是特別感激大哥跟您能這般待我。」她推辭了半天，終是拗不過我就收下了，便對我說起些太原的時俗以及這地方上的高官巨賈鄉紳。

男孩蹭到了杏兒的身邊，看她收拾東西，突然很留戀地看著一本線裝書，久久移不開眼，我便問他母親道：「孩子唸過書嗎？」

她搖頭嘆氣。「咱們這樣粗陋的人家，哪請得起先生讓他去學堂？」

我不忍心地看了看那孩子，他戀戀不捨的眼睛依舊徘徊在書上，就說道：「大嫂，我唸過幾天書的，我來教他好了。」

那女人惶恐道：「一看您便像是富貴人家的夫人，我們這樣的粗人配不上的，這怎麼使得？」又推搡了一番才終於定下來，往後女人每天照顧我飲食起居，我則教他的孩子唸書識字。

這樣安定下來幾月之後，我開始覺得不那麼孤獨，偶爾在粗茶淡飯中會想起曾經的錦衣玉食，看著眼前的男孩也會想起自己的孩子們，只是眼前沒有人再讓我想起那曾經相濡以沫的丈夫，長此以往總會有忘記他的一天。

夏天的末尾，我帶著車伕家的男孩子去書市買書，他名叫周華，字浩靄，雖然家境貧寒，三代務農，但他的名卻是他父親花了些銀錢請鎮上有名望的人取的，寄託了很多希望在他身上。

我依著胤祥書架上他經常看的書在書市上找了許久，並無太大收穫。於是便看向書市老闆，他趕緊眉開眼笑地詢問：「您要買什麼書？」

我一一答了，他皺眉道：「都是孤本，不太好找，前幾日有位先生也來過的，也是滿臉失望。我近日曾去趟京師，難得您這樣精通，若想要，我可以幫您帶來的。」

我點了點頭，就先替浩靄揀了幾本書，不是我精通，只是跟在精通的人身邊久了，也曾熟悉起來。

他抱著書很是興奮。「夫人，謝謝您。」

我微笑著看了看他，弘晛若活著，也是這般大小了。不敢再想下去，就抬頭注視著前方，清了清聲道：「浩靄，叫我青姨就好，別喊夫人了。」

他笑著喊了一聲，我不由自主地牽了他的手一起往回家的路上走著。

周浩靄是個非常聰明的小孩子，我很詫異他對文字的熟練，就問他：「以前是不是唸過書的？」

他像是被人揭露了隱藏很久的秘密，慌張不安地看了看四周，小聲道：「青姨，您別告訴娘，我偷偷去聽過一位先生的課，從家裡拿了幾個銅板買過書，娘不知道的。」

我聽完沒了話，難怪說寒門多志士，不與他們接觸就不曉得世上還會有過得如此拮据的人家，而如此的人家還有這樣上進的孩子。

……

終於到了與書市老闆約定的日子，我帶著浩靄去了他那兒，老闆拿出兩摞書，指著其中一摞道：「這是您的。」

我瞟到另一摞書上的第一本，竟是《棠陰比事》，心裡大震，不自覺地就拿了起來，翻了幾頁，看著瑩白的紙張淚簌簌地流了下來，什麼都沒有，沒有寫得密密麻麻的字，也沒有熟悉的檀香味，直到有人探究地盯視著我，他用清朗的聲線問了句：「妳是……這書……」

我連忙擦了淚，說了句：「對不住。」低頭拉著浩靄就跑走了，後面似乎有人說了句什麼，我沒有聽清。回憶總是在不經意間被扯動，然後如抽線般無止境地看不到頭，就這樣沒預料地狠狠擊中毫無準備的我。

《棠陰比事》，我曾經在書房的小屋裡陪他讀了整個夏季。

秋天的時候，小院裡的葉子黃了又落，滿眼全是厚重累積的落葉，遠處周氏拿著火摺點燃了它們，院子裡瀰漫著樹葉的香。

杏兒不再說要我回去的話，也許覺得這兒比那兒好吧，離京城太遙遠，不知道我的出走會引起怎樣的風波，不知道弘曒他們可好，也不知道胤祥是否會尋找一下我……正胡思亂想著，浩靄的母親進了門，滿臉高興道：「夫人，您還記得我跟您說過的本地巨富城裡范家嗎？」

我點了點頭示意她說下去，她接著道：「他們家出重金要給女兒找個女教書先生，您去試一下吧？不用擔心浩靄，他早晚要務農的。」

我看著周氏的臉，心想她也是為了我好，帶來的銀兩能夠用幾年？以後的大半輩子又怎麼養活自己？在這個時代，難道我只能被男人養著？好在大學學的是法律，應該可以去做狀師，可話說回來有女狀師嗎？想來想去，還是做教書先生最好，就一口應承了周氏。「我去試試看吧。」

她極是興奮地點了點頭。

范府很是恢弘，雖說比不上王府，但也算豪門大戶了。管家將我迎進正廳，打量了半晌後滿意道：「我家老爺長年不在府中，自夫人去後，家裡只剩下小姐一人，我家老爺怕她無人管教，所以想請位女先生，一來能好好教導小姐，二來能陪伴她左右免得孤單。」有小丫頭捧上茶來，他道：「一會兒您隨我去見見小姐。先前也來過許多人，小姐看不上的就都遣走了。」

我點了點頭，心裡忍不住笑了，真夠新鮮的，以前是我挑選人，如今倒是別人挑選我了。

穿過北方大院式的建築，我總覺得范府如同黑白兩色的紀錄片，時代悠久，似乎還泛著泥土胚房的味道，不似王府那樣園林交錯，色彩翩躚。

所謂小姐，是個十一、二歲的小女孩，滿臉狡黠的神色，相當不禮貌的開場，看著管家問道：「王大為，她是誰？」

管家顯然已經習慣了她的無人管教，不怒反笑道：「稟小姐，是新來的教書先生。」

那女孩子捋了捋辮子，看向我問：「妳都會什麼？又能教我什麼？」

我微笑著朗聲對她說：「先教妳怎樣尊重人。」

她斜瞪著我的眼睛，突然笑了。「那就是妳了，妳來做我的先生好了。」

我看著她無邪的笑臉，心裡納悶這究竟是個怎樣的孩子？

越接觸下去才曉得范笑晏只是個孤單寂寞的小孩罷了，只能用任性博得更多人的注意。她

一開始對我很不信任，總要變著法兒地讓我惱、讓我生氣，以此來證明她在我心裡的地位，若我真的漠視不理她，對她無所謂不在乎起來，她便開始著了慌，磨蹭著靠近我，扯著我袖子喊道：「您跟我說說話，別不理我呀。」

同她待了十來天左右，小丫頭終於依賴起我，對我也開始說些心裡話。「青姨，我娘死了，爹爹總是很忙，有做不完的生意，家裡又沒人跟我玩，那麼大的院子我其實很害怕。」

范笑晏正在屋裡習字，我捧著書給她豎在眼前，她抬臉衝我高興地笑道：「青姨，妳搬來跟我一塊兒住吧。」

我看了看她的字，幫她翻了一頁帖子，笑道：「不行啊，家裡還有個孩子等著我去教他。」聽完我沒有順著她意思的話，她變了臉噘著嘴不再理我。

我不由又想到真是個被寵壞了的小孩子，突然聽見男性的聲音響起。「妳可以帶他過來一起唸書。」

我與笑晏同時抬起了頭，那是我第一次見到范清平。

范清平，字明軒，范府的主人。我本以為是個渾身泛著銅臭的商人，誰知道竟是個儒雅穩重的中年人，有著極好的修養和得宜的行為。笑晏別過了頭，明顯抑制住自己的喜悅，賭氣開口。「您還知道回來呀？我都快忘了我還有爹。」

我啞然，范清平卻溫和笑了。「小丫頭又鬧彆扭了。」

我聽他的語氣像極了他的，突然反射性地抬頭瞪視他，范清平先是驚訝，瞬即坦然看著我，彷彿還期待些什麼。我終是又低下了頭，上天不要再捉弄我了，為什麼總是給我機會去回憶？

范清平是個儒商，頭腦精明，思維敏捷，經常往返於京張蒙晉湖廣各地，商號眾多。他所從事的生意範圍很廣，從管家或者笑晏的嘴裡時不時可以聽出些端倪，對於不感興趣的東西我向來沒有過多窺探的慾望，所以對他知之甚少。

隆冬時節，在范清平的安排下，浩靄進了范府唸書，笑晏很是喜歡，終於有個孩子可以陪她一起玩。

一日，下了大雪，管家過來吩咐話。「少爺說小姐可以休息半日。」

笑晏興奮大喊了一聲就出門找浩靄了，管家又看著我道：「您請隨我來。」

我納悶地隨著他走進一間屋子，范清平正在裡間執壺沏茶，看見我平淡道了句：「坐吧。」半天再沒有話，只有茶水的聲響，他突然問了句：「妳一直都這麼安靜？」

我淺笑了下算作回答，接著注視著他優雅耐看的動作。

他把沏好的茶遞給我道：「嚐嚐看吧，是往年自家的茶葉作坊裡產的，我收了些。」看青瓷的茶碗碧綠的茶葉襯著他乾淨修長的手指，氤氳的熱氣籠著他爾雅的臉龐，聽他不以為然地道出自己不薄的家財，我伸手接了茶，有懸浮的葉靜靜沈澱，心裡感嘆，真是個講究的男人。

他用手推開窗，看了看遠處在雪地裡嬉笑打鬧的笑晏和浩靄，轉頭看向我道：「浩靄這孩子聰明伶俐，勤奮好學，假以時日必成大器。」

我點了點頭，啜了口茶表示贊同。

「這麼久了，我還不知道妳叫什麼？」他的眼盯在我臉上。

「趙青寧。」我答了他。

他微微一笑。「我是個商人，沒有多餘的時間拐彎抹角，妳可有興趣搬來府中長住？」

我亦抬頭微笑。「范先生，我不願意。」

他呵呵笑了。「果然是爽快人，一點兒也不含糊，能告訴我為什麼不願嗎？」

「不是自己的家待著不舒服。」

我說完他又笑了，他笑的時候喜歡仰著頭，有些純真的味道。

……

在太原過年的時候，看了幾場社戲，聽了幾折崑腔。大院中熱鬧了好幾日，我已經不再經常想起京中的一切，畢竟是非常刻意想要忘記的事情。穿過大院西門去向東門的時候，有幾位老者穿巡而過，正在慷慨激昂地討論國事。「國家休養生息，民康務庶……當今聖上針對前朝財政積弊量入為出……府庫充盈……」我笑了笑，漸行漸遠，還聽見他們的嘖嘖讚嘆聲。「……盡皆怡親王竭力剔除，僅江南通計每年減除六十萬兩……」

我一下愣在原地久久邁不開步子，怡親王，允祥……

雍正二年。

浩靄正式成了范清平贊助的貧民學生，周氏歡喜了好一陣子，生活上也改善了許多，重要的是沾了范家這身分的福，面上有光。自此後她待我越發殷勤起來，一直念叨。「夫人您真是我們家的貴人，自您來了，日子是越過越好了，真是積德呀。」

我依舊做我本分的教書先生，說是女先生，其實就類似於保母的角色。范笑晏需要的只是個能陪伴她說話解悶的人，唸不唸書倒是次要的。

夏日裡，她拉著我的手去了院中的湖邊，清澈笑道：「青姨快看那邊粉色的荷花，您等著，我去摘了來。」

我看著荷塘裡為方便觀賞而體貼架上的石橋、石墩，害怕她出意外就道：「妳別動，我去好了。」

還沒等她回答，就已經踩上了第一個石墩，由於荷葉眾多，我尋了半天，搖搖晃晃的才踩著第二個，依次過去，終於近了那粉色的菡萏，伸手撈了半天才搆著，好不容易回到岸邊卻發現早不見了笑晏，只有范清平站在岸邊，衣袂飄飄，宛若仙家。

他微笑著看我走向他，道了句：「菡萏花開鴛並立，梧桐樹上鳳雙棲。」

我聽著這形容兩情相悅頗是輕佻的字句，惱怒瞪了他一眼。「范先生，請自重。」

他用細長乾淨的手接了我握著的花，依舊仰頭笑得自嘲。「剛回來便急著來看妳，誰知竟碰了一鼻子灰。」

我聽完他的話，認真問他：「你該不會喜歡上我了吧？」

這樣的話自一個女子口中毫無遮攔這樣直接地說出來，這個朝代的男人都該愣一陣子的，他也確實如我想像中那樣做了，我顧不得他的反應，只是非常非常正經嚴肅地告訴他。「千萬別喜歡上，我說真的，絕對是禍事一件。」

古代不流行離婚這一說的，對我這樣學法的人來說這無異於犯了重婚罪，最要命的是我目前仍是怡王妃，這樣的身分砍他幾次腦袋都夠了。

他也嚴肅地回答我。「來不及了，已經喜歡上了。」

我閉眼嘆氣。「那就趕緊打住吧，別再繼續了。」

「我向來不做賠本兒的買賣，既然已經做了，當然要連本帶利收回。」

我看著他的面容，不管再怎麼風雅，商人依舊是商人。

「我有丈夫孩子。」

他聽了只是微微一笑，不以為然道：「知道，看妳的打扮是嫁過人的。」他再轉話鋒。「但肯定已經跟夫家斷了關係，要不不至於一個弱女子拋頭露面自謀生計。」

果然頭腦敏銳，看來他已經觀察我好一陣子了。我問：「難道沒想過是逃出來的？以後沒準會發生什麼事情。」

他依舊笑得無懈可擊。「那更好辦，夫家的人既然沒有追來，說明妳在他心中並不重要，有亦可無亦可。」

我的心狠狠地被傷了個徹底，這樣昭然若揭的事實原來早已心照不宣。明不明白是一回事，接不接受是一回事，既明白又接受還要毫不留情地說出來就是另一回事了。

我心下淒然卻找不到刻薄的話回敬他，最困難的事即是跟商人斤斤計較，尤其眼前的對手又是如此強悍，心裡想可能又到了不得不離開的時候了，他卻開口道：「我過兩天會去湖廣，那邊的生意也需要打理的，妳大可以不必離開，在我回來之前不妨考慮下我的建議，然後再作決定。」

「你一定要這樣對人步步緊逼，心裡才會得到滿足嗎？」

他拿著荷花輕輕嗅了一下，低頭將它放回我的手並用他的握緊了我的，抬起眼來正經之餘竟有些深情地對我道：「對別人也許不會，但對一個在張家口馬市上對我大吼大叫，又在太原書市上對我落淚的女人而言，我認為只有這樣果斷才能抓得住她。」

我大驚，懷疑地瞠視著他。他只是再握了下我的手，轉身頭也不回地說：「我等妳答覆，別讓我做蝕本買賣。」

啞然失笑，沒見過這樣的人，在成功挑起別人的怒氣時又非常適時地轉移了話題，而我在一些釐不清頭緒的事情面前，大腦一片混亂。

面對范清平這樣直接的追求，說不動心太是虛偽。

在這落魄的非常時期裡，當心被胤祥打擊到連塵埃也不如的時候，他卻說喜歡我，我其實是

打心眼兒裡感激這男人的出現的，讓我久受踐踏的自信開始一點點恢復，也讓我對自己不至於太絕望。

范清平離開的這段時間裡時不時會寫信回來，我一封也沒有回過。信中字裡行間絕對無關風月，只說些路上的山水見聞，只有一次略提了幾句說現如今江南的女子仍秋衫未除，而北方天氣寒得早，讓我注意添衣。信後有俊逸飄灑的落款「明軒」。

明軒——果然名如其人。

「格格喜歡上范先生了？」一日，待我看完了信，杏兒貌似無意地開口問我。

我回道：「若是忘記一個人，能像喜歡上一個人那樣容易就好了。」

她拿著雞毛撢子靠在古玩架上，有一下沒一下地輕掃著灰塵，聽完我的回答後，她耐人尋味地說：「格格自小就有主意，性子又倔強，寧願受罰也絕不服軟，除了爺誰也哄不好，除了爺誰的勸也不聽，我還是那句話，不信您能放得下他。」

有些時候，往往別人的一句話就能輕易推翻偽裝了許久的心情。我擺弄著桌上的信笑道：「說得對，我是放不下他。夜裡躺在床上總是睡不著覺，強迫自己不去想，可躲來避去的總逃不過跟他在一起的回憶，最後還是不得不想他。妳說我這一生，從小到大除了他，日子裡還有什麼可想的呀？心裡惱到一定分上就特別納悶兒，不過是想追求他的愛，不過是一句他愛我的話，確定了為他死我都願意。就這麼一個卑微到不能再卑微的想法，到底闖下了什麼滔天大禍，又有什麼罪不可恕的，讓我落到如斯田地？我這究竟是做錯了什麼，每日過著油煎火烹似的生活？遠不如梟首車裂來得痛快。」說完自己笑出了眼淚。「為什麼不能喜歡范先生？又憑什麼只能想著他？難道他不要我我就不能再喜歡別人了？想找個人依靠也錯了？」

我拿手抹了下兩邊臉頰，吸了吸鼻子笑得沒心沒肺。

「看我，哪來這麼多怨氣，杏兒，我八成是瘋了，妳別在意，我也不太清楚自己在講些什麼。」

杏兒的臉上已是汪洋一片，她單手捂了臉，雙膝著地低頭摟著我的腿哭道：「格格，我不該逼您的，您不管跟著誰我都陪您一輩子。」

怎麼就把她給惹哭了呢？杏兒只不過說了幾句實話，我何必將自己的委屈加在她身上，讓她也陪著我難受呢？

立冬之後，范清平回來了，他進屋的時候帶進了好聞的陽光氣味。一連幾日我著涼發了燒，身體也漸漸不濟，藥不離口，只要駐足的地方滿屋子都是中藥味兒，他走到我身邊輕淺聞了聞，笑咪咪地望著我開玩笑道：「這味道倒好，妳這是薰了什麼香？聞起來可是獨一無二的。」

我心不在焉地笑了笑。

他一本正經地看著我，略有不滿。「看來我的信妳是沒仔細看。」

我輕道：「看了的，只是……」

他瞬即打斷了我的話。「不要給自己找藉口，生了病這是擺在明處的，事情已經變成了這

樣，還作無謂的辯解有什麼意思？」

我微笑著搖頭。

他又道：「難道我說錯了？」

他的話讓我沒辦法回答，只能好笑地低頭給他行禮道：「范先生沒錯，是我錯了，下次改……」

他又道：「這話最不著邊際，下次要等到什麼時候，誰又知道還有沒有下次？不要輕易許諾妳做不到的事情。」

我目瞪口呆，作為一個商人，他有著過硬的基本素養。

一連咳了好幾聲才止住，他關心道：「妳這樣子，整日心事重重，病是好不了的。我看不如這樣，晉中老家遣人讓我回去一趟，妳隨我去也能散散心。」

「范先生，多謝您，我想還是算了……」

正要想個託辭拒絕他，卻聽見他說：「妳怎麼總是這樣拒人於千里之外？」

我平淡地笑了。「會嗎？」

他指著我的臉像抓住了什麼證據，滿臉嚴肅。「看，又來了。」

「那要怎麼辦？」

他嘴角噙著絲若有若無的笑，平靜地望著我說：「先從叫我明軒開始吧。」

我側頭嗤笑了一聲，頗佩服地說：「沒見過這麼能算計的人，你給我設好了多少套等著我往裡鑽呢？」

「多花些心思在我身上，慢慢兒妳就曉得了。」

很多時候范清平給人的感覺非常舒服，像多年未見的老朋友一樣親切。他對我的喜歡始終抱著一種寬容的態度，理智之餘挾帶著絲絲入微的體貼。許是出去一趟有了新的想法，也許是欲擒故縱，總之沒有十分迫切地要我的答覆。我對他的印象卻實實在在地又好了一層，他是個非常成熟且心智健全的成年人，懂得過猶不及的道理。

他很少提起他已逝的妻，總是以生意太忙作為搪塞不再續弦的理由，我卻本能覺得可能前一段感情太深刻了，所以遲遲放不下。對我，鬼才曉得他是抱著什麼樣的態度。

范清平的老家在介休，路上折騰了一段時間才從太原輾轉至此，此時已進入了深冬。

當年介子推不受晉文公的封賞，與母隱居綿山，火海中即休於此。介休之名由此得來。笑晏坐在馬車裡極是興奮，問道：「爹，青姨難得來一次，咱們帶她去綿山吧？哦，回鑾寺也不錯，嗯，還有雲峰寺。」後又轉頭對我講：「青姨，趕一天我帶妳去寺裡上香，我向來不喜歡太原，哪有這兒好，叔伯姊妹們多，出去遊玩的時候也多。」

我笑著點頭，轉頭對上范清平的眼睛，他頗有深意地看了我一眼。「笑晏很是喜歡妳。」

在我的堅持下，范清平不再勉強，於是他安排我與杏兒住進客棧，他同笑晏回了家。從店小二待我殷勤到不能再形容的分上，我能隱約明白些范家在介休的財富和分量，可當店小二一道來，如數家珍的時候，我才發現那財富之多，遠遠超出自己的想像。

山西直隸等地鹽店上千家，京師有店鋪三座，張家口有店鋪六座，歸化城有四座，河南有當鋪一座，張家口有地一百零六頃，各地房產一千間，介休百米長街取名范家街，西家院落可與皇家相媲美，被稱為「小金鑾殿」……

下午擁著暖被高枕睡了個天昏地暗，醒來的時候直覺性地喊了聲「胤祥」，愣怔了半天，猛地使勁拍了下自己額頭，自己罵自己。「我看妳是真要瘋了。」

小二適時地敲響了我的門，進門先話家常。「咱們介休城可是巨富雲集，不說別的，光說這范家，就不能不當這個。」他說完豎了下大拇指。看我不是十分感興趣，店小二琢磨著問道：「您可是餓了？」

我還沒答話，范清平拎了壺酒就走了進來。

店小二趨前高喊了句：「明軒爺，您來了，先向您道句大喜，范老爺子的壽宴準備擺在哪兒啊？」

只見范清平把酒遞給小二道：「把這酒燙了，再做些清淡的小菜端上來。」那小二應了便下去了。

酒端上來的時候，清冽芳醇，店小二又非常會來事兒地稱讚了一番——正宗杏花村汾酒，這酒不是誰都能品到的。我攏了攏袖，笑而不語，他也笑，把壺給我道：「知妳定不會喝這酒，所以當罰，罰妳給我斟酒。」

我開心地衝他笑了，聰明人就是聰明人，省下多費口舌推辭了。接過了酒湊在鼻下聞了聞，他頗有興趣地問：「怎樣？」

「有什麼好的，聞不出來。」

他呵呵笑了。「這麼好的情境全給妳破壞了，真是俗人一個。」

酒過三巡的時候，非常自然地過渡，他問：「妳丈夫是個什麼樣的人？」

我大腦開始運轉，然後搜尋詞語回答他。「是個再好不過的人。」作為回敬，我亦問他：「笑晏的母親怎麼去的？」

他抿了口酒道：「憂思過多，一病不起，最後一面也沒見著。」

我開始想像那場景，是有些淒涼，商人重利輕別離，感情自是疏於打理。

「青寧，」他相當動情地叫了一聲，搞得我十分不自在。「妳多久才能忘了他？」

我灰了臉色默不作聲，他嘆了口氣。「知道了，不過也不打緊，我一向喜歡放長線釣大魚。」

我叫了一句「范先生」，卻不知道下句該說些什麼，說謝謝？說對不起？說不用？說離開？

他站起了身子，我低頭酒盅已經見了底，飯菜幾乎都是我吃的。

依舊是平靜的語調，乾淨的聲線。「她臨終留了封信給我，『彼非愛我，戀我色也，我亦非愛彼，貪彼財也，悔不該當初嫁作買賣郎，一生誤。』」

我聽完驚訝抬頭，他臉上很是受打擊，淒淒然苦笑了許久。「妳早歇下吧，我走了。」說完

疲憊地出門。

什麼樣的男人都無法忍受同床而眠的妻子告訴他，只是為了貪財才跟他在一起，這個女人不簡單，一句話讓范清平至死也難忘。若是女子狠下心來，十頭牛的破壞力也不及她一句話。我站起來倚在門上看著他的後背越來越遠，心突然被觸動。

「明軒……」我大聲喊他，他重滯了下步子轉身納悶地看著我，我真心衝他笑了。「那話是賭氣說的，我是女人我明白，真的！」

可能是我太真誠了，他抿嘴笑得高興。「曉得了。」後又轉身下樓，離開了我的視線。

歡樂趣，離別苦，就中更有癡兒女。

回介休是因為范明軒父親的大壽。

去了百米范家街，進了他家的院子才曉得這家人究竟是多麼財大氣粗，對那些數字代表的財富也有了實在感。樓上樓下共擺了一百二十桌酒席，一桌五人，桌上都是八碗八碟外加三台，共一百二十四件食品。前臺有專門的戲園子，樓上樓下的客人都看得方便，這樣一請客，許多山西有名望的大老闆、掌櫃，帶著夥計連學徒都趕了來，場面熱鬧喧天。家中的女眷們都在樓上，有垂幔與男賓相隔。

笑晏帶我混在女眷席裡，我忍不住小聲問她：「以往每次壽辰都搞得這樣熱鬧？」

她嘻嘻笑了。「打我記事時起算來不過五次，今年尤其熱鬧。」看我不解，她悄悄告訴我。

「青姨，我聽爹說當朝有位大官要過來，所以才這樣。」

我點了點頭，看向中間的席位，確實是眾星捧月般的顯眼，在眾多席宴中這麼一襯，格外精緻鋪張。

「請大東家……」聲音高亢渾厚，尾音直入雲霄，一位堂倌站在院中，因為這不凡的叫聲，人也變得受矚目，整個院子瞬間就靜了下來，像煮沸的水突然被斷了電，連呼吸也變得若有似無。

一位老者樂呵呵地走了進來，身材挺拔，精神矍鑠，氣度過人，范清平跟在他父親後面，笑容可掬，完全商業化標準。

剛一進來就開始四處同人寒暄。「侯東家有禮了……」

「常大掌櫃好……」

女眷們也開始騷動起來，恨不能把范家的老底兒都給揭出來，哪家的富商太太們都想把未嫁的女兒給范清平作續妻，笑晏滿臉不屑。「哼，不過是貪上我們家的財。」

我笑得高興。「誰讓妳家擺這麼大譜。」

只聽見突兀的第三聲響了起來，那聲音不大，卻震得我的耳膜「嗡」的一聲頃刻鳴了音。

「到底是皇商，氣派與別家自是不一樣。」

難怪范家這樣家資豐厚，原來竟是皇商！兜了一圈，不禁要感嘆起這天下究竟是太還是小……

# 第六章　奔喪

我緊抓著自己膝上的百褶裙，凝神屏氣地問笑晏：「妳家是皇商？」

她奇怪地掃了我一眼。「青姨這是怎麼了，不是一向不關心這個的？」

我愣了一下。「哦，我就問問。」

她側著頭看了我半晌，許是覺得我平日裡沒對他們家的財產有過任何覬覦的想法，就道：「從我曾祖父時起就是了，前朝康熙五十九年平定準噶爾叛亂時曾有十三萬石軍糧被劫，是我祖父出銀再購的，因此得聖眷寵渥，我祖父官至三品級太僕寺卿，家裡還有個小爺爺做了布政司考政。我爹爹很有才華，但卻不喜功名，其餘叔伯也有捐了官做的。」

我聽著這人小鬼大的女孩有條不紊地敘述，心想在這樣的家庭環境薰陶下，她長大了也定是個精明不過的人。

心裡正琢磨著該如何向她打聽一下他們家是否與胤祥有關係，院中卻突然又靜了下來，比之范老爺子出場時有過之而無不及，只聽見堂倌又唱道：「怡親王門下人……」

只聽了前面幾個字，大腦突然「轟」的一聲，大有山洪滾滾而下的氣勢，我手裡攥著的帕子緊成一團。「笑晏，你們家跟怡親王是什麼關係？」

她不解。「您今天真奇怪。」

從她烏黑的瞳仁裡映出了我迫切焦急的表情，她忽而高興地笑彎了眼睛。「青姨，您不會跟怡親王認識吧？難不成有過節？」明明是小孩子的玩笑話，我卻一絲也笑不出來，她兀自往下說著。「我聽爹爹說，自古以來重農抑商即是國之根本，農與商不可本末倒置，可怡親王卻不以為然，他是個再開明不過的人。祖父也說，我們家的鹽業買賣都是歸他管的，怡親王很是重視我們晉商，能行的便利絕不為難咱們，所以范家才能在新朝這樣順利扎根，反正呀，他是個再好不過的人。」她稚氣未脫的眸子裡閃爍著崇拜之情，小小的孩子轉述著她祖父老氣橫秋的話語很是可愛，末了她又加了一句：「若有過節，肯定是您不對。」

我一句問話脫口而出。「笑晏看來，爹爹好還是他好？」

她想也沒想。「當然是爹爹好，」又沈思了半天道：「可是，爹爹再好也是爹爹，嫁人的話還是像怡親王那樣的人才好得緊。」我被她離譜的思考方式逗得哭笑不得。

下面站著的怡邸門人坐在特意佈置的位子上，行為很低調，看來胤祥管教得相當嚴格。院內一片靜寂，都在等他的話，寒暄過後，只聽見他道：「我家王爺本想親自來的，奈何最近身上抱恙，一直下不得床，所以遣我來同范老先生說一聲。」

范老爺子誠惶誠恐道了句：「不敢不敢，王爺日日操勞……」

不管身上多不舒服，他就是有本事隨時帶著溫和的笑應付自如地把黑暗情緒打壓下去。活得這樣辛苦，到底得到了什麼？不過是一身的病及滿心的疲憊罷了。思緒跑了半天又回到了他們的談話內容上。

「王爺經常四處巡視，太是勞累，咱們看著心疼，卻不能幫他分憂，」那門人說得很是動情，大概是真的帶了感情的難受。「新近我們王妃的母親怕是大限之期不遠了，王爺是個極重感情的人，面上一直鬱鬱不樂……」

他後邊又說了些什麼我都沒有聽見，心裡的絕望如潮水般不停湧上來，潮落的時候卻空空地失了重。不知什麼時候院中開始觥籌交錯起來，我眼裡沒了焦點，一張張臉譜化的模糊影子在眼前晃來晃去，不知道他們為什麼笑，也不知道那一張一合的嘴巴裡都在說些什麼，只是覺得恐慌，本該在母親身邊的我這是在哪兒、又在幹什麼呢？我搖晃著站起了身子，往前走了幾步，眼前一黑就什麼都不知道了。

睜開眼的時候已經在客棧裡，抓著杏兒像看見了親人，這種時候我的心情怕是只有從小一起長大的她才能理解，我紅著眼睛聲音嘶啞道：「額娘，額娘怕是不行了。」

說完，看見了一直皺眉看著我的范清平，眼睛深沈得如同再無波瀾的湖。

馬車裡氣氛壓抑，范清平把他身上的斗篷披在我身上，一路上我怔怔的一句話也不想說，只想快點回京，杏兒偎在我肩頭呼吸漸漸變得平穩。這些日子她日夜不息地照顧我，想必是累壞了。

回到京裡時夜無止境的黑，簷上的冰凌子在燈籠的照耀下還泛著森森的白光，范清平去了自己的店鋪，我迫不及待地回府，一路上寒夜的風凜冽得像是要把人也割個口子，街上的屋院影影幢幢，家中府門緊閉，我一聲急一聲地拍著冰冷蝕骨的門，朱紅的大門緩緩敞開，小廝的頭探了出來，見了我一下跪在地上。

「福晉，您、您怎麼這會子來了？」

我也沒管他，只是帶著杏兒進了門，早有小廝往前屋跑了去稟報。

還沒跑到母親待的屋子，哥哥一臉寒氣地衝我走了過來，嫂嫂緊隨其後。

「哥哥……」我剛喊了一聲，他怒氣沖沖地一掌下來打在我臉上，我毫無心理準備，受不住那力道猛地跌倒，手被地上的碎石硌得生疼，血順著嘴角就流了下來。

杏兒驚呼了一聲趴在我身邊要扶我，嫂嫂跪在地上抱住了哥哥的腿淒然喊：「您這是幹什麼呀？」

哥哥看著我頃刻間紅了眼。「妳還知道回來？額娘就妳這麼一個女孩兒，寵得跟什麼似的，臨終前就想見妳一面，念叨了許久，盼了天黑又天亮，妳……妳還是讓她走得遺憾。」他說完，我積蓄了許久的眼淚止不住地掉下來，他接著道：「妳這是鬧什麼彆扭，是誰給妳慣的性子這樣任意妄為？妳根本就不配做個福晉。」

我什麼話也說不出來，只有眼淚無聲砸在地上。

他看著我，眼淚也掉了出來。「都說長兄如父，自小把妳寶貝似的捧在手上，淘氣鬧事的時候哪回不是哥哥替妳打罰認著？什麼時候拘著過妳？又何曾捨得動過妳一根頭髮？這次是替死去的阿瑪、額娘教訓妳，妳這個該死的、不孝的丫頭……」他再也說不下去，別過臉去把淚擦了。

我抽泣著叫他。「哥哥，是我錯了……」

他看也不看我，掉頭就走。

「哥哥……」我一邊掉淚一邊叫他，他依舊頭也不回地走了。

嫂嫂站起來走到我身邊，拿帕子輕輕給我擦了擦嘴角，看我哭得傷心，她的淚也不停地往下掉。「福晉別怪妳哥哥，妳這兩年不在，不曉得他有多擔心，額娘剛去，他也是太傷心了。」

我一下抱住了她，泣不成聲。「額娘她，怎麼就去了？」

手掌被石頭割出了口子，血液泥土混在了一起，清洗也十分不方便，嫂嫂語重心長道：「妹妹，不是嫂嫂多嘴，妳怎能捨下自己的家，隨九爺去了西寧呢？」

我聽了她的話又驚又怒，難怪哥哥這麼暴怒，這下可好，我竟成淫娃蕩婦了?!只聽見她又說：「王爺一直四處散播額娘的消息，讓妳哥哥一定等妳回來再大殮，說是怕妳見不了額娘最後一面心裡難過。如今妳回來了，王爺卻又出京辦差了。他很是擔心妳，為了妳他不知道操了多少心。」

一時間心裡百味雜陳，額娘都沒了，哪還有心思去計較這個、思考那個，於是淚又掉了下來。「嫂嫂，我去看看額娘行嗎？」

她不作聲，只道：「福晉還是先回王府看看吧。」看我不回應，她嘆了口氣道：「妹妹，既然嫁了人，就該以丈夫孩子為重的。」

我起身，顧不得身上的傷痛，杏兒趕緊扶住了我。

「我想先單獨跟額娘待一陣子。」

一連三天我待在她身邊，想像她臨終前一直等著見我一面，最後不得不絕望地閉上眼睛的那個場景，就覺得心裡像放了一把火，燒得寸草不生。除了呆呆看著她，懷念以前，黯然心傷以外再也沒時間幹別的，哭是一件太奢侈的事，需要耗費力氣的事情那麼多，為什麼偏偏要放在哭上呢？額娘一去，這世上大概再也沒有人能讓我依戀了。

……

大殮的時候，看著哥哥親手把額娘從靈床上小心翼翼地抱進棺木，緊閉著雙眼骨瘦如柴的她讓人覺得也許來一陣風就能被吹走。哥哥用鏡子給她開了光，在場的親眷們逐一與她作別，棺木中陪葬的都是些她平常珍愛的首飾，大部分都是我做秀女時給她的。

我看著安詳躺在棺木中的額娘，雙頰深陷，面色蠟黃，太難把眼前的她同初見時那個面色紅潤高貴典雅的夫人聯繫起來。我看她有一絲頭髮鬆了，就木然從自己頭上拔了根髮簪給她綰住鬆了的髮，還想再多看看她，杏兒卻忍著淚把我架走。

「格格，耽誤時辰就不好了，您讓夫人好好走吧。」

厚重的子蓋被哥哥插了上去，我看著她的臉在我眼中一點點消失，隨即聽見鏡子被脆生生摔在地上的聲音，所有親眷都嚎啕大哭起來。我沒有出聲，只是覺得自己像行走在六月狂風暴雨中的船，突然被巨浪打翻，溺水窒息，就這樣葬身大海。

額娘的靈被停在北房偏廳，靈柩前安靈龕，供桌上設了香爐、蠟扡、花筒、供品。請了道士和尚來作法，依舊是阿瑪死時的儀式，我執意要守靈，哥哥許是曉得我的意思，也不再堅持。我散了頭髮戴著白孝，與家裡的兄弟姊妹們一起給前來弔唁的人磕頭還禮。

……

七天之後，遠遠傳來小太監的稟報聲。「怡親王到……」

所有人都住了聲，臉上盡是羨慕敬畏的顏色，繼而竊竊私語，和尚道士們繼續賣力地吟唱作法。他這一來無疑是兆佳氏滿門的光彩，哥哥急忙站起身子前去迎接，我不禁抬起頭來開始打量他，他再也不著我年少時熟悉的青藍色袍子，落寞灰色把他的沈著幹練襯得一覽無遺，平靜內斂的黑色眸子裡蘊滿睿智深邃，嘴角依舊是淡淡的笑，疲憊慵懶。驀地發現這是怎樣一個安於富貴的人啊，任何華貴的詞語放在他身上形容都不為過。置身事外才能更真切地看清一些東西，我與他本來就不是一個世界的人。

他在眾多人中一眼就看見了我，直直盯了半晌，臉上說不清是喜還是怒，就這樣無奈地翹著嘴角，像看著個正跟他賭氣的孩子一樣束手無策，自此視線便沒再離開過我。送了輓聯就快步朝著靈堂這邊走來，我看他走路的樣子就知道他腿上的傷肯定又犯了，右邊的肩膀微陷，比左邊的要低一些，以前總說他是高低肩，還取笑了老長時間。

胤祥接了香向靈柩拜了三拜，拜完後他走到我身邊久久邁不開步子。我抬頭仰望他，他也低頭注視我，就這樣互相看著，恍如隔世般一句話也說不出來。

哥哥扯我袖子，他先反應過來，道了句「節哀」，我也反應過來，低下頭端正給他磕頭還禮。「謝怡親王。」

生命是一個旅程，一路上除了風光旖旎外，也很有可能是殘垣斑駁。費盡心機想要開始的新生活，一瞬間土崩瓦解，而我那引以為傲的好到不能再好的運氣，突然一落千丈——暴跌。

允祥背著手站在練武場中，堅忍的後背上面掛著重重的寂寞。想叫他的名字，卻艱難發現早不是以前爛熟於胸、常掛嘴邊上的名了。胤祥？好像不是。雍正繼了位，他的兄弟們為了避他的諱，全都由「胤」改成了「允」。允祥？太生疏了，臉皮再厚也做不到瞬間熱絡起來。

「這兩年妳過得可好？」他沈聲問。

我不作聲，依舊盯著他後背出神，這個男人，他不問：「妳去哪兒了，真跟老九在一起？」而是先問：「妳過得好不好？」

老婆給他戴綠帽子他也能這樣安之若素、雲淡風輕地先去關心人好不好，而不在意事情本身的惡劣，如果在乎的話，正常反應不是應該暴怒的嗎？一想到他可能對哪個女人都溫和地一視同仁時，我就忍不住要發狂。「好得很，您難道忘了我一向得人喜歡？日子過得也舒坦。」

我說完他身子一震，終於聽到帶了感情的幾個字從他嘴裡說出。「妳過得好，我便放心。」半天又感慨道：「當年一句『如果我不見了，你會怎麼樣？』竟一語成讖，在我身邊妳總是懨懨不樂，他自妳小時便分外有心，妳能過些自己想過的日子也好……」

我氣得身子都哆嗦起來，攥著的手也不聽使喚，快步走到他身後，把他拽了過來，眼裡氤氳瀰漫的水氣絲毫澆不滅我心中熊熊熾熱的火焰。「你相信了？連你也相信我是同九阿哥一起去了西寧？你覺得我早就跟他預謀好了，而我念在二十幾年的夫妻情分上所以才假惺惺問你一句『若我離開，您會怎麼辦』？是這樣嗎？」我的聲音尖銳得連自己聽著都刺耳起來。「在你心中，我離開你一定有我的道理，而這道理就是我愛上了九阿哥，你是不是這麼想的？是不是？說話呀！」

他眼裡也籠了層霧，皺著眉恨恨問我：「難道我想錯了？妳這狠心的丫頭，明明曉得我捨不得動妳，所以妳走得義無反顧，連個讓我找妳的理由都不留下。」

我的淚像斷了線的珠子，心裡的委屈、額娘死後的悲傷全都一股腦兒地湧了上來，我雙手並用哭著使勁打他。「二十多年的夫妻恩情，二十年同床共枕，我在你心裡也不過如此，你竟這樣想我?!」

他抓住我手腕，像是要把我捏碎了一樣，再也不復往日溫文的樣子，隱忍痛心道：「妳又何曾顧過二十年的夫妻情分？我認識妳又豈止是二十年？八歲時用那樣驚天動地的方式不經允許隨意闖入我的生活，二十多年相濡以沫的日子，為我生兒育女、持家理事，就為了個男人離家出走？我在妳心裡又是什麼？妳叫我情何以堪，妳叫我情何以堪呀？」

他說到這兒，醞釀許久的一滴淚順著眼角緩緩流了下來，滿臉悲愴的他接著道：「總是這樣衝動任性地行事，毫無顧忌地隨便闖進別人的心，因著這性子在這個家裡撞得頭破血流也不在乎，在我最落魄的時候也能縱情縱性地逗我歡笑、替我解惱，讓我覺得即使皇阿瑪不要我了，最起碼還有妳。既然闖進來就該負責到底，在成為我的一切後卻消失得無影無蹤，在那樣疲累的我的心上再重重劃下一刀，妳知道我有多難受？妳又知道我是怎樣走出那種困境的？」

他鬆了我肩膀，又轉了身背對著我，強抑著的聲音滿是滄桑。「我寧願妳從來不曾說愛我，因為這句話留下的我有多痛苦，妳一點都不知道。每一次想起來都像被剜了心，剛剛說過愛我的女人，怎能轉眼就跟別的男人跑了？」

我聽完他的話，眼裡像被掘了一眼泉，淚水汩汩不停地冒上來，盈滿後便流下臉頰，然後又有新的淚水充斥其間，再也說不上怨或恨，在他面前我又一次輕易卸下假裝不在意的面具。這樣的男人，該拿他如何是好？再也待不下去，我轉身就跑。

白綾縞素襯著蕭瑟寒風中人們倦怠的臉龐，瑟縮的身影，一片死寂。和尚道士們也沒了念經作法的勁頭，有人甚至站起來在院中開始活動快凍僵了的身子。夕陽西斜，滿院光禿禿的灰白樹木彷彿染上了血色，廚房那邊有嫋嫋的煙開始攀爬直上。

我攏了攏被風吹亂的頭髮，徑直朝靈堂走去。

哥哥迎上我，滿眼的心疼。「回屋歇著吧，這陣子妳不眠不休的也算對額娘盡了孝，長此下去妳也得倒下了。」

我委屈地問他：「哥哥從小看著我長大，難道您也信我會跟男人私自出逃嗎？」他默不作聲，我滿心的失望。「哥哥不相信也就罷了，我不怨您，可他怎麼也不相信我？」

哥哥卻道：「妳是說王爺？他若是不相信妳，妳哪還能站在這府中替額娘守靈？怕早已進了宗人府了。若不是他護妳周全，如今妳已是別人口中的笑柄，一輩子也休想抬起頭來了。」

胤祥，我恨死你了，你這笨蛋，連句為自己辯解的話也不會說。

愛情，因為變換了個時空，竟如此艱難起來。

額娘三七日的時候，范清平送了輓聯進來，說如若可能，他願意等我見一面。我遣府裡的小廝去謝了他：七七之後，若等得我便去找他。

在完全沒有準備的情況下，弘暾竟來了。十五歲的少年遠遠見了我即刻眼裡帶了淚，走到他外祖母靈前恭敬磕了頭，我含著淚給他磕頭還禮，他一步跨到我面前把我扶起來，叫道：「額娘……」

我貪婪地注視著他，他已經高過我，面容清秀身體羸弱，可能因為長年在府院廳室中，所以臉色有些蒼白。

「暾兒已經這麼大了……」我感慨道，心裡覺得太對不起這些孩子們，回來後儘管想念，卻遲遲不敢相見，拋棄了孩子的母親有什麼資格請求他們的原諒？

他一手扶著我肩膀，一手緊握著我手掌，充滿智慧的眸子裡有別樣的少年意氣。「額娘到底得了什麼病，至於非要出府靜修？」我微笑著搖了搖頭，他接著道：「阿瑪一年中大半的時日都待在交輝園中，其他日子還得出城巡視京畿水利，府裡好不冷清，兒子們真是想額娘想得緊。」

我撫著他的臉笑看著他，原來就是這樣走出困境的，好一陣子都是他在不停說著這兩年的情況。
「額娘什麼時候回府？」
「病好了自然就回去。」
他了然的眸子裡填滿了失望，這樣剔透心思的孩子未必不會懷疑他父親的搪塞之詞的。
母親出了殯，身上的重擔卸了一層，世上的牽掛也少了一個。我去了范清平的店鋪，掌櫃早得了他的吩咐將我引向後室，穿過一方頗是富裕的小四合院，我進了北屋。
進去之後發現范清平正俯在桌上怡然自得地鑑賞一幅古畫，我忍不住嘴角帶了淺笑——依舊講究。他抬起頭來也看著我笑了，一室陽光溫暖和煦。
「好些了？」他問。
「悲傷過境，雲開月明。」
「什麼……過境？」他不解。
我跟他含糊其辭。「哦，沒什麼，小時在家亂造的詞兒。」
他聽了便也不再追究，好像我的話又提醒了什麼，他搖頭苦笑。「真沒想到，妳原來竟是怡王妃。這買賣做的，穩賠不賺。」
我低頭淺笑，他走到我眼前伸手把我的臉抬起來，我知道他肯定有話要說，就沒有閃躲直視著他，只聽他說：「青寧，不喜歡一個人就要明確告訴他，若妳不說，會讓別人抱有無止境的希望。男人並不是妳所能理解的，妳不給他他就會越想要，懂了嗎？」

這樣輕聲細語說著話的他像個父親在給自己不懂事的女兒講道理，我看著他鼻子突然就酸了，他笑了笑再道：「浩靄一家我會好好照顧著，他是個有前途的孩子，若以後能得了功名我便也沾了光，若不能得功名，笑晏一個女孩子家遲早會嫁人，浩靄也能幫我許多忙，一本萬利。」

我笑。「還是那樣會算計啊。」

他仰頭輕笑，接著囑咐道：「若心裡對一個男人念念不忘，也一定要告訴他，兩年來曾為了他日日恍惚、食不知味，曉得了？」

我淚眼模糊地點了點頭，他拍了拍我的頭。「雖然不知你們出了什麼事，但我想誤會其實是好事，因為彼此間仍有牽絆。不要再像孩子一樣莽撞了，到時候吃虧的還是自己。」我感激地看著他，范清平了無遺憾道：「過幾日我便要離開京師了，有利可圖的生意還等著我去做呢，日後若是有緣，但願再見吧。」

我道：「好。」

他瀟灑大笑。「真不是個墨守成規的人，竟這麼痛快答應。」後又心悅誠服道：「妳丈夫那樣的人，通情達理，我想他也不是不講理的人，好好求求他，他自會讓妳回去的。」

我驚訝地問他：「你怎麼知道？」

他笑得高深莫測，眼光停在我頭頂。「兩年之後，直到現在，腦袋還好好頂在頭上不是嗎？」

我也隨他笑了，是啊，他捨不得殺我。

「明軒，謝謝你，還有，後會有期。」

……

每次厄運來了的時候總是恐慌，這次我一定邁不過這個坎兒。可堅持走過去之後就會滿懷希望地想，幸好我還活在這世上。只要睜開眼睛，悲傷恐懼都會遠去，人生也許就是這樣，各人有各人的歸宿，各人有各人的緣法。對胤祥執著是沒錯，過於偏執就沒必要了。

轉眼已是臘月中旬，一日，我正在家中拿了卷書認真看著，杏兒掀簾子走進來。「格格，張嚴在外頭候著呢，說王爺請您過去。」

我眼依舊停留在書上。「緩緩這幾日再去吧，一身素白衝撞了他不好。」

看得出來她很是為難，瞬即笑了笑，過來拿了我的書嗔道：「我都同人家張嚴拍胸脯說好了的，您不去這不是讓咱們當奴才的沒臉嗎？」

我斜覷著她笑道：「好個伶俐丫頭，也罷，有些話是想跟他說清楚了。」

在外面罩了件素色氅衣就出了門，大老遠的張嚴就迎向我，嘴裡囁嚅著，眼裡也帶了淚。「福晉可回來了，回來就好，回來就好……」

我眼裡也濕濕的，勉強笑道：「再這樣我可不去了，好不容易見著不是該高興的？」

他連忙換上笑臉。「福晉說得對，奴才糊塗了。」說完扶著我上了馬車。

我坐在車上問他：「咱們去哪兒？」

他道：「交輝園。」答完也跳上了車，車伕揮了下鞭子，馬嘶著氣就開始抬蹄往前走了。

一路上景物很是熟悉，這條大道來來回回的都不知走了多少遍了。

圓明園並沒有完全建成，只是初具了規模，依舊在四處動工。張嚴前面帶路，七拐八拐地便進了交輝園，也是四處動工的痕跡。張嚴同我笑道：「爺說您來就把您帶去書房。福晉不知道，爺打小就是認真的性子，什麼事都得親力親為，辦妥貼了才放心……」看了看我又略略不好意思地笑。「瞧奴才這話說的，這些福晉自是都知道的，見了您太高興就沒話找話說了。」

我笑吟吟地說：「不妨事兒，你接著說，我不在這幾年他可好？」

他暗了臉色嘆氣。「怎麼好得起來啊？身上是時好時壞的，厲害時去木蘭養了一陣子病。爺嘴上不說，可都看得出來是真想福晉您呢。」

我聽完呵呵笑了。

小丫頭行了大禮後便打簾子讓我進了書房，他坐在書桌後面色凝重，神情一絲不苟。許是太投入了一時並沒有發現我，我坐在外間的凳子上眼睛忍不住跟隨著他，頭頂有幾絲銀髮晃得我心裡慌慌的，前額的髮許是有一陣子沒剔了，隱隱泛著青，他皺眉的時候額頭的紋印已經很深，明朗的笑也漸漸變得疲憊不堪，不知不覺間，這許多年時光就這樣匆匆過去了，從他弱冠至他不惑，二十多年這男人占了我整顆心，為他哭為他笑為他心傷憔悴也為他傾心愛戀。

正淚眼迷濛地看著他，他卻站起來走向我，伸手撫著我的臉問：「妳從什麼時候開始偷偷為我哭的？」

我淺笑著回憶往事。「八歲時就開始了呢，有一陣子天天被人嘲笑，一度哭得傷心。」從少時開始，他笑起來眼角便有摺子，直到現在也一直追隨著他，那笑因為這些紋路變得生動起來，越發襯出年歲在他身上雕刻下的成熟風度。

「這兩年去了哪兒？」

「從張家口去了山西，在太原范家做了一年教書先生，認識了范清平，後來又去了介休，得知了你散出來的消息，於是便又回了京。」我事無鉅細地向他彙報，年少時好似最喜愛用這種方式纏著他撒嬌。

「范清平……」他拉著我的手進到裡間思索記憶。「范毓賓家的老二，七七之後就去找的他？」

我毫不驚訝他會知道，京城這地界兒上，要想瞞他似乎很難。「嗯，他要離開京師，我去給他送行。」

他坐在凳子上，我依舊站著，只是手被他握在手裡，他語調平靜地問：「你們很熟？」

「知己罷了，他瞧不上我的。看來我這人是真不怎麼好，難怪您不要。」

他被我的話逗得哭笑不得，握著我的手嗔怪說：「我什麼時候說過不要妳了？」

「您也從來沒說過要。」我說完就低頭，有滴淚沒忍住就直直砸在了他的手背上。

他輕嘆了口氣，讓我坐在他腿上，我惦記著他腿上的傷彆扭的死活不坐。他笑著再把我拉過去坐下，圈著我道：「妳以為自己有多沉？瘦成這樣還跟我說過得很好？」

我不自然地笑了笑，在他懷裡靜靜偎了會兒，就站了起來，繞到案前沒話找話說。「您剛才在忙什麼呢？」

他轉頭看了看案上說：「年末，戶部的帳得理一下，過幾日要奏報給皇上的。」我「嗯」了一聲，他起身盯著我微笑著說：「妳回去收拾一下，即日隨我回府吧。」又略想了一下。「還是我陪妳一同去吧。」說完就往前走了幾步，直覺回頭看見我還怔怔愣在原地，他臉上的笑頓了頓，便又返身回來牽住了我的手。「青兒曾經跟我說過，雖然一直跟在我身後，其實特別想讓我回過頭來看看妳是嗎？」

我點了點頭，他臉上全是柔和的顏色。「以後，我來帶著妳走，妳什麼都不用管，只要牽好我的手跟我一起走就行。」

這樣平實的許諾溫暖了我的心，那餘威甚至一直蜿蜒直上，直至暖了我的眼才甘休。

在回府的馬車上很是安靜，他有些累便閉了眼小憩，我看著他安靜的面龐開了口。「允祥，睡著了嗎？」他不作聲，臉上帶著淺淡的笑，我便接著講。「睡著了也好，正好我說的話你也聽不到。我從小到大父母慣著從沒受過苦，嫁了人以後您也一直待我寬容，所以性子難免有些驕縱，不論人或事兒一旦認准了，不管再難也絕不罷手。這脾氣也許會讓您很煩惱，也許會讓本來就累極倦極的您再負上重，這些我都知道。可是您千萬別怨我，這都不是我本意，我比誰都更希望您過得好，最看不了您難受的樣兒，就覺得您一受苦，天塌下來也不過如此吧？」

我笑著檢討。「但最糟的是似乎每次傷你最重的都成了我。」說到這兒允祥的眉頭皺了皺，我憐惜地看著他，接著道：「我說的話你也許並不完全懂得，可我還是想告訴你這種心情。

「當一睜開眼睛發現自己遠離了自己熟知的地方，周圍的一切突兀又陌生，這世上就只有、只是自己一個人，沒人幫得了也誰都指望不上，其實心裡恐慌極了，可再害怕也是於事無補。事情已經成這樣了，回不了過去就只能往前走，我時時刻刻小心翼翼，害怕一不留心就丟了腦袋。說實話，我特別不喜歡皇宮，可是也因為格格和您，特別喜歡皇宮。我最高興的事兒就是嫁了您，覺得自己有了可以依靠的人，以後再也不用擔心再也不用恐懼，但世事總是難以如人願。我發現丈夫總是離我很遠，起初天真地以為一日是偶然，兩月是意外，但以後竟成年累月都如此，絲毫無進展，於是我又陷入極度不安之中，您知道的，我做了很多傻事，吵過鬧過掙扎過矛盾過，日子也在彆扭中一直往前走，後來您陪我在府中過了那許多年，現世安穩歲月靜好，您說，我是您正娶的妻子，跟小妾們不一樣，您相信我，也希望我陪在身邊，那個時候我心裡特別得意，總覺得您開始愛上我，先前的委屈一點都不委屈，以後就算委屈了也不委屈。」

我說著這繞口令的話自己忍不住就開始笑，笑著笑著眼裡就進了淚，使勁眨掉這些惱人的東西，就恨自己不爭氣，允祥的睫毛隨著眼皮輕微顫動著，我控制了下情緒清聲往下說。

「我也忘了什麼時候開始心裡有了怨氣，怨你離我太遠，怨孩子一個一個地離了身邊，能抓得住的東西越來越少，心裡的不滿卻越來越多，想跟你說說話，你也不在身邊，一個人站在黑漆漆的屋子難免就會想，這一生活著有什麼意思？後來發現這麼些年就只為要你一句承諾，小老婆我可以替你照顧，大大小小的孩子、這府中的每個親眷我也能盡心待他們，什麼都可以讓步，什麼原則也都能放棄，唯獨在你對我的感情上不行。

「因為您連個『愛』字也吝於說，當年的四月暖春比不上臘月寒冬，我一下子就心灰意冷到活不下去，不離開隨時都會被濃重得看不到頭的絕望淹沒。您說我沒有留下讓您找我回來的理由，可是當時的您又何嘗給過我留下的機會呢？這才曉得什麼叫『於嗟女兮，無與士耽！士之耽兮，猶可說也。女之耽兮，不可說也。』那兩年，我丁點也記不起以往的恩情，心裡全是恨。有時也想，您就是這種性子的人，高興也不說，難過也不說，什麼苦都埋在心裡，什麼累都自己擔著，淡泊自持、寧靜修身，有些話是羞於啟齒，不說也並不代表心裡沒有，這些我都知道，也比誰都明白，但長年累月的不安、恐懼、不自信早已磨滅了所有信任和理智。」

允祥閉著眼的面色越來越難看，他眼皮動了動，似乎想要睜開眼睛，我趕緊拿手覆住了他的眼，下定決心說：「爺，我不能跟您回府了，曾經我比誰都更想跟您永遠在一起，就算消失在這個時空裡灰飛煙滅都不要緊，可與子偕老的念頭再強烈也早已被滿心的怨取代，感情過去了就再也無法復原，再勉強只是互相折磨。我沒信心再跟您一起走下去，您放了我吧，行嗎？」

張嚴在外面喊了一聲。「爺、福晉，要到了。」

我鬆了手，允祥睜開眼一下抓住我的手，只是執拗地告訴我。「跟我回府。」

我也執拗地搖頭。他加重了手上的力度，我任他握著毫無反應，他淚凝於睫，聲音變了調，嘶啞乾澀道：「跟我回府。」

看著這樣的他，兩眼模糊的我任蓄滿的淚像脫了韁的野馬剎那滑下面頰，終還是倔強皺眉搖頭。他一下子抱住了我，緊緊的怕鬆了手我隨時都可能消失了一樣。「青兒，我愛妳。」

我全身的血液瞬間衝向大腦，一時間痛哭失聲，無力再回抱他的後背，只是奄奄一息道：「晚了，我已經不需要了。」

張嚴看我一個人下了車，眼腫著，孤單地走向府裡，一下慌了神。「福晉，您怎麼了？」

我衝他笑了笑。「好好照顧爺。」

說完就往前走，身後傳來張嚴急切的詢問聲。「爺，這是怎麼了？」

往年這個時候，家裡定是一派吵鬧，熱火朝天地開始為過年做準備，由於額娘的去世，府裡也清靜，封建社會講究孝道，高堂不在了，就連路邊的狗也比喪母的我們身分高貴。

日子一天一天過去，肅殺嚴冬，寒威不卻。院中的天因著樹的襯托越發顯得空曠寬廣，我正呆呆盯著井中映襯出的藍天出神，杏兒捧著個鳥籠進來，我看著走近的她納悶地問：「這什麼呀？」

「不知誰送進來的，說是叫『交嘴雀』，養了幾年，給您逗趣的。」

我打起精神看了看鳥籠。「怎麼個講究？」

杏兒指著鳥轉述道：「您看，朱紅色是雄鳥，暗綠色是雌鳥，鳥一般都是春暖花開時節才配，它們卻選在寒冬時節，雌鳥繁鳥雄鳥守巢，不離不棄的，有趣吧？」

我笑了一聲，剛要逗弄牠們，小丫頭進來稟報。「福晉，王府裡的秦嬤嬤來找。」

杏兒先犯了怪，問道：「她來做什麼，讓她回去，說福晉身子不舒服，不見。」

我止住了她，便對小丫頭說：「讓她進來吧。」

「不知道府裡那位又想出什麼么蛾子來害您，您怎麼就一點都不在意？沒見過這麼好欺負的。」

我啞口無言地聽著她的話，笑著嗔了一句：「妳這嘴是越老越不饒人了。」

說完就看見素慎的貼身嬤嬤進來，給我行禮道：「福晉，您身子可好些了？」

我道：「好多了，嬤嬤快起吧，有什麼話站著說。」

她喜笑顏開，可我怎麼看怎麼像不懷好意。「側福晉怕您一直病著心上不爽，所以遣人送了鳥，您看著還喜歡嗎？」

我道：「嗯，挺好，幫我謝謝妳主子。」

她低頭道是，又煞有介事地問：「福晉既已回了京，您何時回府？側福晉備好了筵席等您回呢。」

我也笑。「近日身上還有孝，又臨近年關，衝撞了她也不好，說讓她費心了，妳代我謝謝她。」

她連連點頭，又道：「老奴曉得了，福晉沒什麼吩咐，老奴就告退了。」

我點頭就讓她下去了。

杏兒看著那對鳥，先前的歡喜全沒了。「什麼『交嘴雀』，分明是來奚落人的。」

我看了看那鳥，心裡可憐素慎，允祥不在家中，那府中的諸多事宜憑她的性子是要全包攬下來的，受苦受累肯定難免，害怕我一回來就要搶班奪權，心裡恐慌來探聽虛實也可以理解，反正同我也沒什麼關係，隨她便好了。

正想著呢，杏兒已經把兩隻雀放出了籠子。「人精兒送的東西肯定不是什麼好鳥，趕緊飛了免得害人。」

我看著她，笑得不可自抑。「交嘴雀」，抬頭看了看天，婉轉啼叫的兩隻鳥不離不棄，多好。

# 第七章 回家

臘月是冬天裡最寒冷的一個月份，走過去便是春天。

杏兒進屋就喊：「格格，外面天寒，陰沈得厲害，怕是要下大雪。」我「嗯」了一聲算作回答，她納悶地看著我道：「這還多早的，格格就要先歇下了？」

我昏沈沈地想睡，並不出聲，突然想起來就懶洋洋問她：「今兒什麼日子了？」

她用打來的熱水蘸濕了帕子答：「臘月二十八了。嬤嬤們正在灶房裡發麵，過年時要給夫人上墳用的。」說完嘆了口氣。「今年不比往年，家裡一派冷清，難怪格格不曉得。」她一提起額娘，我眼睛微酸，她正好把帕子遞過來。「您要睡也要先擦把臉啊。」接過來就沒了話。

不一會兒工夫，天上便開始飄雪花，起先還是細微的顆粒，後來越發成了規模，大有搓棉扯絮之勢，燭影因為穿進來的風搖曳不定，我聽著四面八方撞向窗櫺的風，漸漸合上了眼。夢裡一片荒蕪，亂七八糟的什麼場景都有，但每個場景都逃不過允祥在前面走，我在後面使勁地追。每次只差一小步就追上的時候又拉遠了距離，喊也喊不出聲，哭也哭不出來，徒留絕望。

我難受著強迫自己醒來，面上濕了一大片，自己在被上蹭了兩下也不願再說什麼，就轉個身朝裡接著睡。外間似乎有人拍門的聲音，聲音不大，但一聲聲拍得清晰持久，睡在外間炕上的杏兒並沒有起身，許是睡熟了。我就披衣下了床，開了門，是個凍得臉都紫了的小丫頭，看見是我親自開的門，趕緊行禮。「福晉，角門的小廝請您一定過去。」

我納悶地問她：「出了什麼事兒？」

她道：「奴婢也不知道，可是那小廝急得跟熱鍋上的螞蟻似的，說您不去他腦袋不保。」

我看她神色很是著急為難，就說了句：「我就去，妳快回屋吧。」

一路上雪已是很厚，踩在上面發出沙沙的聲音，我惦記著事兒就快步走去角門，不遠處有個小廝著急地伸長脖子往門外看了又看，著急地在原地走來走去，一回身看見我像見了救兵，趕緊迎了過來，臉色都變了，哆嗦個不停道：「福晉，王爺來了，在外頭凍了一陣子了，怎麼勸也不進屋。您快看看去，快呀！凍壞了他老人家，奴才們就等著砍頭了。」

我心緊緊一窒，快步走到門口，果然看見他站在門外，寒風中他背對著門看不真切。我遣走了小廝，出去又關上門。他聽見聲響猛然轉頭，燈籠發出的橘黃的光打在他臉上，有些淒迷。

「您怎麼來了？一個人嗎？怎麼來的？張嚴呢？」我一連問了好幾句。

他就一直站在原地看著我，眼裡流轉的情意遮也遮不住，眼前的人就是我既熟悉又陌生的丈夫，這才發現他面色凍得發青，身上只穿了件淺色長衫，好像是剛歇下又起來的，連件棉衣也沒穿。看他這樣，我五臟六腑像被狠狠攥了一把，就氣著說他。「大冬天的又不是小孩子，您這是幹什麼呢？」

他站在原地一言不發地看著我，那目光是深切的痛裡摻雜著一點喜，我走近他握住他的手，冰涼得沒了溫度。他任我牽著給他暖和手，我道：「您現在身上擔子這麼重，若真是病了那還得了？別再作踐自己了，一會兒我讓府裡的小廝送您回去。」

我鬆了他的手準備回府叫人備馬車，他反手把我的手回握在手裡，依舊堅定。「妳跟我回府。」

這次換我沈默以對。在這種嚴寒天氣裡，身上的溫度一點點逝去，兩個人就這麼對峙著，誰也沒有讓步的意思。

「求求您了，放了我吧。」被寒風一吹，眼裡很容易就盈滿了淚。「我厭倦透了那種日子，也害怕回去勾心鬥角的。」

他也讓風吹紅了眼睛，緩緩道：「我想過要放了妳，但是做不到，睜開眼就想著妳，如今妳回來了，更該在我身邊，妳是我的嫡福晉，沒有跟我分開的道理。」

天像是要塌下來了，我根本就不是他的對手，使勁掙脫了他的手，轉身就往府裡跑。他著急地伸手抓我，可能站的時間久了，天氣又嚴寒，腿上一時受不住就單膝跪倒在地上，一聲悶響後，他哽咽的聲音裡滿是傷痛。「我這究竟是為了什麼這麼自討沒趣？又是為了誰這麼自亂陣腳？」

他從不曾這樣說過話，印象中不管碰上什麼難事他也是內斂自持的樣子，我乖乖回到他身邊，把他扶起來，流下的淚也彷彿要結成冰。「真不知道上輩子欠了您多少，這輩子還也還不清，我……我跟您回去。」

他冰涼的手撫上我臉頰，側頭親了親我就把我緊緊擁在懷裡了，滿身清冽的涼混著檀木的香。我想，飛蛾撲火也就如此吧，明知道是危險，縱使葬身火海也在所不惜，他就是有本事讓我一次又一次捨不下他。

對於歷史的闖入者，因為破壞了這個空間的平衡，應該不會有什麼好結果。我一向這樣認為，所以在無法預知的未來面前除了要努力活著，還想要好好地對他，這次是捨下了自己所有的一切才得到了他。捨得。

雍正二年的末尾，忙碌的月老突然想起遺忘的姻緣簿，開始眷顧起人世間卑微活著的子民，耐心將即將脫落的我與允祥之間的紅線整清理順繫牢。在連綿不絕此起彼伏的爆竹聲中，一起走進了雍正三年，坎坷過後我甚至幻想就這樣一定可以陪他到髮蒼蒼視茫茫，到他遲緩的生命盡頭，後來才知道錯得離譜。

雍正三年。

我站在恢弘沈雄雍容華貴的怡親王府前惴惴不安，再回家不知道等待我的是什麼。孩子們的態度、小老婆們的眼光、府中的言論都是問題，極有可能是孩子們的生疏遠離、素慎的挖苦嘲笑、僕婦差役背後的指點謾罵，想到這兒已經心慌，側頭允祥正在看我，他沒說話，只是笑了笑，背著手靜等著下人開門。

進門跟在他身後，繞過粗看雜亂實則自成雅趣的影壁，府邸內因為連日來留下的殘雪，在陽光照射下泛著刺眼的白光，四面的高簷平脊上有融化的雪匯成小溪，淅瀝個不停，中間主幹道上的雪已經全化，四周空地上仍白茫茫一片。
「原來啊……」允祥勾著嘴角不無嘲笑地來了這麼一句。
「什麼？」在他右側後方的我忙問他。
「沒事。」他又笑了。
剛想要刨根問底地問他，卻赫然發現全家大小都整齊地站在院內嚴裝以待，見了人便開始行禮問安。
素慎的宴席最終還是派上了用場，一臉殷勤地在桌旁布菜，儼然有了當家主婦的模樣，勻芷、玉纖、沅沅，我挨個看過去，不期對上她們的眼睛，淚光閃爍。該說的用眼睛都表達了，一時竟失了言語。倒是素慎十分熱絡，瀲灩的神色合宜的風度，舉止間落落大方，顧盼間風流生情，我呆呆看了她半晌——這樣美麗明豔的女子。
她忽然抬頭看向我，嫣然一笑，滿室生輝。「姊姊怎麼不吃飯，倒看起我來了？」
我像個心事被看破的孩子，臉有些紅就真心說了句：「這兩年辛苦妳了，孩子們也多虧妳照顧。」
她不以為然地笑了笑。「姊姊可是謬讚了，妹妹倒是想出府靜修去的，多是白在啊。」
我被她堵得一句話也答不上來，扯了扯嘴角訕訕低了頭，放在膝上的手不自覺地就攥緊了袍子。手突然被人攥住，暖暖的溫度直直滲進心裡去，我猛地抬起頭來，允祥面上依舊平靜，他並沒有看我，只是如常安靜地吃他的飯。

我抿了下嘴唇，把被人奚落的不快全嚥進了肚裡，臉上不自覺地就帶了笑，手裡也開始拿起筷子。

素慎狐疑地看著我倆，晃著腦袋掃了下眼皮就自動忽略了。

……

回來的第二天，弘暾與弘晈進了來，弘暾十分沈靜，還是蒼白羸弱的樣子，弘晈也已經是十二歲的少年，兒時的頑劣褪去了不少，只是話又多了起來。

「兒子給額娘請安。」

我笑著讓他們坐了，問了些近來的情況，因為沒見著弘昌，就道：「你大哥呢？怎麼回來不見他？」

「額娘不在家難怪不知道，大哥被封了貝子，已經開衙建府了。」弘暾答得很是規矩。

弘晈卻想起什麼似的說：「額娘，大哥娶了新媳婦，那嫂子……」他說到這兒樂得厲害，笑嘻嘻地湊到我跟前，拿手擋著嘴跟我咬耳朵，弘暾滿是納悶地看著我倆。

我聽完驚訝地問他：「真的？」

他拍胸脯保證。「兒子騙您就是小狗，不信您問二哥。」

我轉向弘暾，問他：「你大嫂……」說到這兒他臉上微微帶了笑，面龐也彷彿有了顏色。

「額娘親自去看看就曉得了。」

我不再追問下去，說了會子話，他們就退了。

晚上在屋裡走了好幾遭，先前常看的書一摞壓在桌上，還是走時的樣子。窗明几淨炕暖，我有些不像活在現實裡似的走向床邊，坐上、躺下、又起來，一切似乎都沒有變化，物是人也是。

直到杏兒進了屋，滿是感嘆地說了聲：「小丫頭見了我，一口一個嬤嬤叫得親熱，還是回來好啊，哪兒也比不上自家舒坦。」

我看著她臉上滿足的神色也欣然笑了。

上燈之後，允祥依舊在書房忙碌。

素慎抱著帳簿進了來，笑容可掬地問：「福晉，回來還住得慣嗎？」

杏兒轉身去挑燈芯，屋裡頓時明快了許多，我道：「勞妳掛心了，坐吧。」

她嫋嫋婷婷地坐了，把帳本往我眼前一推，婉順笑了。「姊姊，這是家裡的帳本，這兩年的帳妹妹都核計好了，爺的俸銀、皇上的賞賜、家裡的進項都在這兒。既然回來了，理該還是您管的，您看一下吧。」

我心裡納悶了半天，看她笑得嫵媚，實在搞不懂她在想什麼，考量了半天就說：「這些帳目我久不經手，難免紕漏，家裡的事還是麻煩妳先管著，等我理順了再接過來也好。」

她聽了我的話推辭了半天，最終還是收下了，彷彿得到了預期已久的結果，客套了幾句後就笑著告辭了。

杏兒嘆了半天氣。「唉，這位主子是越來越會辦事，快把自己當嫡福晉看了。」

我苦笑著搖頭，不得不佩服素慎的精明。

「當初臨回來前，格格心裡肯定會想到這些為難的事兒，既然想到了還要義無反顧地回來，您是為了誰呀？」

我聽她用開玩笑的方式說著安慰勸解的話，也非常配合地笑著說：「罷了，不跟她計較了。」

亥時那會兒我去找允祥，他顯然是處理完了雜事也寫好了摺子，正躺在躺椅上閉目養神。我看著他怡然自得，走了過去，站在他後面拿自己的額頭輕輕撞了下他的，他徐徐睜開眼睛，毫不意外地看著我笑了。

他道：「原來妳也會害怕。」

我先是一愣，後想起那天早上他沒說完的話，也跟他一起笑了。

縱使再怎麼勾心鬥角，被人嘲笑、奚落、給臉色，為他回來也是對了。

二月過後，三年父喪的孝期已滿，朝中景況越發明晰，雍正的統治地位漸趨穩定，二年時開始的逐漸分化八爺黨勢力的行動此時更是加大了力度，對八阿哥、九阿哥、十阿哥、十四阿哥在朝堂中動輒提點責罵，言辭鋒利，態度強硬。

年羹堯、隆科多自以為在雍正即位的過程中下了大力，兩年中恩寵優渥，權勢如日中天，行事上狂妄縱肆，大有不把新君放在眼裡之勢，以雍正的脾氣斷不會容他們放肆太久，言語中已有苛責之意。

允祥事事低調，從不居功，謙卑謹慎到好幾次的封賞委婉拒而不收，與他們的境況截然相反，恩賜常有，打賞常有，褒獎常有。雍正是個愛憎過於分明的人，再加上對允祥的特殊兄弟感情，難免讓朝中眾人議論紛紛，一時間質疑諷刺嫉妒之聲四起——會做人、居心叵測、奸詐狡猾……允祥面對這些非議依舊似他平時的樣子，勤懇盡責，不露聲色，越發忙碌。我想，他大概是被那無所事事的十幾年閒置壞了。

弘昌沒過幾日便把他剛過門不久的新婚妻子帶來拜見我，兩年不見，弘昌已經是成年男子的模樣，被封了貝子，意氣風發。我彷彿又看到了當年的允祥，只是心思氣度上輸了他父親一大截。新媳婦也是個典型的閨秀，容長臉，十指纖纖，身材似乎還沒有發育完全，寬大的袍子裡瘦弱的身子若隱若現。

她低著頭輕叫了聲：「額娘，喝茶。」聲音秀氣無力。

我「嗯」了一聲，接了茶，想起弘晈的話便留心看了看她，倒也沒有到「眼斜嘴歪」那麼嚴重的地步，只是右眼與嘴巴長得不太周正就是了。

弘昌看她的眼神裡是沒有絲毫感情可言的，可又帶著認命的顏色，他無法不接受他媳婦的長相，就像允祥無法不給他選這門親事一樣，在這種包辦婚姻的大環境下，孩子們也別無他選。在我看來，我與允祥的婚姻竟順遂得不像在封建社會了。

匀芷帶走了新媳婦，想必還有些話要吩咐。弘昌坐在下手的椅子上微笑地看我。「額娘可喜歡她嗎？」

「她話不多，很安靜，靦覥純真，我素來喜歡這樣的女孩子。」

他笑著點了點頭。「您總是很會說話，可又知道這府中的人笑話透了我？我也不指望什麼，別是個潑辣貨，能安生過日子就行。」我有些傷感地看了看他，他躲閃了我的目光。「額娘好好歇著吧，我告退了。」

看著他偉岸的後背消失在視線裡，我嘆了口氣，收不回目光。「弘昌心思重，自尊心又強，當時弘晈的一句話徹底傷了他的心，生分成這樣，我心裡真不是個滋味。」

杏兒也嘆氣，無可奈何道：「幸好大阿哥有了自己的府院，這樣他在自己的府裡也能自在些。」

一起吃飯時，我問了些素慎家裡的帳目、日常開支和親戚往來，她一一答了，想起什麼似的問我。「姊姊，晗兒說書房先生會的他都會了，妹妹想換個先生也能多學些，您看如何？」

我看著她頗為自豪且胸有成竹的臉色，笑了笑。「這個不歸我管，爺對孩子向來上心，先生都是他親自選的，這個還是他說了算。」她聽完我的話就住了聲，臉上的神色變了好幾遍。在外許久，也不曉得她與允祥之間都發生了些什麼事。

約好了進宮看和惠和弘曉的時間，我突然想起壓箱底的還有些他們的衣服，就踮著腳搆了半天，無奈身高有限，白費力氣。

「要取什麼？」允祥難得回了府，正站在門口好笑地看著我費了半天勁兒。

我連忙迎了過去，自我回來後他一直待在交輝園忙碌，乍一看見他我竟有些手足無措，便沒話找話問他：「今兒怎麼回府了？」

他走向櫃子，拿了個凳子過去。「這麼高的櫃兒，又這麼深，妳踩個凳也未必能搆著，竟是越大越迷糊了。」

嘴裡開著玩笑，腳已經站在凳子上，本來就高的他更顯得搖搖欲墜，我連忙扶住凳子，扶著他的腿道：「小心！慢著點啊……」

……

夜色未央，紅燭搖曳，我緊了緊自己身上的被，望著帳頂出神。「我挺害怕見到和惠和弘曉的，我知道自己對不住他們，回來只能讓自己覺得更無地自容罷了。」

允祥頓了好一會兒，後掀了被子把我帶進他懷裡，我就勢深深吸了口氣——若不是因為他身上熟悉的味道，我甚至以為這不是他。

「還有多少日子可以與妳這樣一起靜靜過活？」他若無其事說得輕若鴻毛，我知道自己該適可而止了，這樣久別重逢的喜悅本不該悲觀。

我緊緊抱著他，像攀援的藤纏著樹一般，他身子瞬間僵硬起來，一把推開我，聲音低沈道：「妳真是個妖精。」

空氣中有曖昧的因子開始竄巡擴散，我笑，支著身子問他：「允祥，你三年孝守滿了是嗎？」他被我問得一愣，用眼神詢問我怎麼了？我壞笑著看他。「我們可以那樣那樣了啊。」說完就撲了上去，他一把抱住了我，眼裡雜糅著太多的情緒，慾望正熊熊燃燒，傷痛卻低低沈潛。

我趴在他身上輕輕啄他，長長的吻亂了心，也迷了神智，身體如同漸次開放的花，竟鈍鈍地疼痛起來。

我一直不明白，為什麼在這種時候他卻悲傷起來了？

允祥說他不喜歡這種事情由女子主動，他一向大男人主義，而我是個外強中乾的人，語言從來比行動更有力，堅持不了多久又成了被主導者。

太久沒有夫妻生活，我們竟像是初經雲雨的男女，青澀含蓄。

第二天允祥要上朝，便早早走了。

紫禁城易了主，感覺上跟平時卻也沒什麼兩樣，依舊壓抑。在以前允祥住過的阿哥所裡遠遠便看見了弘曉胖胖的身子，他微側著頭認真研究著什麼，初昇的金色陽光灑在他稚嫩的臉上，茸毛清晰可見。有個小太監一路小跑著經過他身邊，只見他跳起身子又穩穩站落在一塊石板上，鬆動的石板下貯存了很多泥水，就這樣濺了小太監一身。

弘曉得意於自己的計劃得逞，格格笑著便向著我在的方向跑來。我站在路的中間看著他離我越來越近，彷彿又看見了那年的弘晛。

弘曉快到我身邊的時候住了步子，迎著光仰著小頭注視著我，我逆著光蹲下身子直視著他的眼睛。「弘曉，我是額娘。」

他往前貼近我，雙手並用抹著我的眼。「額娘別哭，我認得您。」

我抱著重重的弘曉，滿眼溺愛地看著他，走了一路問了一路。「你姊姊呢？」

「在絳雪軒。」

「弘曉在宮裡過得好嗎？」

「好，皇伯伯待我可好啦。」

……

家裡所有的女孩子裡邊，大格格性情秉順，溫柔嫻靜，不論性格還是容貌上兼得了容惠和勻芷的長處。暖暖長得像我，性格上也像極了我，不管是決絕的方面還是任性的方面。和惠自小靦覥，性情溫和，長得像容惠，舉止做人方面也最像她，跟在她身邊的嬤嬤對我誇了半天。「福晉不知道，萬歲爺一見著咱們格格就高興得嘴都合不攏，連各宮娘娘的格格們也比不上，奴才們跟著也是真長臉啊。」

我看著已經儼然成了大姑娘的和惠，雖然不多話，但每一句話都擲地有聲，不怒而威。「嬤嬤，我跟額娘單獨說幾句話，妳帶弟弟先出去吧。」

那嬤嬤看向我，我點頭，她便帶弘曉出去了，和惠問我：「額娘，身子可好些了？」每一次他們這樣的問話都讓我恨不能找個地洞鑽進去，最難便是良心受譴責。

我避開話題問她：「惠兒在宮裡住得慣嗎？」

她溫柔笑道：「以前額娘同我講過許多姑姑的事，那時我就特想來看看這間院子，剛剛的嬤嬤以前就留在這院子裡，她時常會講些以前的事，我便也曉得了阿瑪跟您的故事，額娘快隨我來……」和惠說完，拉著我的手在屋裡轉了一圈。「這是姑姑與額娘住過的屋子，姑姑喜歡坐在炕上繡花，額娘喜歡坐在榻上看書是嗎？」

我隨著她的話看過去，兩個女孩說笑的身影依稀晃在眼前。「這是阿瑪來時經常坐的凳子，皇伯伯與十四叔坐在這兒……」堅忍不拔的四阿哥，溫和儒雅的十三，年少飛揚的十四。

「額娘，您跟阿瑪是怎樣定下終身的？」她溫潤如墨玉的眸子裡是好奇且期盼的光彩。

我忍著笑刮了下她嬌俏的小鼻子，問道：「妳很想知道？」她使勁點頭，我握緊她的手道：「隨我來。」

一路行來，一院回憶。

「……妳阿瑪啊，性格太是內斂，從來不主動，所以我就問他願不願意娶我？」

和惠睜圓了眼睛看我，滿臉不相信地問：「真的？您真的這樣問他？」

我點頭，她同我笑作一團。「額娘真是的，哈哈……那後來呢？阿瑪說什麼？」

「他說願意，於是就求妳瑪父指婚，我們就這樣結成了夫妻。」

……

出了絳雪軒的門，小太監帶我去了養心殿西暖閣，和惠暫時還不能回府，雍正吩咐再讓她住一陣子。在等待通報的那段時間裡，極度壓抑不舒服，曾經的四阿哥成了九五至尊，縱使再怎樣親厚，如今身分仍是不可逾越的鴻溝，想必允祥對這種關係定也是十分不舒服。

兀自想著，便被宣進了西暖閣，雍正還是老樣子，堅剛不可奪其志，算來我已有三年不曾見過他，他的衣服洗得纖塵不染，燙得平平整整，華貴而講究，面貌依舊是平靜無波的，只是從容更甚，氣度更甚了。我給他請安行禮的時候，他正捧著杯子啜茶沈吟，旁邊坐著四福晉，現如今已貴為皇后了。

拜見完了，皇后笑吟吟地站起身子，扶住我的手道：「許久不見，十三弟妹身子可好些了？」她眼裡閃著幽幽的光，沒等我說話，轉眼又對身邊的宮女笑道：「還不給王妃看座上茶？」

我心裡忐忑極了，心裡納悶召我單獨覲見究竟是所為何事？

只見皇后坐定開始扯家常，面上的神色異常和藹。「皇上待和惠與弘曉都像自家孩子，在宮裡自是短缺不了的，弟妹盡可放心。」

我連忙稱是。

她接著道：「十三弟與妳也算我打小起看大的，咱們自是親厚不比他人。」

我又趕緊道：「不敢不敢。」

心裡卻盼著她趕緊切入正題，只見她恭敬地看了看雍正，面上毫無二樣道：「九弟近來在西寧有些不安分，弟妹是聰明人，自然明白我的意思，讓人抓著把柄大家面上都不好看，想想這些年來十三弟與妳的情分，妳也斷不能辜負了。」

她終於把本意說了出來，雍正不希望辦九阿哥的時候讓允祥參雜其中為難，所以要我與九阿哥保持距離，這話他一個大伯自不好說，讓皇后說出來也算是給我敲個警鐘。

正說著呢，只聽外面小太監稟報。「怡親王在外候著要面聖呢。」

雍正點了點頭示意傳人進來，皇后看了看我輕聲笑了。「十三弟是怕皇上為難妳呢。」不一會兒允祥就進了屋，倒頭便拜，雍正連忙止住了他，臉上帶了笑問：「都這會子了，允祥定是餓了。」偏頭對侍候的太監道：「給你王爺上兩碟點心，朕留他們一起吃晌午飯，吩咐御膳房揀著你十三爺愛吃的做。」短短幾句話，滿滿一腔情。

席間允祥依舊恭敬，他在身邊我便覺得安心自在許多，吃飯時也不再拘謹僵硬。雍正心情不錯，瞅著我吃得熱鬧也興致頗高，笑著對允祥說：「吃完陪朕下局棋，你千萬別再琢磨心思跟朕和棋了，朕就是個臭棋簍子，這點自知之明還是有的。」

允祥也笑。「皇上說笑了，臣萬分惶恐。」

雍正笑著挾了幾箸菜，談笑了一會兒，嚴肅了臉色對允祥道：「你過幾日代朕去趟景陵。」我心裡納悶不知道出了什麼事，可又不敢貿然問他，只大概曉得應該跟十四阿哥有關，康熙去世後，十四阿哥便聽差去了遵化給皇考守陵。

雍正又吃了幾下便漱了口，皇后一看也恭敬地放下筷子。吃完哥倆便去了養心殿，我拜別了皇后轉出宮的時候，有個小太監捧了隻鸚鵡正急急走著，我乍見紅綠相間的鸚鵡，突然想起那年德妃壽宴上的十四，如今也不知道怎樣了，心裡悵然，嘴上忍不住冒了句：「他二大爺的。」罵完揚長而去。

我在書房裡校對了半天帳本，基本核明完畢，管家的大權也一時一刻地漸漸從素慎手中收了回來。她難免心裡不痛快，但畢竟是在封建制度下長大的女子，不得不接受尊卑有別。

外面天已漸黑，因為事先同杏兒講了不讓旁人來擾，所以書房一直安靜著，我揉著痠疼的脖子起身，踱出書房正屋信步在院中走著，正是陽曆三月，天氣適中，我心思一動便去了後院花園。

昔時種下的花草，如今已長勢蓬勃旺盛，那時留下的中間大片空地上仍舊有些突兀，我從來沒有告訴過他這是用來幹什麼的，他也從來不問。曾經歸有光為亡妻種下枇杷樹，一世懷念。十二歲那年為允祥背《項脊軒志》，以後我們的姻緣說不清的糾纏，我總幻想若我死了，也盼他能懷念一陣子，不能記一世，能睹物思人也是好的。

再回到書房的時候，允祥已經坐在書桌前忙他的諸多事務了，案上攤著多卷疏通水利的工程圖，繁複瑣雜。

他伸手撓後背，搆了半天也沒搆到正經地方，我笑了笑，快步走到他身邊把手探進他的衣服，輕撓了幾下問他：「這兒？這兒？還是這兒……」

允祥抓住我不安分的手，轉過頭來心情不錯地輕拍了下我額頭，道：「這兒……」

我一手揉著額頭，一手仍舊給他撓癢。

「再往上點……」他低頭看圖。

天色更晚了，允祥斜靠在床頭，手上纏著我一絲頭髮，像是作了什麼重大決定。「妳明天隨我一起去趟景陵吧。」

我躺在床上看著他滿臉疑惑，只聽他道：「十四弟這一陣子心裡定是煩躁透了，時時口出大逆之言，妳也曉得他的性子，又驕傲又衝動，盈如一去對他也是個打擊。」

我的心如同被高高懸起後又毫無準備地瞬間墜落，酸楚一股腦兒湧上心頭，盈如也去了？

允祥已經開始向我解釋。「去年的事了，先頭只是風邪入侵，咳嗽不停。新皇登基，十四弟心中委屈，少不得使性子發脾氣，盈如為他受盡了憂慮，積勞成疾，竟至沈痾。十四弟是個性情中人，皇上的好意一點也不領，親兄弟反目，誰都寸步不讓。」

「所以皇上讓你去勸勸他是嗎？」

他點頭，目光深遠，連連嘆氣不只。一邊是兄，一邊是弟，心疼的卻是他這個中間人。

第二日我們便動身去往遵化，晨曦微茫的光亮中，沿著護城河一路向北的官道上，逶迤著向遠處綿延。灰濛濛的天色下是北京城牆的高大影子，神秘壓抑。

馬車行進的聲音持續了好一陣子，我掀轎簾向前看去，一望無際的開闊原野上阡陌交錯的莊稼青翠喜人，偶爾有農家夫婦耕作其間，稚子小兒牽著娘的裙裾，側頭好奇地望著我們的馬車，一派天真。允祥極目四望，看著遠處和樂的景象，深深吁了口氣，手扶著額頭久久沈思。我頭往他身上靠了靠，心生羨慕地觀賞。

遵化是順治帝與康熙帝的陵寢所在地，由京中的重兵把守，固若金湯，任何人都不准進入，說與外界完全斷了音信也毫不誇張。允祥雖然奉了聖諭，可因為是先帝陵寢，也不敢亂了規矩，給了我一身小太監穿的衣服，便去往十四阿哥所在的陵園偏殿。

再見著十四阿哥時遠遠超出了自己可以接受的範圍，很難把眼前面貌頹唐、精神萎靡、滿面鬍渣淩亂的中年男子與先前那個笑容爽朗、不拘小節、甚講義氣的十四阿哥聯繫在一起，我幾乎要認不出他來。

他看見我們，神色冷淡、語氣不善地道了句：「我以為又是皇上派范時繹來搜我的院子，這下竟換了人，想搜想查，悉聽尊便，我就不奉陪了。」他說話時臉上滿是悲愴，也不知道雍正對他做了什麼讓他像受了奇恥大辱一樣至今耿耿於懷，對允祥則視而未見地轉身進了院子。

我快步追了幾步，一把扯住了他的袖子。「十四爺，您這是怎麼了？」

他愣了下，不相信地看了看我的打扮，一絲驚喜又變成了死灰樣的沈寂，掙脫了我的手道：「怡王妃，勞您尊駕放手，難道忘了咱們早就沒了那份交情？」說完決絕而去。

我心裡著急手上還要再抓他，允祥卻一把攥住我的手。「隨他去吧，咱們明天再來。」

看著他鐵青的臉色，這樣的差事，兄弟兩邊不管勸哪個都得得罪，這樣的境況讓他怎樣做人？

第二天去的時候，十四阿哥依舊閉門不見。候了很長時間，我的耐心快耗到盡頭，允祥很是沈得住氣，勸我道：「他心裡有氣，撒完就好了，時機不到，再等等。」

從早上站到晌午，引得路人頻頻側目，十四阿哥卻依舊沒有開門的意思，只見有個總兵模樣的人惶恐地騎馬過來，後邊跟著一隊人馬，大老遠地便下了馬快步趨前請安，我納悶地問允祥：

「誰啊？」

「范時繹。」他說完就抬步迎了過去，於是便是黑壓壓一幫人山呼海喊地給他行禮問安。這樣大的陣勢顯然驚動了十四阿哥家裡的人，門內一片騷動，連家僕都探了腦袋一瞧究竟，允祥遣散了他們，無奈地對我嘆氣道：「鬧成這樣，依老十四的性子這下是更難勸了。」

進了府，院中有些蕭條，我與允祥對視了一眼，心有戚戚。一陣清揚的箏聲隨風傳過來，入眼處一個清麗的丫頭坐在正屋的中央撫琴唱歌，淒婉動人。十四阿哥歪在躺椅上，左手執著個紫砂壺，右手裡的扇子有一下沒一下地擺著，我看著他悠閒的樣子，想起已經去了的盈如，髮妻也不過如此，新人總是賽過舊人的，何況地位尊貴如他們，想要什麼得不到？我若死了，允祥是不是也無所謂？

「兩位來有何貴幹？」十四阿哥閉著眼緩緩問了句話，生疏到千里之外。

「十四爺真是清閒，還有心思享樂玩鬧，真不知若盈如看見這場景會怎樣想？」

他猛地睜了眼，眼神凌厲，我也緊看著他，怒目相向，允祥揮手讓那丫頭退了下去。

「我不去招惹你們，你們卻為何來糟踐我？」他的視線離了我的臉，轉頭看向允祥。

「十四弟，皇上沒有那個意思，他也是擔心你所以才讓我過來。」允祥的話語很是溫和，儘量避免跟他正面起衝突。

「他會擔心我？若是擔心，怎會不讓我見皇阿瑪最後一面，讓皇阿瑪當著大家兄弟的面宣佈遺詔？若心裡有我，額娘剛去就遣我來景陵？若真能替我多想些，也不會讓范時繹那個奴才來搜我的院子，讓我在全家大小面前丟盡了面子。」十四阿哥悲憤地說完，眼裡隱約有淚光閃現，轉頭又嘲弄地看著允祥。「十三哥，如今我也該喚你聲怡親王了吧？真是十年河東，十年河西啊，他如今這樣待你，卻也不枉你當初如此為他。只是他那剛利無常的性子，你時時都得小心著，不覺得累嗎？」

允祥也認真起來。「都是皇阿瑪的兒子，又是自小長大的兄弟，你有空怨的時候怎麼就不能想著去輔佐皇上呢？」

「怎麼輔佐？我與他本就道不同，這位置是他的嗎？我立下的軍功憑什麼讓他占了便宜？」說來說去，還是放不下這芥蒂。「先皇既然選了皇上，自然有他的道理，如今大局已定，再去計較這些有什麼意思？這幾十年來的明爭暗鬥什麼時候是個頭？現今那麼大個攤子管都管不過來，又何必談這些個人計較得失？」

「別說這些冠冕堂皇的話，那是你得到了，所以你不計較，若你現在仍被他棄置不用，你還能這樣輕鬆微言大義？」

「我倒寧願在府中過我自在的日子。」允祥脫口而出。

十四阿哥一下被噎著，瞬即動了氣道：「那就別為他做說客了，我與你沒甚好說，你們走吧。」很明顯的逐客令，連一點轉圜的餘地都沒有。

允祥依舊不疾不徐地道：「老十四，別再自己跟自己鬧彆扭了，你這樣子讓盈如能去得安心嗎？」

在這樣劍拔弩張的情況下，在我以為談判幾乎要進行不下去的時候他卻說了這樣的話，只見十四阿哥頹然坐在椅子中，身子彷彿也失了支撐。我看他這樣，先前的想法已推翻了，不是心裡沒有她，而是藏匿得太好，幾乎騙過了自己，以為真的不在乎了，全都過去了，現在看來，十四阿哥仍舊是那個至情至性的十四阿哥。

允祥一句話讓十四阿哥瞬間冷卻了下來，於是他接著道：「八哥、九哥、十哥日子也不好過，你們別再互通往來了，好好過自己的日子吧。這樣，皇上才不會為難你們。」

我突然覺得說出這樣話的允祥，陌生得不像我一貫認識的他，敏銳抓住十四阿哥的弱點，趁他毫無反抗之力的時候說出自己的意圖，達到自己的目的，犀利到無懈可擊，可我卻有厭惡透了的感覺，對於這樣的權謀。

十四阿哥已經脫離了剛才陷在喪妻的迷霧裡徘徊找不著方向的樣子，想必是聽進了允祥的話，心裡也會權衡一下得失。皇子確實寡情，可哪怕只有這一瞬的時間，死去的盈如也是幸福的，因為十四阿哥確實是在實實在在地想念她。

我向他走了幾步，滿是心疼地對他說：「好好保重身子，盈如不在，您也得好好活下去。以後再見著也別這樣了，我與您又不是認識一年、兩年的情分，怎能說沒就沒了呢。」

他斜挑嘴角笑了笑，挺認真的神色。

步伐灌鉛似的走出了偏殿，心裡的失落是無法排遣的龐然堵塞物，壓抑至極的對允祥的陌生與討厭鋪天蓋地地蔓延，我想我確實是不瞭解他，至少不像他瞭解我那樣。

只聽見他說：「我知道妳對我不滿極了。」

我搖了搖頭說不出話來，心裡想著至少該給他個微笑才能掩飾自己的不如意，他卻看也不看我，只是自顧笑得悽苦。「妳不用這樣勉強，我也不喜歡現在的我，可除了這樣做又有什麼法子？難道讓他們合夥造反，奪皇上的江山，看親兄弟反目成仇嗎？」說完大踏步地直直向前走去，像個孤獨的行者。

不曉得該怎樣形容這樣的感覺，如同我總欺騙自己我可以跟他再回到過去，繼續保持以前的夫妻情分一樣。兩年中發生了很多事情，他的一切於我都是陌生，一個排除在外的角色並不知道什麼時候開始允祥變得這樣捉摸不定起來了？

在一起越是小心翼翼就越是疲憊不堪，相不相愛已經不再重要，可不合拍的我們，再找不到以往的默契在哪裡。

回府後，悶悶不樂地走到自己的房間，臨睡那會兒也一直沒有再見到他。熄了燈躺在床上，開始為他的精明強幹尋找各種各樣的理由來解釋我心中的不快，最後自己做出妥協，生活在這樣的環境裡不想瘋只能變，何況允祥也不願這樣，又不是不愛，所以能遷就就遷就些吧。

剛要付諸實踐去找他的時候，他披衣走了進來，坐在我床沿上半天沒有動靜，只是一動不動地坐著，靜得可以聽見彼此的呼吸。我忍著自己的好奇心一直等啊等，最終以他即將轉身出去的

腳步聲為結束。

我一下坐起身子，緊緊箍著他的後背，也不知道哪來那樣大的力氣就是不願放開。他待我手鬆了些便轉身撫著我的髮，溫和道：「我拙嘴笨舌的，還是不曉得怎麼哄妳。」

我聽完又抱住了他，心中的陰霾一掃而光。

# 第八章　再見曖曖

在回京的路上，幾經輾轉，一路上聽了許多傳聞：皇上要革八王爺的爵了；十四爺以前在西寧收受賄賂十幾萬，皇上頗不滿意；九阿哥並無王爵，卻不約束下人喊他「九王爺」，為人奸佞狂妄，皇上無法容忍；年羹堯自恃己功，怠慢新君，口出不敬之詞；鑑於怡親王的勤儉恭順克己奉公，要賞的是一郡王頭銜，隨便在我們家的男孩子間指定。誰不知道若是真的賞，理由挪也不是表面上說的那樣，只不過是為允祥替他去勸十四阿哥這件為難事。

「這爵位您要給誰？」我坐在馬車裡問他。

他皺著眉頭想了半天。「只是傳聞，還不定呢，這些事妳不用操心。」

我看著他思考的樣子，突然覺得允祥的優點與缺點竟是同一個，那就是他的深沈與責任。當我在現代生活的時候，我很自然地認為夫妻就應該承擔起另一方的幸福，共同籌謀未來。來了這兒卻發現允祥接受的教育促使他覺得獨自一人撐起這個家是那樣的理所當然，他從不覺得我也有義務幫他做一些事，即使我可以幫他，也有信心做好，他卻從不表態對我的讚賞。

我知道他打從心底其實並不接受我的「好意」，矛盾是因為接受的教育千差萬別，一路走了這麼久，分合、切磋、琢磨，他開始學會表達自己的情感，我便也開始接受他給我的未來。

回了京再回到那個家，家中的兒子們為了傳聞中那即將到來的郡王爵位滿是欣喜，心中頗是

期望。素慎的積極蓋過了以往的彆扭，滿心地想為弘昑謀一個爵位，這樣也算保住她後半生的幸福。

農曆三月十八，暖暖的生日，為了我們一家子的團圓，雍正命允祥將她從山西接回京城，將和惠與弘曉也送回了王府，素慎挖空心思地替她布宴慶生，把場面搞得極其熱鬧。

自暖暖嫁後三年，除了省親，我們能見著的次數實在有限。她著月白色的夾襖，襯得臉色飽滿瑩潤，越來越有成熟女子的味道。恰值春色綿綿，柳芽嬌嫩，百花妖嬈芳豔，滿園花香宜人。家中的孩子們出人意料的齊全，連不愛言語的弘昑都來了，規矩極是周到，看眼前的景象恰能襯起昆曲裡唱的「良辰美景奈何天，賞心樂事誰家院」？

散了晌午飯，三三兩兩的人或去了園子，或找了三五知己說悄悄話去了，我與杏兒坐在園中的遊廊裡，只見弘昌的媳婦安靜侍在匀芷的身邊，默默聽著自己的婆婆與玉纖交談，低垂著頭不敢看人。

暖暖抱著弘曉滿是愛溺，伸出一隻手來捏著他的臉，弘曉卻對他姊姊的要脅滿臉不樂意的委屈。

和惠在河邊興致盎然地看弘晈捉魚，魚上鈎後不小心甩了和惠一裙子水，她微怒，弘晈卻笑得高興。我不經意地抬眼看遠處，卻發現弘暾身邊有個陌生女孩子，兩人正在談著什麼，我納悶地問杏兒道：「杏兒，那女孩是誰？」

她循著我的手看過去，恍然大悟道：「是我糊塗了，難怪主子不知道，前幾日您不在時來的。」我靜等她下文，她道：「是側福晉家的姪女，側福晉身子不好，特叫她過來陪侍左右，明年就到了要選秀的年紀了。」聽她說完，我又看了看沅沅的姪女，後背很是單薄，可惜的是一直看不見臉，倒是弘暾的臉上有些暈紅，不似他平時的蒼白。

暖暖在家中住了一段日子，每日每時都會跟弟弟妹妹們玩在一起，她會很遺憾地說起去外地辦差的弘昌，可惜這次回來見不著，說她很想大哥，想念小時候在府中的一切；會說她過得幸福，婆家人待她很好，因著允祥的地位誰都不敢怠慢她。笑著說完她問我：「額娘，庭生表哥新娶的表嫂好嗎？」好似又害怕聽見我的回答似的，她搶著道：「我偶爾還是會想起表哥，貪心想若舅舅做了公公，舅母是婆婆該有多好。」

我皺著眉，難受地看著她。

「本來是我先負表哥的，可他娶了新嫂嫂，我還是生氣，我一點都不希望他跟別的女人幸福。」她眼裡已浸了淚，使勁憋著不敢讓它掉出來，臉上卻還要對我笑著，這樣的表情直惹得我眼裡的淚也洶湧地冒上來，傾身把她摟在自己懷裡，暖暖緊緊抱著我，臉埋在我的肩頭抽噎得厲害。「額娘，我……多想見他一面，可又不能，我……心裡真難受……」

我含淚一遍遍撫著她的髮道：「傻孩子，妳怎麼這麼傻呢……」

沒幾天，婆家派人過來接她回山西，她面上與來時無異，笑著與允祥和我告了別，盯著她父親道：「阿瑪，女兒回了，您多注意身子，以前不懂事兒您別怪我，以後再不會讓您操心的。」

允祥也溫和地點頭笑，疼愛地看她的馬車從角門遠去，遠遠離了他的視線直至再也看不見，臉色卻一下子暗了，我心想他倒不如糊塗一點，看著他最疼愛的女兒這樣強裝笑臉，他心裡也好受不到哪兒去。

五月，年羹堯的好日子終於到了頭，首先彈劾他的便是暖暖的六姨丈，現在的公公——山西巡撫伊都立。這樣的巧合讓我不得不聯想雍正讓暖暖回家是不是想讓允祥領他一個情，好在懲辦年羹堯的時候得到更多的支援力量？

六月時，傳聞終於變成現實，因允祥對戶部事務的盡職盡責，封銀萬兩，不僅止於此，雍正為了在朝堂中顯示他獎懲分明的態度，再次提起要封賞那懸著的郡王之位，允祥非常果斷地拒絕，堅決不受。雍正拗不過他，只是讓他把封賞的萬兩銀錢收下，收雖收了，但允祥卻吩咐將其封在家中的銀庫裡，誰也不許動。

炎炎盛夏，他一貫的受不住熱，只有府中最深的院子裡才能見著避暑的他。一卷書半掩半合地覆在他深陷於躺椅中的身上，上身著了件煙灰色的單衣，下身是同色的單褲，睡著的臉上也徒留疲憊。我輕手輕腳地走到他身邊，合了書拿起在他身側幾近墜落於地的扇子，握在手中才曉得素慎當時的心情，想靠近又不敢，明明近在咫尺卻總是覺得遠在天涯，無處可訴的距離感。

我找了個凳坐在他身邊，凝視了多久，手裡的扇子就打了多久。我輕輕道：「很久之前也是個夏天，看見素慎坐在您身邊，也是這樣的情境，一直也不明白為什麼她的臉上是那種表情。」

「什麼時候的事？」

他突然開口，嚇得我一哆嗦，手中的扇子「啪」的一聲掉在地上，稍帶了怒氣問他：「那時候也在裝睡嗎？」

他反應了幾秒鐘曉得了我的意思，笑道：「若真是那樣倒不如早些醒來，沒得辱沒了她。」

我俯身拾起扇子，再抬起頭來一臉嚴肅。「既然這樣，那我原諒你。」

「妳啊……」他扯嘴笑了笑，正了正身子，用雙手捧著我的臉端詳了半天。

我問他：「您累嗎？」

他道：「什麼？」

「做皇上跟前的紅人很累吧？」

他用拇指摩挲著我的臉道：「見得多也就慣了，何況皇上一向待我不薄。」

我回想了一下道：「這倒也是，看在他對你這麼好的分上，我就不跟他計較了。」

他哈哈大笑道：「如此大逆不道的話也就妳能說得出來。」

我看著他笑彎的眼睛也隨他高興起來，他復又躺回躺椅上，看著我的眼裡有滿滿情意漸漸流淌出來，突然伸手將我拉近，開始親吻我的唇，綿綿密密地交纏，相濡以沫地給予，呼吸一時間有些困難，唇齒間都是他如湖水般清澈又深沈的感情，我被他緊緊箍在懷裡，有些透不過氣來的窒息，於是只能俯身向他靠得更近，手也不自覺地緊緊環住了他的腰。

他身上獨有的味道被夏日的熱氣一蒸，幽幽得直讓我心裡放了空，就這樣吧，管他現代古

代、距離權謀的，只要有他，還有什麼不滿足的呢？

夏日夜長，天氣悶熱，我帶著杏兒出了自己的四合院，一路上見著許多新面孔，本來嘻嘻哈哈的丫頭們突然止住了笑，恭敬地對我請安問好，行完禮走過去之後又開始恢復活潑飛揚的本來樣子。杏兒看著她們，無限悵惘地說：「女子也就那麼幾年好日子過，人老珠黃的時候還能有幾人記得年輕時候的模樣？」

我轉頭看她一臉滄桑的樣子，心思一動便牽起她的手，觸感稍嫌粗糙，有些心疼她這許多年的操勞，便輕責道：「姑娘這是怎麼了？明明比我小，怎麼說出這樣傷心的話來？」

她笑。「只是覺得自己老了，哪能跟主子您似的一點也不見老。」

我握著她的手嗔道：「是啊，所有活兒都是姑娘替我做的，所有事都是姑娘替我操心的，我哪有可老的緣由？」

她被我逗笑，臉上赫見皺紋，我與她不管再怎樣親近，總歸是兩個時空的人，思維上相隔太遠，想讓她開懷卻也無的放矢。

去湖邊的路上，意外地碰見了沅沅的姪女，這才看見她的面貌，十二歲的女孩子全身上下散著淡淡的書卷氣，如同清麗的水墨畫般輕煙微籠，巧妙渲染，美，絕不逼人；淡，卻不會讓人忽視。她不卑不亢地行禮，聲音如糯米般甜軟。「富察・蘇蘭給福晉請安。」

我讓她起來回話，她抬起頭來，我驚訝地發現這女孩子有雙異常清亮的眼睛，看人的時候坦率誠懇。她給人的第一印象就如同一抹早春裡的淺綠，這美麗的景象成了我日後記憶中最深刻的剪影。我這才知道她與沅沅並不是直系親戚，因著同姓富察，所以便認了親。雖說這樣，但她言辭間對沅沅很是孝敬，說話非常得體有分寸。我開始喜歡上她，也開始相信人與人之間投不投緣只一眼就能知曉了。

交談了一會兒，她因為急著要去替沅沅取東西便向我告退，杏兒一臉真誠地對我道：「難怪世子喜歡，我也要喜歡上她了。」

我苦笑道：「弘暾喜歡沒用，得皇上喜歡才行。」

杏兒也笑。「不是有您嗎？選秀的時候您跟皇后娘娘說一聲不就成了？」

我笑了笑，趁往前走的空檔抬眼，卻看見素慎坐在湖中觀賞用的石舫裡，背倚著欄杆向遠處眺望，瘦弱的身子湮沒在無邊的黑夜裡，絕望壓抑。

我走近她，生平第一次心中無愛恨酸痛等諸種情緒，只靜靜在她身邊坐下，她也沒有太強烈的抵觸情緒，自允祥跟她圓房一直到現在，發生了那樣的事，三人不管是誰，再見著心裡總是尷尬不舒服的。夜色適時緩和了這種窘況，於是便也能平和待一陣子。

「郡王」的頭銜沒有落在家中任一個男孩子的頭上，更不用說弘昑，素慎的努力成了白費，連聲音裡都帶著疲累。

她先開口說：「爺那樣的人，雖然看起來溫文，卻冷靜到了無情的地步。可他不管再怎麼對我不聞不問，我心裡仍然放不下他。打八歲起，我眼裡心裡這世上就只有他一個，再沒別的男人能讓我這樣不惜一切地投入。」

我傻在當場，原來他們的故事也是開始在八歲，想來九阿哥在憫忠寺說的那句困擾我很久的話是這個意思。

她沈浸在自己的回憶中無法自拔。「我投其所好，為了他什麼都學，詩書、女紅、琴藝、書畫，三伏酷暑，數九寒天，一天也不曾落下，辛苦時就想像他驚訝讚賞的樣子，再難也能學下去。嫁了他後，滿心想把畢生所學給他看，讓他愛上我，誰知道這麼難……怎麼就這麼難呢？」

她微傾著身子抓住石欄外的荷花，用手掐了一枝攥在手裡把玩著。

「爺曾說我精明過分了，說他甚至連對勻芷她們的憐惜都無法給我。」她低頭苦笑，粉色的荷花在她精緻的臉龐下也黯然失了色。月亮恍若失去耐心的孩子，急急隱到了雲層後面。這個經常會讓人心生恍惚的女子，唇角笑得嫵媚風流，不復初見時的柔弱可人，時時讓我感嘆她的手腕，此刻卻這樣平淡無波地對我傾訴，一字一句涼得沁了心，素慎空洞的眼神裡沒有一絲情感。

「他心裡容不下任何一個女人，他誰也不愛，您也不例外。」

月亮又走出了烏雲，湖面上粼粼地泛著月亮的光華，不知道什麼東西躍進了湖裡，平靜瞬間就支離破碎起來。

「我不在乎。」

我說完她立即笑了，含著一絲嘲諷。「您也就這麼說說罷了。」

有道瘦削的身影從遠處不疾不徐地走來，素慎的臉上有了柔和的光，眼睛裡也有了神采，她的視線絲毫未離開她的兒子，嘴角噙著笑道：「福晉，我告退了。」

九歲的弘昑比弘晈小了三歲，看起來卻是比他成熟三歲也不止。素慎牽起他的手，一大一小兩個身影漸漸隱在黑暗之中。

幸好她還有個兒子。

這一年的後半年，層出不窮的禍事不受控制地為難著雍正。朝政上有朝政的難處，天公亦不作美，事情來得那麼繁雜又那麼集中，幾乎要累垮了他，允祥也從府中搬回了交輝園。

夏季多雨水，連綿不絕的暴雨讓京城老百姓苦不堪言，房屋動輒傾塌，民怨頗多。雍正很是急躁，命允祥從戶部調銀子給八旗的窮兵修繕房屋。

八月，黃河大堤決口四十餘丈。又十五天，南岸口與北岸口同時決堤十餘丈，莊稼毀於一旦，災民一茬接一茬地出現，賑濟災民成了當務之急。這種節骨眼的時候，年羹堯仍是不知進退的分寸，樹大招風，一味地妄自尊大，雍正氣極，一月內連降他好幾級。

九月，直隸、山東又遭水災，天津城外一片汪洋，連四野村田也悉數被淹，災民無數，哀號聲聲，餓殍遍野。九阿哥更是囂張，命家僕攜帶銀錢數萬從京城運到西寧收買人心，雍正大怒，革其貝子爵位。

治水的人派了一撥又一撥，遲遲不見效果。允祥從開始出現水災便一直四處行走在京畿附近，回京次數有限。我時時擔心他的安危，卻又因為出不去也幫不了而焦躁不安。一月後，雍正稱讚他「實心為國，操守清廉」，又加其俸銀一萬兩。

十一月，年羹堯被鎖拿送至將軍衙門，清點家產、押解至京等候發落。

十二月，允祥被任命為總理直隸水利農田事務，帶領人疏浚河工、築堤劃溝、因勢利導、親自涉險巡視，大有起色。

自六月至今，他在京師直隸間往返數月，我已近半年不曾見過他。京畿水利還沒有完全竣工，又因江南水利事關重大，雍正便又遣他去了江南，治理江淮水患。路途遙遠、舟車勞頓，他是認真小心、兢業躬親的性格，勢必會身先士卒，親自涉險，我雖千叮嚀萬囑咐張嚴一定照顧好允祥，可仍舊十分掛心。

在他離開的這些時候，弘昌的福晉病逝，又續娶了新的福晉，那安靜自卑的女子就這樣安靜地匆匆去了，我甚至叫不上她的名字。匀芷掉過幾滴淚，與新嫁娘熟了之後也不再記起曾經有個兒媳婦會默默立在她身邊，輕聲喊她「額娘」。新兒媳與我只見了一面，我素來是個自我又不愛熱鬧的人，所以也並不招人親近，只是，在自己的世界裡沈浸得久了，會忍不住想念我遠在江南的丈夫，牽掛我困在深宮的孩子們。

……

正值晚秋，天高氣爽。有一天杏兒連哄帶騙死拖硬拽地把我帶出了院子，很久沒呼吸到新鮮空氣，出來一趟心情卻是好了許多。我笑著同她開起玩笑，不知不覺間卻聽見人的慘叫聲，一聲聲叫得我的心都揪了起來。

我急急走進家裡設的學堂，入眼處四、五個小廝把一個小太監按在凳子上，身上已經被棍子打得皮開肉綻，我一見這陣勢嚇得臉都綠了，他們看見我也全都愣得慌了手腳。

我往前又走了兩步才看清那被打的人，只是個十來歲的小孩子，臉上因為疼痛竟有些扭曲，我蹲下身子給他抹了滿臉的淚，輕聲安慰他。「好孩子，別哭了。」

他又開始抽噎起來。「奴……奴才不敢。」

後面的事情都是弘暾處理的，請了大夫給那孩子開了外敷內服的藥，教訓了那四、五個挑事的小廝。鬧事的緣由也查清楚了，小廝們與這孩子素來有仇，尋了他一個不是就攛掇弘晈下令往死裡打，一點也不留情。我也開始納悶，當時在學堂裡的弘昑他們為什麼連個插手管管的想法都沒有，就眼睜睜地看著他被打而無動於衷？

事情若是能以請個大夫喝喝藥的方式簡單結束就好了，可人生又哪是能一帆風順的——那小太監不治而亡了。

那一天，不知道是天意還是故意，門戶深重的怡王府裡，孩子的父母竟毫無阻攔地進來，鬧了個天翻地覆。

我從來沒有見過那樣聲嘶力竭的母親，將管家給的銀票全都踩在腳下，悲痛地拿手指戳著我們道：「都說怡親王是『賢王』，這就是『賢王』管教出來的孩子？我把活生生好好的孩子送進來，這是造了什麼孽讓你們作踐致死？我不要你們不乾不淨的銀子，髒了咱們的手，我只要我的孩子，把我家的孩子還我……」尖銳的聲音響徹了整個王府大院，那種撕心裂肺的疼痛讓每個人都駭住了，她顯然是做好了視死如歸的準備，早把自己的生死置之度外，所以說話也口無遮攔起來。

而孩子的父親一臉老實樣，強抑著自己的傷痛，還得老淚縱橫地拉扯著自己的妻子勸道：「孩子娘，這不是放肆的地方，咱們還是走吧。」

孩子的母親聽不進任何勸告，依舊不依不饒地歇斯底里，癱在地上哀哀哭泣，只是讓我們還她的孩子。我的淚無可抑制地掉了下來，只因我也有個過早夭折的兒子。

管家對杏兒斥道：「這種地方是福晉能來的嗎？還不快把福晉扶回屋去？」

杏兒忙應是，可因這句話又惹來了母親的悲憤。「好一個不是福晉該待的地方！自己的兒子草菅人命，管教不周的不就是當娘的嗎？這王府裡還有沒有講理的人？天下人竟都不知道怡王府是個藏污納垢的地方，誰能還我一個公道？」

四周的人越聚越多，丫頭小廝老婆子們都過來了，竊竊私語又指指點點，也不乏幸災樂禍的。管家聽她把允祥也罵上了，又氣又急，最後化成了冷笑，只聽他道：「您也別鬧了，既然把孩子送進來，也是不指望他傳宗接代了。再說，要不是因為家裡沒銀子，您也不會把孩子送進來。現在出了事，哪一樣不用銀子打點？我們王爺日日操勞，也沒空跟您在這兒耗著，若您覺得合適就收下，還能給孩子風風光光地辦後事。若您覺得不合適，咱們明兒就去打官司。」

管家的話讓夫婦倆停了哭叫，母親仍舊是臉色淒厲，孩子的父親卻悲愴地開始勸自己的老婆。管家笑了笑，還是吩咐讓杏兒扶我回房去。我腳步艱難地走到孩子的母親面前，把她扶起來，誠心道：「大嫂，對不住，我知道現在說什麼也平息不了您的怨恨和委屈。您說得對，這事確實是我的錯，我沒把孩子管教好，才讓他闖下彌天大禍。我向您保證，有怡王府在一天，就有你們一天。錯全在我們，我家王爺若在京中定也是這樣想的，您節哀，還是身子重要。」

她惶惑地抽了手，雖然還有懷疑，可剛來時同歸於盡的氣焰已經沒了大半，只是眼裡的淚還是揮之不去的一遍遍浮現。

貧賤夫妻百事哀。

自那之後，我完完全全不願再看見弘晈，害怕教訓他的時候他會說：「總不過是個奴才，又給錢厚葬又代他養老，您至於還計較成這樣？」

我不讓他過來請安，也不跟他見面，弘晈彷彿意識到了我的冷淡，一開始只是覺得我小題大作，心裡也覺得無所謂。

一天、一星期、一個月過去，我依舊沒有理他的意思，他開始著急發慌，小心翼翼地靠近我的院子，高喊幾句「額娘」，看我沒反應，極為不耐地氣呼呼掉頭就走。反覆好幾次，不管他求也罷，怒也罷，我仍然不願見他。

杏兒著急地勸我。「他還是個孩子，不懂事您就教訓他呀，這麼晾著算怎麼回事？甭說他不曉得怎麼辦，大人也早該慌了。」

看我還是什麼反應都沒有，杏兒也不知所措。「主子，您這是怎麼了？從不見您這樣，您別嚇我。」

在那講究孝道的社會裡，弘晈終於服了軟，在院子裡跪了下來，不討饒不認錯，不吃也不喝，只是跪著。拿出去的東西絲毫未動地再端回來，杏兒勸完這個再勸那個，倔強的還是倔強。最後，甚至連她也覺得我有些無理取鬧，絲毫沒有這樣做的必要。

跪到後半夜，弘晈終於忍不住，委屈的哭泣一聲聲地傳進我耳朵裡，他將對我所有的不滿全都說了出來，從他小時起我就對他討厭生分一直哭訴到現在我對他的殘忍，他沙啞著嗓子對我嚷道：「額娘沒有心，有也全讓死去的四弟帶走了，我向來是這家裡最可有可無的一個，阿瑪心裡就只有二哥，連最小的弘曉都比我受寵，你們瞅我不順眼，盡可以不生下我，生下來又這樣不管不問，讓我何以自處？我一定不是阿瑪跟您親生的兒子！」說著說著他也相信了這些話，難過得嗚嗚哭個不停。

這輕易下定結論的話讓我控制許久的情緒如山洪般爆發出來，我痛苦地捂著臉，淚從手指間滲了出來，悲傷的情緒一下子吞噬了可以呼吸的範疇，只覺得喉嚨裡氣上不來也下不去的堵心，想起身出門找他卻一陣眩暈，腳不聽使喚地絆了另一隻腳，臉最先著了地。他一天沒吃飯，我卻是將近一月都食不知味。

杏兒連忙扶我起來，尖叫了一聲用帕子給我捂住額頭，殷紅的血一下子浸濕了雪白的絹。她豆大的眼淚滾出來，聲音也開始不受控制。「主子，您醒醒，這、這可到底該怎麼辦才好？」

這次之後，我精神上一直懨懨的提不起興致，額頭上的傷抹上藥之後總會漸漸癒合，隱在髮際邊的傷疤就是曾經痛過的證據。弘暾日日過來，問東問西，孝順至極，他一向是似他父親一樣溫和體貼的男子，是家中最懂事的孩子。弘晈卻都是在我睡著的時候過來、在我醒前離開，行動上也是懊悔，又有擔心，只是他太倔強地保護自己，其實我也一樣。

沅沅帶著蘇蘭過來探望我，看我很是喜歡這女孩，便把她留下陪我說話解悶。她仔細認真地幫我換藥，偶爾給我唸幾頁書，或者問些她不懂的事，大多數時間都安靜待在我身邊不說話。弘暾來請安的時候，她是欣喜而羞澀的，兩人間有微妙的對視也有對對方忐忑不安的關注，看他們的樣子還只處於彼此有好感的階段。

……

窗外呼嘯的北風凌厲掃過，又到了新舊年交替的時節，炭火盆裡偶有火苗噼啪跳起的聲音。我躺在床上想著這一年發生的事情，卻理不出個頭緒，想著想著就放了空，人也漸漸睡了過去。夢裡有溫暖的手撫摸我的臉龐，也有人幫我掖好被角。

在我等待了很長時間，幾乎以為忙碌的允祥應該不會回家過年的時候，他卻回了府。杏兒道：「爺來您的院子看見您額頭的傷，嚇了好一跳，說您若醒了就去書房找他。」

我聽完便急急出了門，在書房吁著氣，看見半年不見的他斜靠在床的外側邊上，顯然是洗過澡也換下了沾滿風塵的衣服，呼吸平穩，睡容安詳，卻遮不住滿臉風霜。我心疼地親了親他的額頭，扯過被子給他輕輕蓋在身上，把臉放在他溫暖的手掌上，我想他定是累壞了，睡覺沈成那樣，竟完全沒有察覺。

……

允祥問了我事情的由來始末，在我訴說的時候他靜靜傾聽，待我說完他只告訴我。「弘晈這孩子性子似妳，只能勸不能打，只能施軟不能強來。也怪我，一直忙碌，也沒法好好教導他。」他的話很是中肯，誰都不包庇，首先從自己開始剖析。

我沒有告訴他的是，我對弘晈耿耿於懷的只是他視人命為兒戲的態度，即便是身分尊貴的皇子皇孫，也該知道這上天賦予人的生命就只有一次，失去了便再也不會回來。不管再如何變換時空，輕賤人這點也是無法容忍並原諒的。

允祥回來的第二天便把弘晈叫進了書房，不知道兩人談了些什麼，只是弘晈再見著我的時候神色很是尷尬，醞釀了許久才說道：「額娘，兒子錯了，下次再也不敢了。」

我招手讓他過來，看著他問：「你怪額娘嗎？」

他委屈地說：「這事不能完全怪兒子，他們只說那小太監不好，所以才……」沒說完又滿不在乎地豪爽道：「得，不說也罷，我的錯我自會認，再說狡辯的話沒意思。」

我豁然開朗，他雖倔，卻心地光明磊落，有著作為一個男孩子該具備的、敢於擔當責任的可貴品格。

他伸手摸著我額頭問：「額娘疼嗎？」

我撫著他的腦袋道：「弘晈，你二哥、你、死去的弘晛、弘曉，你們都是額娘懷胎十月生下的孩子，手心手背都是肉，我又怎會心裡沒有你？只是覺得你死去的四弟太惹人心疼了，小小年紀一個人活在冷冰冰的地下，我想起他就心生愧疚。」雖然過了這麼久，再提起弘晛，我仍控制不了自己的情緒，弘晈也有些難過，我清了清聲，盯著他的眼睛道：「那小太監即便身分低微，可也是個人，你會為了我與你阿瑪不重視你而傷心難過，你就一定也曉得人家的父母是個什麼心情。」

他點頭道：「阿瑪也是這樣教導兒子的。」

我看他有些抑鬱不自信的生疏樣子，就把他擁進了懷裡，他有些手足無措地僵硬，後來就緊緊抱住了我。他也才只是個十二歲的孩子，難免在成長的路上犯下各種各樣的錯誤。

作為一個母親，我並不稱職，弘晈的控訴並不是完全沒有道理。

雍正四年。

人生走到現在才稍微明白一些道理，時光的流逝歲月的累積改變的是對生活的態度，在我還來不及冥思細想的時候，曾經熟識的人卻一個接一個地消失在這世上。

年羹堯於三年年末被正法，除去了這個心頭大患，雍正便將所有的精力都放在了曾經的「八爺黨」身上。正月初二，九阿哥被斥居心不正、奸佞狂妄，同月，九福晉被關守在家，不許閒人靠近。初三，八阿哥九阿哥被革去黃帶子，交宗人府除名。八福晉被休回娘家，嚴加看守。

一月後，雍正下令宗人府囚禁八阿哥，令八福晉自盡，後焚屍揚灰。

昔日近在眼前的人，不管是私下的家宴還是宮中的宴會上總能見到的叔伯妯娌卻突然間成了這副模樣，兄弟反目至此，康熙若真的地下有知，不知會悲痛成什麼樣子？雍正是個理智又冷靜的人，對待百姓他就是一位英明果決的君主，施行仁政，減免三年時候由於水災破壞而無法徵集的賦稅，查貪官、整污吏，總是能從最實際的需要上解決最困擾老百姓的問題。我沒有資格去評價他坐在那個位置上為維護皇權所做的種種政治鬥爭，只說在個人情感這方面，我無法接受他的狠絕酷厲。

八阿哥爭奪皇位不果，失敗後八福晉用自己的死作為代價。九阿哥也有不服之心，時時口出悖謬狂言，九福晉用自己失去自由作為代價。若登上皇位的不是雍正，四福晉又會以怎樣的方式作為其敗後的代價？我呢？

不管什麼時候，夫妻總是共進退同甘苦的。所以，九阿哥不管年輕時再喜歡我也不會拋棄九福晉，就像那年的八阿哥為了不得罪八福晉，毅然決然地割捨了杏兒一樣。就算是一再被我惹怒的允祥也仍舊不曾休了我。只不過，我是個太意外的錯誤。

允祥過完年就去了直隸治水，他之所以不願在京中停留，只是因為他不想看到兄弟間相殘的局面，二月，諸事完畢他又回了京，河道疏浚完成得極為出色。

只是這次，雍正賞的卻是女人。

納喇氏，輕車都尉吳爾敦之女，閨字明慧。與蘇蘭一樣參加了這年的選秀，因為性情忠厚討喜，雍正便把她指給了允祥。而蘇蘭在我的示意下則被和惠要了去。

三月，納喇・明慧如同春天裡鵝黃粉嫩的嬌豔花朵被抬進了怡王府的大門。

我已經再也沒有力氣去爭奪。若較真，年輕的女孩子總會一個個出現，我卻慢慢老去，華而不實的情感不再適合我的年紀，所以我接受。素慎死也不再說要操辦宴席的話，她心中嘔的氣大於每一個人，這次婚禮對比她的簡直是天差地別的對待，我的「大度」、允祥的「合作」，都足以讓她發狂，所以她的反抗決絕而強烈，什麼都不過問不操心。

允祥對女人一向遷就紳士，所以素慎可以使性子不幹，我卻不可以。如今因為他地位的改變，往來的都是王親貴族、豪爵大戶，今日出任何一點紕漏都會成為明日街頭巷尾的笑柄。

席間觥籌交錯，往來賀喜之聲連綿不絕，我硬是看他們在禮官的唱喏下著吉服，新婦在吉時給我行禮，一直到他們被送入喜房才長吁一口氣，杏兒捧著臉盆進來。「主子，您也忙了一天了，好生歇著吧。」我點頭稱是，她仔細看我的臉色，確定沒什麼事後才放了心。

……

夜深人靜，我躺在床的內側蒙著被，有腳步聲很輕地傳進了耳朵，走到我身邊坐下，隔著被拍我的後背道：「青兒，妳去憫忠寺住幾天吧？」允祥說得很是語重心長。「這次，我親自去求皇上。」

我猛地掀了被，聲音都變了調。「為什麼？我不去！」

允祥乍看見我的樣子嚇了一跳。「真醜的一張臉。」他笑著調侃我。「剛才哭了？」

「我不去憫忠寺，現在我哪兒也不想去。」我執拗道。

他不為所動，只是堅持他的想法。「換了新的地方，妳心裡會自在一陣子，我時常要出京，憫忠寺清靜宜人，妳在那兒待著我也放心。」

「我說了我哪兒也不去。」

允祥盯著我足足有五分鐘不說話，我也倔強地看著他。

他終於斂了眼，長長嘆氣，半晌道：「罷，下次我認為對的再不會跟妳商量。怎麼就倔成這樣？」

納喇氏也就十五歲的年紀，用允祥自己的話說，比暖暖還小，他無論如何也幹不出褻瀆她的事。明慧與素慎又是截然相反的兩種性格，她長相甜美，笑起來會有淡淡的酒窩，俏皮可愛，沒有素慎身上的精明世故、張揚侵略，一看便是沒受過委屈，養在深閨未曉世事的孩子。她對誰都很謙卑有禮，見人先笑，如果不是這種尷尬的身分，也許我們的相處會自然很多。

我不再輕易說「死給你看」那樣賭氣的話，隨著身邊親人的離去，我開始懼怕死亡、討厭分離。幸福若即若離，找不見前方路的出口，也沒有改變的勇氣，連依附他都因為摻雜進了太多人而遙不可及，這種感覺真是糟糕透了。

在我還來不及傷感的時候，有人從大老遠的山西跑來，身著麻衣。

暖暖去了，在她二十歲的春季。難產，一屍兩命。

三月初三，春天的開始，下江南的好日子。京城大大小小的人家都在放風箏，短短長長的線牽在手裡，滿懷希望地抬頭向天看，但我的女兒像極斷了線的風箏，再也收不回來。我一直低著頭，完全浸淫在黑暗中，人都說兒孫自有兒孫福，人死不能復生，自己的生活還要自己去過，最好堅強面對，這些我都知道，可我就是做不到。

很多時候我想傾訴，因為頭腦蒼白，所以話語也無力，最後變成了別人嘮嘮叨叨地勸說，我只是敷衍應和，傷人傷己，別人便也不再想理我。

婆家的人依暖暖的意思送來了她臨終前要交給我的一個黃楊木盒，精緻乾淨，一看便是她珍愛之物，由於長時間的摩挲，木盒表面已經十分光滑，幽幽地泛著光。

我雙手顫抖地接了盒子，鑰匙已經尋不著，撬開鎖後卻發現全是寫給庭生的信。我讓杏兒在屋裡點上了炭火，一封封的信全化成了灰燼，這孩子生前背負著太多感情上路，死後沒必要讓她愛著的人再次受到傷害。

允祥身為議政大臣，正在為與策妄阿拉布坦間的領土疆界爭端問題出謀劃策，根本顧不得家裡的事。暖暖去世後半月才與我見著了面，忙得神色匆匆，打了個照面又走了。我看著越來越疲憊的他的臉，故意忽略他淡漠的眼睛和敷衍的神色。

用一段時間接受暖暖死去的事實，再用一段時間自己消化喪女之痛。

允祥再回府時夾帶著沸沸揚揚的傳聞，一大早便看見他從明慧的院子裡出來，傻子也知道那代表著什麼。我只知道雍正不是康熙，在喜怒無常的他手下當差要思考縝密，雍正賞的女人也不敢不好好對待，想再晾上那許多年，一點可能也沒有。

杏兒沈默了許久，看我依舊管我的帳看我的書、吃飯睡覺，富貴閒人的樣子，不知怎麼了，竟然說道：「主子，您若早這樣，又何苦受這幾十年的罪呢？誰家不是這個樣兒，更何況他是王爺？」一說完又如常幹起她分內的事。

入夜，我蜷縮著身子縮在被子裡，下腹絞痛得厲害，生弘暾時落下痛經的病根，每次都如同丟了半條命，身子彷彿被攔腰截斷一樣，下半身麻木著動不了。

「主子，我遣小丫頭去煎藥了，一會兒就來，您再忍忍。」

杏兒坐在邊上，為了轉移我的注意力開始同我聊天。我點頭，她微微嘆氣。「也不知道從何時您心裡就開始藏事兒了，讓人猜不透到底想幹什麼。」

我捂著肚子靜靜聽她說話，她拿帕子給我擦了下額頭的汗，接著道：「主子，您心裡究竟怎麼想？格格去了傷心難過不應該是大哭一場嗎，您怎麼倒悶著了？」

我奄奄嘆氣，鎖著眉頭翻身朝裡躺著，眼淚不可遏制地滾滾而來。

允祥卻在這時候過來，他進門淡淡道：「妳們都下去吧。」

我趕忙擦了淚，杏兒帶著侍候的人應聲退了下去。他走過來先握住我的手，端詳我的臉色，繼而有些心疼道：「我曉得這幾天妳身子不爽利，所以來瞧瞧妳。」

我勉強笑了笑，斷斷續續道：「老毛病了，沒事。」

「面色蒼白、冷汗淋漓、手腳冰冷，都這樣了還逞強。」

我捂著肚子「哧」了一聲。「您什麼時候成大夫了？」

他道：「我身子也時常不好，不願常麻煩御醫就自己看些醫書，一知半解的。」

小丫頭在屋外回話藥煎好了，允祥接了藥又讓她下去了。他扶我坐好，端著碗一勺一勺地送進我的嘴裡。「青兒，我不明白，難道會吵架的夫妻才是真的感情好嗎？」

我不明所以，他把一勺藥送到我嘴邊，定定地看著我道：「我不覺得只要說出真心話，夫妻間就會理解對方。」

我喝完藥便躺下了，擁著被悶聲問他：「那您覺得夫妻間應該怎樣才會理解對方？」

他只是伸手摸我的臉，並不回答，於是我接著說：「理解本不必要，女人只要做好自己分內的事兒，不奢求丈夫的愛，全心思地等著被寵幸。這才是有才德的女子該做的事對不？」

他再問：「不然妳以為呢？」

「若我能替您解憂，您驚喜，就如同少年時的種種；若我不能給您解憂，您也會好好待我。本來你也沒指望我一個女人家能對你有多大用處，不是嗎？」他不回答即是默認，我苦笑。「我都知道你是怎樣想的，可我就是不滿足。我不甘願你僅是因著把我娶進門來，有份責任在而對我好，更希望你是因為我這個人才對我好，身上有你喜歡的地方也有讓你討厭的地方，因為你的喜歡，所以能包容我的討厭。」

他認真聽我說完，道：「人心真是難以揣測，為何妳與別的女子這樣不同？別人要的妳不稀罕，別人認為天經地義的，妳卻處處不滿？」

我聽他滿是抱怨的口氣，心裡也有些委屈，不願看他就背轉了身子。「我何嘗不想跟別的女人一樣，這樣我就會安於現狀，好好做你的妻子，溫良恭儉讓。對你沒那麼多要求，笑著看你去別的福晉屋裡過夜，欣然接受暖暖因不幸福而死去的事實。我這麼努力，難道您一點都看不見嗎？」有淚從眼角滑落，流進了鬢角的頭髮，我抬手擦了去，接著道：「允祥，自從嫁了你，我步步後退。開始時不甘，想離開就能離開，覺得沒什麼大不了，後來發現連離開的勇氣都沒了，你知道嗎？沒了這勇氣，我就只剩下害怕了。」我明白要適應這個朝代就得放下現代人的自尊，要麼就不明白，要麼就埋頭去做，明白卻不去做才是活得辛苦的那個。

「允祥，我……我本可以不必活得這樣卑微。」我說完便捂著臉蜷著身子小聲啜泣起來，要多愛才能放下自尊？有多愛才能讓一個人真的什麼都不計較地去愛另一個人？我終究還是不能愛他到放下自尊的地步。

允祥的手覆上我的，輕輕拉開我蒙著臉的手，拿著手帕的動作很是輕柔，他臉色溫雅，不看我的眼，只專心給我擦著臉上的淚。「青兒，妳傷心，我就抱著妳；妳流淚，我替妳擦掉；妳難過，我想法子讓妳高興。我會的，只是這樣簡單地對妳好。」我停了哭，也不再說話，他認真的樣子有說不出來的震懾力。「妳流淚傷心難過都是我惹妳的，我也曉得，妳嫌我什麼話都悶在心裡不說，所以我漸漸告訴妳我的想法，也努力著不讓妳覺得我忽視了妳，難道這些妳也看不見？」他說到最後便微微笑了起來。

也許是藥起了作用的緣故，也許是允祥一直替我揉著肚子的緣故，疼著疼著就睡著了。

# 第九章　九阿哥之死

雍正示意諸王大臣在朝堂上列舉九阿哥二十八條罪狀，將他從西寧押回保定監禁，路途勞頓、天氣酷熱，監禁的後果可能就是被關在窄仄的屋子裡了此一生，那麼高傲不馴的人不知道該如何忍受？

六月，外面下著雨。一絲寂寥湧上心頭，我突然想去看海。

廊外的雨，細密如織，我被困在抄手遊廊裡回不了院子，眼前景象被塗了蠟，模糊氤氳著白氣，前塵往事撲面而來又疾馳而去，這樣來去之間，我快要記不得他的樣子。記憶就是這樣脆弱，人與人之間的關係更是微妙，昔時站在康熙眼皮底下的兒子們，誰會想到今時今日的結局？不能不承認的是九阿哥待我很好，可只顧著追逐允祥腳步的我根本看不見他，越來越遠以致無限，雖然不想，但確實傷害了他。

有雨隨風飄在臉上，些微寒涼，平添寂寞，細密的腳步聲向這邊奔跑過來，等我反應過來，人已經站在我面前，笑容可掬。「福晉，您也被困在這兒了嗎？」

我抬頭，是明慧，頭髮濕漉漉的，雨水順著臉頰滑進領口，她的臉飽滿紅潤，她的眼如同籠了霧般的朦朧。她一屁股坐在我身邊，笑得乖巧。「福晉，幫我擦擦臉行嗎？」

我啞然失笑，拿出帕子一邊擦一邊問：「不怕我怪罪妳不分長幼尊卑？」

她仰著臉閉著眼道：「您這麼好一定會幫我的，再說我這麼討人喜歡。」說完睜開眼，兩彎新月似的眼睛笑意盈盈。

我忍俊不禁。「妳又怎麼知道我是個好人的？」

「我進門這些天福晉從來沒有刁難過我，爺對我也好，我從沒奢想過能嫁他的，他那樣高不可攀。」她稚氣的臉上是不能相信的表情，好像中了樂透的暴發戶，撿到了寶似的無法置信，我年輕時也懷有這麼多不切實際的幻想。

「為什麼覺得我會刁難妳？」我饒富興味再問。

「額娘說的，她說……」她突然意識到自己的多嘴可能會害了她的母親，連忙捂住嘴搖頭，忐忑不安地看著我，急忙道：「福晉別生氣，全是我的錯。」

這時，杏兒打著傘走了進來，先給我們行了禮，後對我道：「主子，回吧。」

我看了看明慧，對杏兒道：「先送庶福晉回吧。」

明慧看著我欲言又止，可憐兮兮地望著我小聲道：「福晉……」

我對她笑道：「我沒有生氣，快讓杏兒送妳回屋吧。」

她立馬高興起來，拜別我後便往前走了，要轉彎的時候回過頭來朝我粲然一笑，明媚如同驅散烏雲的陽光。「謝謝您。」

最喜歡的悠閒清靜也變得不再那麼重要，就算有時間也無法浪費在清閒的享受上，借這場雨偷一點閒，心情沈澱，才能沈澱往事。

八月，正趕上明慧的生日，有好事的婆子們看她最近正得寵，攛掇著要給她慶生。我與素慎有個不成文的分工，帳目歸我，這些瑣事歸她。大略也是覺得不好再拒絕，她接了下來，席宴上明慧依舊天真無邪，處處討好，可總是暖不了素慎的臉。

天氣悶熱，沒有耐心看或明或暗的紛爭，我只說身子不舒服，讓杏兒留下幫忙，一個人離了席，明晃晃的烈日頂在頭上，蟬雜訊聲入耳，前院的亭閣戲臺上已經唱起了生日戲，我搖著扇子慢慢向自己屋裡走去。

前腳剛踏進院子，後腳就有小廝過來稟報。「福晉，角門有位婦人找您。」

我納悶地問他：「是舅太太還是姨太太？」

他搖頭。「奴才也不曉得，您若不願去，奴才就轟了她走。」我已經開始朝角門方向走了。見到了發現是個跟我年紀差不多大的婦人，雖然衣料粗樸，但看臉卻像富貴人家的太太。

她看我向她走過來，囁嚅著說：「民婦兆佳氏拜見怡王妃。」

我又看了看她，實在想不起來之前與她有過什麼交集，只能開口問道：「妳找我有什麼事兒？」

她呆呆瞠視了我半天，低聲道：「咱們不方便在這兒說，您看能否找個清靜地方？」

小廝開始大聲斥罵她。「真是不識好歹，我們王妃什麼身分，妳又是什麼身分，居然膽敢這樣放肆……」

我忙止住了他，總覺得這女子不像個壞人，心裡確是好奇，就把她引進角門旁側清靜的小四合院裡，遣小廝在門口守著。「今兒府裡做壽，不會有人來擾咱們的，有什麼事妳說吧。」

聽我說完，她才將一個碎花小包袱取了出來。「我們爺說您看完這個就全明白了。」

我聽著這似曾相識的口氣，突然想起憫忠寺十四阿哥遣人送桂花酒的場景，難道是他？

我接過包袱，不明所以地開始拆解，打開之後是個已經殘破不堪的孔明燈，年歲在它身上留下了明顯的痕跡，抽抽縐縐，倒像撕了又重糊起來的樣子。

那婦人道：「下面還有許的願，我不識字，您看一下吧。」

我再翻動那燈，找到許願的紙，上面的墨跡不像燈身那樣破舊，字不大，卻個個晃疼了眼——「誓娶兆佳氏」。

「妳姓兆佳？」我顫聲問她，她點了點頭。「妳什麼時候進的九爺府？」我追問。

她奇怪地看我，但還是作了答。「康熙四十五年二月。」

我連忙舉起燈左瞧右看，遮住自己慌亂無序的心情，也成功逼回翻湧上來的眼淚——正是我大婚的時候。我有些尷尬地勉強同她笑了。「他……怎樣了？」

她眼裡噙著淚道：「……去了。」

很久之後，我才想起來要問她九阿哥究竟發生了什麼事。

蟬叫得越發響了，太陽近在眼前，呼出來的氣恍若要立即蒸發似的，前院戲詞抑揚頓挫地唱「願年年如此日不老長生」，我攥著手裡的燈不受控制地笑了起來，不老長生？多善意的謊言。

繼而蹲在地上，有淚落下，這紙上的墨跡便一圈圈暈染開來。

八月的天，孩子的臉，說變就變。

電閃雷鳴、瓢潑大雨傾瀉而下，雨點很大，敲在地上濺起大大的水花，我刻意遺忘的種種過往終於如願碎成片，孔明燈無可遏制地被損壞，只是可憐了它，巴巴被尋回卻給暴怒的主人撕得粉碎，只剩殘骸那喜怒無常的人卻還要費盡心力再度拼回，傷痕累累的到底是燈還是人的心？我越來越不明白了，或者……從來沒明白過。

「爺，這會子雨下得緊，從這邊回近一些，您別淋著。」張嚴的聲音，正為他撐著傘腳步匆忙地往前走著，允祥只輕「嗯」了一聲，抬起眼來卻看見狼狽不堪的我，一絲驚訝閃過眼睛。

「福晉，這麼大雨您怎麼不避避呀？」張嚴乍見我萬分驚訝，轉看允祥的臉色，詢問道：「爺，奴才再取把傘去？」

允祥的眼落在我身上，四目相視流光四濺，我凝視他他探尋我，暴雨澆得我全身濕透，頭髮貼在臉上，要多難看有多難看，而傘下的他卻還是雍容華貴，氣度斐然，面色平靜，有急雨打濕了他肩膀，綢布些微變了顏色。

張嚴又問了一句：「爺？」

他轉了眼。「不用，咱們回書房。」說完抬步便走了。

我伸手抹了把臉，也不知道該哭還是該笑。這便是他吧？聰明地知道這種時候不理我才是最正確的方法。

回屋洗澡換了清爽的衣服，杏兒點了一爐香，幽幽地直沁到人的心裡去了，有風從半掩著的窗戶裡鑽進來，空氣寒涼潮濕，夢裡九阿哥傷痕累累的身體、桀驁不馴的臉反覆出現，他恨恨道：「看到我這副樣子，妳很滿意吧？知道老四為何不讓我回京而押我到保定，因為下手方便呀！妳知道我回來的這一月裡是怎樣度過的嗎？天天嚴刑拷打，時時惡意辱罵，誰還信我是個皇子？呵……簡直連街上的野狗也不如。」他的眼裡不再有任何情緒，臉上笑得邪惡。「妳丈夫是個不折不扣的偽君子，他是幫凶，這世上再沒一個人能陰險精明過他，他隱藏得實在太好了。」

他一字一頓地說得清晰，字字都敲進了我的腦子裡，我驚恐地看著他，大喊：「你胡說，他不是，他不是！」

九阿哥瞪著我道：「妳真可笑，男人間的事兒妳知道多少？老十三的事妳又知道多少？這皇家的人沒一個是清白的，我告訴妳，老十三是個最不清白的，老四只發話，辦這骯髒齷齪事兒的可是他……」

我簡直要撲上去撕扯他，手腳並用地打他踹他，嘴上不停道：「你亂講，你這個壞蛋！允祥從來不會幹昧良心的事兒，他不是這樣的人……」

我猛地從夢裡驚醒，嗓子仍覺得處於剛才嘶啞的狀態裡，我試著輕叫了一聲。「杏兒……」

還好，只是夢而已，只是個夢。

我復又躺回床上去，有點疲累，今天也好，夢裡也罷，都消耗過多的體力了。兆佳氏說的話對我造成了太不好的影響，她甚至告訴我九阿哥關在潮濕酷熱的黑屋子裡每天每天被折磨個半死，至於說允祥的話，摻雜了她太多的個人情緒。

晚飯那會兒，又全都聚在了一起，各懷心事的眾人當年什麼樣，如今依然什麼樣。

明慧顯然還無法適應這種各懷心事的場面，東瞧瞧這個、西瞧瞧那個，後來低頭扒拉著自己的飯，一臉沈悶的表情。素慎瞅了她一眼，嘴角含笑，笑得譏諷。「九爺去了呢。」

她驀地一句話讓明慧的頭一下子抬了起來，好像有了話題般開始討論。「是啊是啊，剛才我還聽見府裡的人議論紛紛呢，咱們家素來跟他沒有往來，他又是戴罪之身，姊姊您還備喪金嗎？」

素慎拿著碗挾了箸菜，轉頭對她笑道：「這事兒呀還得問爺，再說我也管不著喪金，這都歸福晉管的。」

明慧的臉又轉向我這邊，滿臉期待地問允祥：「爺……」

我猛地拍了筷子在桌上，四周鴉雀無聲，嚇得明慧手一抖，所有人的目光都集中在我這個方向，允祥也抿著嘴看我，我黑著臉道：「別在背後說人是非，好好吃飯吧。」

明慧有點委屈，大概是從沒見我這樣囂張跋扈過，何況只是針對她一個人，她癟了癟嘴低了頭，豆大的淚掉進碗裡，她放了筷子，起身哽咽說了句：「爺跟諸位姊姊先吃吧，我先退下了。」說完就匆匆跑了。

素慎也放了碗筷，不疾不徐地笑道：「姊姊，人長了嘴，除了吃飯不就是說話嗎？」

我陰沈著臉看她，她嫣然地笑了笑。「再說她不過是個小孩子，今兒又是過壽的好日子，您未免也太不通情理了些。」說完站起身。「我去看看她。」

從她的步子走得逶迤好看上，我就知道她心情好透了。

「妳站著。」我的突然發話讓她停了步子，可背對著我的素慎並不回頭，我繼續道：「就算是我錯了，那也是我同她之間的事兒，用不著妳在其間當攪屎棍子。」匀芷她們都低著頭不說話，自始至終都是我與素慎兩個人的戰爭。

她猛地回了頭，臉上青一陣白一陣的，尖銳的聲音像是在控訴。「您為什麼總是針對我？為什麼總是讓我在他面前一點自尊都不留？」

我也站起了身子，匀芷在桌下拉了下我的手勸道：「福晉，別……」

我掙脫她的手，走到素慎的面前，盯著她的眼道：「到底是誰在針對誰？我知道妳是個驕傲的人，可我也是，為什麼妳總覺得妳是受害者？這裡的人哪個不是？就妳會委屈，別人都不會嗎？」她眼裡的淚水又蒙住了好看的眸子，我再道：「平常妳愛怎麼鬧就怎麼鬧，別得寸進尺，惹毛了我不是那麼好玩兒的事。」

陸續撤了席，只剩我與允祥，空氣有些稀薄。他依舊神態自若地挾菜吃飯，我沒有話說，也低頭吃我的飯，他道：「頭髮還沒乾就別綰了，免得落下頭疼的毛病。」

「唔。」我挑著碗裡的幾粒米應了。

「今兒淋了雨，好生歇著吧。」說完他放下碗筷，起身走了。

連生氣都不會跟我吵一架，這樣生疏的態度讓我怎麼將心裡的想法告訴他？教訓明慧不單單是為了九阿哥，更是怕提及我與九阿哥的過往，會讓他覺得難堪。

沒過幾天，雍正將九阿哥的死訊頒行天下，不賜葬銀，不賞封號，讓九阿哥的兒子隨便找了個地兒便葬了，無限蒼涼。

幾天後，張嚴滿臉喜色地進了院子，指揮著幾個小廝萬分緊張。「小心著，慢點……」

我和幾位福晉身著正裝站在正屋搞不懂所為何事，一早便有宮裡的人過來稟告，讓我們在這兒候著，一直等到晌午，厚重不透風的朝服黏黏裹在身上，太陽正毒，汗出了一遍又一遍。

好不容易有了盼頭，所有人都集中向外看去，有個小太監腳下滑了一跤，身子側了下，張嚴一腳就踹上了。「你這小兔崽子不要命了，摔壞了這個，你十個腦袋也賠不起，還把咱們都害了。」

不一會兒，宣讀聖旨的公公陪同允祥一起進了屋，我跪在允祥的右後，開始聽聖旨上字字褒獎讚揚，極盡華美之辭的言語。「公而忘私、小心兢業、精白一心、直言無隱、夙夜匪懈、一舉未嘗放逸、清潔之操、見理透澈。」

難免有些誇張，但允祥確實是做了很多實事，雍正也確實真心對他好。謝完恩後，大紅的綢緞被掀了起來，兩個小太監將手中的物什亮了出來，黑漆厚重的大匾上燙金的八個大字是雍正親筆寫的，用以表彰允祥的功績，我挨個看過去，依次是「忠、敬、誠、直、勤、慎、廉、明」。

這匾被掛在堂屋的正中央，怡親王成為榮耀的代名詞，嫉妒紛至沓來。

九月，八阿哥殤，有人說他患病，有人說他被雍正毒害，無論如何，人確實是從這世上消失了。

杏兒一天都沒有出自己的屋子，不吃不喝，我很配合地讓所有人都不要去打擾她。

第二天見著與平時並無二樣，我小心翼翼地躲閃她，怕一旦碰觸會帶來額外的傷害，這樣事倍功半的做法反而搞得兩人更尷尬，她終於忍不住道：「主子，我沒事，您別這樣。」

我皺眉看著她，彷彿難受的是我而不是她，她半跪坐在我椅子前的地上，雙手握著我的手，臉埋在我膝上。「我習慣了自己的身分，早絕了非分的念頭，確是配不上他我知道，這樣天天忙碌著便也能忘了。我不像您，沒有堅持下去的心，更沒勇氣接受傷害。所以，這感情勢必沒結果。」她說著身子輕微顫抖，像隻受了傷的小獸，輕微的嗚咽聲句句敲著我的心。

我將她擁在懷裡，抽出手來輕輕拍著她單薄的背，自始至終沒看她的臉。

很多時候，在感情的處理上她比我要成熟得多。

……

天氣逐漸涼了起來，園子裡的葉落了一地，已經立了冬。一大早，府裡就鬧哄哄的，三五成群的人說得熱鬧，杏兒納悶了半天便出了屋子，我看看手邊的書，有些無聊便去了書房。

一路上的人躲躲藏藏、竊竊私語的不知道為了什麼，我也沒在意。允祥這會子不在府裡，京中出了件投毒的大案，牽涉人數眾多，他接手正在處理。

書房的桌上堆滿了前朝及本朝的律例，我心思一動就坐在他的椅子上，拿起來看見開棺複驗死者的基本情況，某某於本月十九日率誰誰前赴哪兒哪兒……後面是死者從頭骨到腳趾的基本情況，證據確鑿但疑凶仍不認罪，主事官員問是否要嚴刑拷打以求實情？允祥的意見並不贊同，只說：「唯有大奸詐概不認錯者，不得已才實行刑罰，否則三木之下，何求不得？爾等只需求諸詞色以查真偽，設誠以待之，據理以折之，未有不得其情者。」

我不由敬佩，在這不重人權的朝代，看來他的想法總是些「獨到見解」。

放下摺子開始幫他收拾桌子，卻在拿起書的時候漏了張信箋出來，我看完皺了眉，又按原樣放了回去。

杏兒在書房找到我的時候滿臉不自在，我急忙問她：「什麼事兒慌成這樣？」

她愣了一會兒，搖頭道：「沒事，我找不著您所以才慌。」

說得我哭笑不得。「我這麼大的人了還能出什麼事兒？」

她也笑了起來。

杏兒苦心瞞著的事連當天都沒過去便讓我曉得了，氣得火冒三丈。

《喻世明言》裡說這世上有四種人惹他不得，引起了頭，再不好絕他。哪四種人？這便是游方僧道、乞丐、閒漢、牙婆。而牙婆是四種人裡邊最最惹不得的，當時不曉得是什麼意思，如今卻全明白了，府裡的婆子們雖然不專以買賣丫頭為職，可哪一回挑事兒能少得了她們？

雍正上臺後清除財政詬病，對待朝中官員一向嚴苛，難保讓他們心中不滿，八阿哥九阿哥雖然去了，可他們的勢力並沒有清除乾淨，針對人人抱怨的心理製造輿論，在他們的心腹太監被發往廣西等地的時候沿途散播宮廷鬥爭的內幕，訴說雍正的種種卑劣行徑，而允祥作為雍正的得力助手，被人仇恨謾罵也是再正常不過的事了。

京中的傳聞來得猛烈，允祥的口碑差到極點，婆子們以訛傳訛說得繪聲繪色，我又一次發火，剋扣俸銀成功將她們的注意力轉移到我身上，所有不滿的矛頭都指向了我。

人只有在自己切身利益受到威脅的時候，才沒有閒心去管閒事。

允祥單手支著腦袋，遮住的臉上不曉得是什麼表情，他一向是個有什麼事都往自己肚裡吞的人，聽到別人如此評價，想必心裡也不好受。

我命小丫頭將菜擺在裡間的炕桌上，就在忙碌指揮的時候，他猛地抬了頭，一臉愕然，我拿著手裡的酒笑著朝他晃了晃。

小丫頭們都退下了，我脫鞋上了炕，故作輕鬆道：「您要是忙就先忙著，我等您。」

他笑著向我走過來。「妳鬧這樣大動靜我還能忙得下去才怪，妳就是有本事把這麼放肆不客氣的事情說得冠冕堂皇。」

我呵呵笑。「這麼快就看出我的本意了？我真是崇拜你。」

他白了我一眼，也脫靴上了炕。

我一邊給他斟酒一邊問他：「允祥，再過三天什麼日子知道嗎？」

他想了半天也沒記起來。

「你的生日啊。」

他這才道：「我竟忘了這茬兒，難得每年妳都記得。」

我道：「一個忙得連自己生辰都忘了的人，怎麼會像外間傳聞的那樣？爺，我知道您一向有大智慧，這樣的人才不會把莫須有的話放心上，是嗎？」

他先是一愣，湊到唇邊的酒也停了，轉而嘴角帶笑，把玩了一會兒酒杯就一飲而盡。

我也不急，笑嘻嘻地看他該如何回答我，他只是反問道：「外面傳聞些什麼，我不曉得。」

我抿嘴再笑。「沒什麼，就說我喜怒無常，一生氣就只會剋扣人家的俸銀，咒我下輩子生在窮苦人家呢。」

他皺起眉頭看著我，伸右手過來，我本以為他又要敲我額頭，誰知道他竟撫在我臉上。我驚訝地看他，眼裡隱忍著複雜的情緒、嘴上卻笑著的他說：「下輩子我陪青兒一起生在窮苦人家，離著皇家遠遠的，生子，然後看他們在身邊長大成人，一起白頭偕老。」

我也笑著看他，無語凝噎。

那天晚上，在允祥的懷裡，或許是冬天來了且房裡點了火盆的關係，或許是他的懷抱過於溫暖的關係，我很想唱歌，於是便開始輕輕唱。「……就算全世界與我為敵，我還是要愛你，付出所有的勇氣，讓愛如潮汐在你我之間來來去去……就算全世界與我為敵，我也不會逃避，我要的不只是愛你而已，我要讓所有虛偽的人都看清自己，就讓我一步一步跟著你……」（註二）

唱著唱著就熱淚盈眶了，他到底是個什麼樣的人沒有人比我更清楚，這樣誹謗的話讓我都覺得委屈起來。

我沒有告訴允祥我看了他夾在書裡寫給十四阿哥的信箋，告誡十四阿哥恨他沒關係，但這種時候萬萬不能再與皇上作對，否則吃虧的只是自己。但我卻告訴了他，九阿哥去後自己心裡的真實想法。

又一樁政治聯姻到來的時候，我不再那樣被動。

雲貴總督鄂爾泰數次上疏，闡述在西南少數民族地區改土歸流的必要性。為了鞏固自己的統治，雍正想將鄂爾泰的姪女指給弘曒，成了姻親，才能更忠心地為他辦事。

允祥好像因為暖暖的婚事而對此有些害怕，特意向我提起了這件事情，我堅決搖頭。「弘曒不可以，他有喜歡的女孩子。」

他皺眉。「皇上作的決定哪能隨便更改？」

我看他那個樣子，雙手抓著他的手臂著急地把滿腔的話向他傾訴。「爺，弘昌、暖暖是咱倆從小看到大的孩子，可他們沒有一個是快活的。弘曒自生下來身子便不好，時不時就要在床上躺著，不能像其他孩子一樣，他心裡特別不好受。我們欠了他太多，真的是欠了他，我不想看見他在婚事上落得跟暖暖一樣的下場，這孩子似您，心裡太盛事兒，若讓他知道了，他斷不會讓咱們為難，可這樣他心裡就太苦了。爺，您忍心看他這樣嗎？」

允祥嘆氣道：「我曉得妳的意思，可將來要承襲這爵位，他勢必要捨棄許多。」

「允祥，這樣不行，弘暾除了你我再沒有能依靠的人了，我們是他的父母呀。」我依舊不死心地勸他，若允祥作了決定，實再難更改。

他嘆氣。「我想想法子。」

我掩上門出去，回頭卻看見弘暾站在門口，不曉得站了多久，臉被凍得通紅，嘴唇卻異常蒼白。我心疼地握著他的手，涼得像冰。

他喑啞地開口：「額娘，我……」

我一邊給他暖著手，一邊帶著他往前走。「我知道你要說什麼，你阿瑪既已曉得了你的事，就一定會想法子的，你要相信他。」

他反手重重握緊了我的手，心情忐忑到喊我一聲「額娘」後再說不出別的。

弘暾眼角隱約閃爍的淚光，我只裝作沒看見。

……

沒過幾天便下了聖旨，讓我怎麼也沒有想到的是，保全了弘暾，卻犧牲了弘晈。無法再討價還價，十三歲的弘晈就這樣與鄂爾泰的姪女訂了親，不日完婚。弘晈得知這件事情後只問我一句

註二：〈就算全世界與我為敵〉，陳綺貞作詞。

話：「這親事阿瑪跟您是為了我好嗎？」

我看著他認真的臉色，昧著良心點了頭，他眼睛眨也不眨地看著我道：「既如此，那我就安心成親。」

這一次，弘晈眼中強忍著的淚水讓我傷透了心。

……

婚禮很是風光，和惠帶著蘇蘭連同弘曉都回了府。

我剛要進屋，卻聽見和惠在裡間笑著同蘇蘭開玩笑。「這下妳也該放了心，以後成了我們家的媳婦，看妳怎麼謝我？」

正在收拾東西的蘇蘭脹紅了臉。「格格又取笑我，都是些沒有的事兒您說得跟真的似的，真是沒良心。」

和惠笑著湊到她身邊，歪著頭臊她的臉。「沒有的事妳臉紅什麼？再說要真沒有這事兒，二哥怎麼會去求額娘非要妳跟著我呢？若不是我求皇伯伯，恐怕妳早就是弘曆哥哥或弘晝哥哥的了。」

蘇蘭臉色一凜，有些不痛快地低下頭，說得倒是十分堅定。「若上天真這樣不憐我，那倒不如一死。」

和惠擺了擺手，拉著她道：「好嫂子，快別說這麼掃興的話，我三哥今兒大喜呢，妳欠他的可是一點兒也不少。」

蘇蘭瞪了她一眼。「好好的格格盡說這些不正經的話，誰是妳好……好嫂子？」

和惠看著她笑得恣意。「我二哥人也好，性子也好，長得也好，哪點配不上妳了？再說我家是最最不會為難人的，京裡的閨秀都巴不得做我們家的媳婦呢！」

蘇蘭的臉上白了又紅，追著去打和惠，和惠只一個勁兒「格格」笑著討饒。

我撤腳退出了屋子，行禮的時候弘晈看著我的臉上早沒了愛或恨的表情，一夕之間他成了不願訴說自己心事的沈默男子，從放定到成婚，他冷眼看著我們忙來忙去，彷彿自己完全置身事外，在禮官的引導下完成了各項必要的儀式，便將他們送入了洞房。

那天晚上我癱在床上想過往的事，第一次自己的兒子也娶媳成了家；第一次曉得原來不只女兒嫁時當娘的傷心，兒子娶親亦然；第一次覺得弘晈或許要徹底遠離我了。

深夜，園子裡都靜了下來，我披著件衣服四處行走，這一生太戲劇，心心念念進府，掙扎矛盾著出府，一直想過平常人的生活，卻嫁了最不平常的人，想全心全意地待每個孩子，到頭來忽視了佇在身邊最該關注的那個。

我猛地住了腳，遠處，弘暾與蘇蘭在深深地擁抱，臉上是劫後餘生難以置信的幸福表情。

雍正五年。

新進門的西林覺羅氏比弘晈大了兩歲，長得不美也不醜，說話不快也不慢，待人不鹹也不淡，不知道是對什麼都漠不關心，還是中庸到頂沒特色。

弘晈倒是一副很喜歡的樣子，提起她的時候眉毛微揚，眼睛明亮有光，在我面前迂迴說過她不少好話，也求我別為難她。允祥母親早逝，我沒有被婆婆刁難過，所以也沒有「媳婦熬成婆」後刁難媳婦的自覺，對這第一個進門的兒媳算是十分照顧，即使過程不是很如意。

弘晈還不到封爵建府的年紀，娶了親也一直與我們住在一起。他白天要唸書習騎射，他的媳婦自是跟著我的。

西林覺羅氏給我行禮，低眉順眼地站在我身邊，安靜到我幾欲忽視她的存在，我看了一下午的書，她木然站了一下午。

「妳叫什麼名字？」我實在忍不住問她。

「靜梭。」她答，一個多餘的字都沒有。

我扯嘴笑了笑。「跟妳的人很搭。」

她不驚不慌地笑，後又低下了頭。我扔下書，開始同她講話。「在家可唸過書？」

她搖頭，我細想了一下，她的叔父雖然是雲貴總督，可她的父親家世並不顯赫，這時代女子並不崇尚唸書，這倒也不奇怪。「妳喜歡些什麼？」

她又搖了搖頭。

我忍不住調侃。「那妳也不喜歡弘晈？」

她這才有些反應，臉唰地紅了，不自然地笑笑，並不言語。

杏兒在旁邊樂呵呵地插嘴。「您快別問了，少福晉要哭了呢。要真惹哭了少福晉，三阿哥肯定跟您急了。」

靜梭越發的臉上掛不住，我看她窘迫的樣子，笑咪咪地拉著她的手道：「從雲南到北京難免不適應，這府裡沒有愛刁難人的，甭害怕，咱們都是一家人。」她聽完我的話抬起了頭，這次臉上沒那麼拘謹，我驚訝地發現她笑起來的時候很美。

「妳真的不愛說話。」我笑言。「陪了我一天也累了，回去好生歇著吧。」

她輕輕「哎」了一聲就退了。

二月，春寒料峭，寒風吹在臉上還是有些疼，剛過完年沒一陣子，雪時有時無地下一場，不痛不癢。允祥難得在家，卻伏在案上拿著筆圈圈畫畫，我托著腮皺著眉百無聊賴地看他，他抬頭對上我痛苦的表情，笑著問：「妳既然不想在這兒就出去走走，明明是個待不住的性子，這麼安靜坐著多難受？」

我搖頭，趴在桌上提不起精神地懨懨答他。「都看了兩個時辰了，您也不嫌累。」

他乾脆不理我，專心翻他的書，我怕他太操勞，心裡想著該怎麼讓他歇息一陣子，抬頭看他認真的樣子就惡作劇的笑了。我伸著懶腰整個上身撲在案上，把他的書壓在自己手下。他訝然，偏頭無奈地笑了。

吃定了像他這樣的人是決計鬥不過無賴的，我貼在案上衝他淡淡笑著。「知道我想讓你變成什麼樣？」他眉毛上揚以示詢問，我正經道：「短胳膊、琵琶腿、劈得柴、挑得水、會做飯、能襲衣。」

他的臉上已經連表情都沒了，半晌都回不過神兒來。我看他被捉弄的樣子兀自樂了半天，他佯裝生氣地看著我笑完，問了句：「笑完了？」

我再笑。「差不多了。」

他也微笑，撫著我的頭髮道：「知道我想讓妳變成什麼樣兒？」

我知道肯定不是什麼好話，就道：「不想。」

他沒有理會，逕自說了下去。「粗眉毛、小眼睛、豁鼻子、大闊嘴……」我猛地坐正身子，不高興地狠狠瞪他，他笑著抽了書，在我眼前晃了晃。看著對方想起假設的場景，兩人忍不住不約而同地笑了。

張嚴進屋看我倆笑得高興，臉上不自覺地也掛了笑，把手上的拜帖恭敬呈給允祥，他大略看著的時候，我納悶地問他：「誰呀？」

他對上我的眼，神色複雜地笑。「故人。」

「我也認識？」

「不只，妳跟他交情匪淺。」

我好奇到極點，天天悶在院裡太是無聊，直起身子趿上鞋開始幫他換衣服，繫好扣之後拖著他的胳膊道：「快點兒。」

所謂「故人」，正坐在正屋的椅子上品著茶，身上的衣服剪裁合體、顏色雅致，修長的手指乾淨整潔。

「還是那樣講究呀。」我心想著嘆了口氣，允祥已經大步跨進了屋子。

范清平面帶微笑地起身，不卑不亢地給允祥行禮，對我只是點頭笑了一下。我問：「笑晏他們好嗎？」他道很好。

允祥似乎還有話要跟他說的樣子，我便退下了。

大約一個時辰後，允祥遣張嚴過來讓我送一下范先生。

同范清平一起走向偏門，他打量了我半天，道：「臉色好多了，妳還真是該待在他身邊。」呼出的氣微籠住他的臉，看不清表情，我略微不好意思地笑。「你找他什麼事兒？」他答得輕描淡寫，我想可能是政治上的事吧，看他不願回答便沒有再追問下去。「對了，浩靄跟笑晏到底怎樣了？」我急不可耐地問他。

他笑。「浩靄去年這時候參加了縣試，成了秀才，被送進了縣府官學，明年就能參加三年一度的鄉試了，范府熱鬧了好一陣子。」

我驚訝地停了步子，心裡想這麼小的孩子已經這樣有出息，追了幾步趕上他，高興地問道：「若浩靄能過了明年的鄉試，三年之後的會試豈不是能在京裡見著？」

他目視遠方，深沈道了句：「那已是雍正八年了，以後的事誰能料到呢，希望是吧。」

我笑道：「浩靄那孩子勤奮聰明，一定沒問題的。」後轉念一想又跟他開玩笑道：「范先生

這椿買賣做得實在好，押在浩靄身上絕對賠不了。」

他呵呵笑了。「說得不錯，我正想笑晏這幾年也大了，浩靄人品學識都沒得挑，與其再選別家，倒不如嫁了他。」

我咬著牙歪著腦袋看這個處處算計的人，他笑。「至於這樣咬牙切齒的？」

我瞪了他一眼，笑了笑。

說著說著轉眼就到了角門，他回過頭來看著我，我直覺他好似有話說，就坦蕩地看他的眼睛等他下文。可他並沒有說話，只是似笑非笑地注視我，我先是疑惑，後有些不知所措地躲閃了目光。

「珍重。」

「范先生也是。」

看著他越行越遠的背影，才想起許多要問他的話還都沒有問。現在住在哪兒？要在京城耽擱多久？身體如何？是否續娶了新夫人？如果是朋友間問這些問題也沒什麼大不了，可我潛意識裡是不想問的。

天陰沈沈的似乎又要落雪，走回去的路上我想，這樣堂而皇之地送范清平，允祥會生氣也說不定，即使是他下的命令讓我去，但在這個朝代裡已婚婦女同陌生男人單獨相處是件太避諱的事情。

回了書房，他背著手站在窗邊，像在沈思些什麼。我蹭過去，頭靠在他後背上，他問：「回來了？」

「嗯。」答完雙手環著他的腰。

他沒有回頭，淡淡地問道：「這是怎麼了？」

我吁了口氣，好像真的在生氣呢，笑道：「我來招供。」

他輕笑了一聲，聲音從背上傳到我耳朵裡。「曾殺人也不曾？」

「不曾。」

「曾放火不曾？」

「不曾。」

「那來招供什麼？」

「自從少年夫妻至如今，貪了您的財，得了您的包容，拐了您的信任，偷了……您的心。」

「那這公事該如何了結？」

「聽從夫便。」

他仰頭爽朗笑起來，笑聲醇厚，道：「且饒妳這一遭吧。」

我臉埋在他背上淚如雨下，可聲音又控制得很好。「允祥，謝謝你。」

我是個極度缺乏安全感的人，寂寞無助的時候總是想找個人依靠，允祥時時忙碌，大多數時候是不能滿足我這種需要的，所以我焦躁不安，越是在乎他越要堅定不移地離開他，越是需要他越要驕傲地揚著頭不認輸，只是因為我愛他。

外面張嚴報了一聲。「爺、福晉，庶福晉來了。」

我趕忙與他分開，道了句：「我去裡間待著吧，上次說了她，她見了我面上定掛不住。」

他點頭算作應允。

我前腳進了裡間，明慧後腳就進了書房，她秀麗的臉龐上掛著乖巧的笑，顯然是精心打扮過的，見了允祥還有些害羞的神色，低著頭小聲道：「爺，我遣廚房做了些可口的點心，特地拿過來給您嚐嚐。」

允祥輕「嗯」了一聲。「知道了，放在這兒吧。」

明慧看允祥的臉色，小心翼翼又問：「您不喜歡嗎？」

允祥道：「我素來不喜甜食。」

明慧黯了臉色。「對不起，我……我不曉得您喜歡些什麼。」

允祥對明慧嘆氣道：「妳不用道歉，也不用對我這樣上心，隨心所欲過妳的日子就好，短什麼少什麼就讓侍候妳的人去取。」

明慧瞪大了眼睛看他，委屈得淚水幾欲流出。「是不是我做錯了什麼，惹您生氣了？」

允祥平淡道：「沒有。」

明慧的淚水奪眶而出。「那您為什麼總待我這樣冷淡，不來我的院子，也不愛跟我說話？」

允祥沈默不語。

明慧雙手擋著臉抽噎著哭了起來，他的手落在她的頭上拍了兩下，憐惜道：「妳是個好姑娘，快別哭了。」說完便對窗外吩咐了一聲。「張嚴，讓侍候庶福晉的嬤嬤帶她回去好生歇著。」

張嚴「砰」了一聲，嬤嬤應聲而入。

明慧在馬上要走出屋子的時候，又回身一下子抱住了他。「爺，我都改，什麼都改還不行嗎？您不要對我這樣。」

嬤嬤趕緊低下頭，知道實情的張嚴卻看向我躲的地方，眼神惴惴不安。

「不關妳事兒，全是我的錯，所以妳什麼都不用改。」平靜的聲音裡沒有一點商量的餘地，明慧自己放了手，不再說話，垂著頭任嬤嬤扶了出去。

允祥閉眼頹坐在椅子裡，我步子滯頓地從屋裡走了出來。

「瞧您，進府沒幹別的了，盡惹女人傷心。」我嘖嘖作聲，說得故作輕鬆。

允祥站起身子，面色認真，聲音平定無波。「朝中有太多正事需要我操心，兒女情長向來是最無足輕重的一件。」說得很實在。確實，身為怡親王無暇陷在溫柔鄉裡纏綿。只聽他又道：「可再忙也有疲累的時候，那個時候只想回府，縱使妳不說話，看見妳我也覺得心裡安寧。這府裡的人我不可能誰都照顧得到，也沒有那樣大的精力和空閒，我只能保全我心裡最重要的那個，傷害到其他人也是沒有法子的事兒。」

當我最希望聽見的話從他嘴裡說出來的時候，很奇怪的，心裡沒了想像中波瀾的情緒。只看見他開了窗，有絲寒氣逃逸進來。「明慧若有喜歡的人，我可以作主許她再嫁。」

# 第十章　中秋團圓

轉眼就到了秋天，滿地黃葉堆積。

僕役們將各院落的葉全都聚了起來，在西邊院落裡找了間破舊的四合院點燃了它們，嫋嫋的煙徐徐升入天際直至看不見，空氣中瀰漫著樹葉燃燒後的味道。我忍不住就想起了那年在太原與浩靄母子相處時候的事兒，也是這樣的場景，物是人非事事休。

「我很小的時候，總愛騎在阿瑪的脖子上，那時最常聞見的就是樹葉燒焦的味道。」弘晈的媳婦目光看向遙遠的南方，臉上掛著恬淡的笑，難得說話的她吸引住我的目光，我長時間地注視她，靜梭就是這樣的女孩子，如同欣賞風景畫般每一次徜徉駐足時只要再耐心多看一秒就會發現她身上的閃閃光點。

她凝視了遠方好一陣子，我靜等她下文，她回過神來發現我還在注視，這次沒有躲閃，而是衷心對我笑了。「印象裡想起阿瑪就脫不了這個畫面。」

我聽完寬容地對她笑了笑。「是有這樣的時候。」

「額娘明白我在說什麼？」她很驚訝。「以前同我自家額娘說起時她甚至以為我是瘋子。」

她苦笑著說起這些，恍似早已習以為常，我想也許跟她母親感情不好吧，這樁親事裡她的母親是最不熱絡的一個。

「人的思想本來就有差異，妳不能要求所有人都能理解妳。」我勸解她。「可我還是奢望她能多關心我。」她回眸，衝我笑笑。「不過，也沒什麼必要了，我慶幸您明白。」

我突然察覺到，弘晈這樣喜歡她也許是覺得同病相憐吧？都是家中不受重視的孩子，有著複雜難以陳說的心事。

正想著的空檔上，弘晈來了我這兒，笑嘻嘻地說起出府在京裡遊玩的事兒，我突然說起下次可以帶靜梭一起出去玩，兩人都變了臉色，又驚又喜的，我道：「扮個男裝不惹事兒就行了。」弘晈蹭到我身邊坐下，開始幫我捏起肩膀來，我想笑卻又假裝板著臉道：「別在你媳婦面前裝孝順兒子，我還不知道你？」

他仍然不停手。「額娘說這話好不公道，兒子幾時不孝順您來著？」

我被他逗笑，連靜梭的嘴角都噙了笑。

當初不樂意的一門親事竟成了我與弘晈間的調和劑，我本以為因著這婚事他會更恨我，因此處處小心，幾乎是賠著笑臉怕再傷害他，陰錯陽差他卻喜歡，連帶著我們的關係也親密起來，世事幻如棋局，不曉得落的哪一顆棋子就能在無意中扭轉乾坤。

杏兒氣喘吁吁地跑進屋，連禮都沒來得及行，扯著我的胳膊就往外跑。「您快隨我看看二阿哥去。」

弘暾身子不好我也心裡有數，可這次看她臉色自己也著了慌。「怎麼了？」

鳥。

「您快隨我來。」杏兒聲音裡不自覺帶著恐慌，我彷彿預料到了什麼，心裡當真如驚弓之

弘晈跟靜梭面面相覷，也是吃了一驚。弘晈跑在我的身邊扶住了我，急急回頭吩咐靜梭道：「妳先回房，我陪額娘看看二哥去。」轉過頭來握著我的手道：「額娘，阿瑪不在家，不管出什麼事兒，最不能慌的就是您，家裡不是還有我嗎？」

我的淚一下子衝上眼眶，眼睛酸疼，曾幾何時我不懂事的二兒子就這樣長大成人了？

……

弘暾躺在床上，面色蒼白，呼吸微弱，看見我進屋連忙下床要給我行禮，我一把拉住他。「臉色怎麼這樣不好？」

他想說話卻連咳了幾聲，好不容易止住，又斷斷續續道：「兒子沒事，勞額娘掛心了。」

我看他的樣子心裡沒來由地犯堵，好好的孩子，卻每年都要纏綿病榻一陣子。太醫來了，見我也在床邊有些慌，杏兒還在張羅著置隔簾的事兒，我急道：「都什麼時候了，還講究這些虛禮？」

瞧完之後，開了方子，還是依往常的方法煎藥。

我親自把太醫送至門口，焦心地問他：「太醫，他的病是您從小看的，您千萬跟我講實話，他究竟到什麼分上了？」

太醫低頭恭敬道：「不瞞王妃，世子的病乃慢性病，無他，只需好生將養著，這次只是些微

著涼引得舊疾復發，老臣開些藥讓世子喝著，並無大礙。」

聽了他的話我才放了心。「有勞您了。」

他抱拳行禮就退下了。

我一屁股坐在門前的遊廊上，杏兒抓著我的手，聲音裡頗是歉意。「主子，這事兒全怪我，侍候二阿哥的小太監只說咳了血出來，嚇得我慌了神，害您也虛驚一場。」

我向她笑笑。「行了，幸好沒事，可嚇死我了，別讓爺知道，只說還是老毛病。」

「哎。」她笑著應了。

晚上允祥回府後去看了看弘暾，確定沒什麼大礙後才安了心。他看了看我，笑道：「怎麼跟霜打了的茄子似的這麼沒精神？上戰場了不成？」

我笑得有氣無力。「豈止，還吃了敗仗呢。」

他笑了笑就回了書房，走了沒兩步回頭來喊住了我，我也回身看他，他道：「妳今晚甭等我了，早睡吧，我事兒挺多的，直接在書房歇下，也不擾妳了。」

我點了點頭，「嗯」了一聲又按原路往前走了。

在自己屋裡歇了一會兒，終是不放心，便去弘暾那兒看了看，臉色比下午的時候好多了，手裡拿著本書正看得入神。我笑著拿了他的書。「好些了嗎？」

他微微笑了。「好多了。」

「有什麼想吃的？」

他看著旁邊的杏兒道了句：「想喝杏嬤嬤煮的百合粥，行嗎？」

杏兒一聽連聲笑道：「好好好，我就去。」說完忙不迭地去了廚房。

弘暾一向是善解人意的孩子，《本草綱目》裡載百合粥潤肺止咳、寧心安神、治痰中帶血，即使他不說，杏兒也會勞心費神地給他做，倒不如說一樣省得再操另外的心。

就如同小時候自己得了病父母總會滿足自己的一些小小願望一樣，我開口問弘暾想要什麼？他拉著我的手，像個孩子般期待。「我說什麼額娘就給什麼嗎？」

我歪著頭笑看著他，心裡早就猜著了，可還是要逗他親口說出來。「對，什麼要求都可以。」

「我想見她。」弘暾明亮的眼裡完全是對我依賴信任的表情，又夾帶著一絲欣喜的期待。「額娘，行嗎？」

我輕輕拍了下他的腦門。「行，我去同你阿瑪講。」

他臉上有了些潮紅的顏色，眸子在閃爍燭光的映襯下越發亮得耀眼。

……

書房的燈還亮著，燭火一照拉長了他的身影，映在窗上格外顯眼。

張嚴驚訝著剛要通報，我抬手止住了他，自己開了門進去。進去之後卻意外看見弘昑也在，父子兩人氣氛很好地交談，即便不喜歡素慎，允祥也絕不會捨下弘昑，畢竟父子間的血緣關係是

割也割不斷的。

我進也不是退也不是，看他們臉上泛著的笑意，一時間真覺得自己有些多餘。正在我進退兩難的時候，弘昑先發現了我，行完禮後便對他父親道：「兒子告退了。」

允祥點頭應允，弘昑經過我身邊的時候瞥了我一眼，嘴上不無嘲諷地笑了笑，竟跟素慎的表情像一個模子裡刻出來似的，我反應過度，伸手扯住他的胳膊。「你似乎有什麼話要對我說？」

他轉過臉來表情無辜。「我沒有話要對您說。」

允祥站起身子不明所以地看著我倆。

「那你解釋一下你的表情是什麼意思？」

他還笑。「什麼表情？我看不見。」

「這是你對長輩說話的態度嗎？」

「長輩也不會跟個孩子斤斤計較。」

我被他說得很是無奈，鬥嘴向來不是我的強項，最後只能笑了。「你對我有什麼意見盡可以說出來，如果你說得對，我會接受。」

「不敢，您是福晉，我只是我額娘的兒子。」

「沒有人會因為身分看不起你，能被身分束縛住的只是自己而已。」

可能我的話戳到了他的疼處，弘昑的臉變了顏色，話語依舊僵硬，直勾勾地盯著我道：「我從來不會因為這等小事為難自己。」

我微傾身子問他：「那你會為了什麼事兒為難自己？」

「我額娘被人欺負。」他緊盯著我，嘴巴抿成了倔強的弧線。

「希望那個人不是我。」我坦蕩蕩地注視他。

他又笑得跟剛才一樣。「但願吧。」

「您還有事嗎？」他問，明顯地想回去的表情。

我道：「沒事了。」

他抬起眼來再跟允祥行禮。「阿瑪，兒子告退。」

看他的背影消失在門口，我轉過臉去目光集中在允祥臉上，他好似不知道該說些什麼，只是呆呆站著不作聲，旋即無法克制自己情緒般前仰後合地笑了起來，一邊笑一邊上氣不接下氣地說：「上次同素慎吵架，這孩子跟妳記仇了呢。」

我皺著眉頭等他笑完，故意板著臉作嚴肅樣。

他聲音裡仍是止不住的笑意。「從沒見過這樣吵架的，你一句我一句，問的答的都不含糊，倒像逗趣兒似的。」

我不耐地朝他擺了擺手。「真是丟臉丟到姥姥家，被個孩子堵得一點脾氣也沒有。」說著氣呼呼地走到他身邊自己倒了杯茶喝。

他看著我忍俊不禁，好脾氣地接了我的杯子，問了句：「還要嗎？」

我搖了搖頭。

這才記起弘暾的正經事，便把自己的意思同他大略講了一下，他琢磨了一會兒道：「中秋吧，按往年的規矩，和惠、弘曉都要接回府，到時蘇蘭定會跟著的。」我看他這個樣子就知道他已經在想怎樣掩人口實等諸多具體善後問題了，便放心地準備走人了。

「青兒……」他喊住我即將離去的步子。

我回頭納悶地看他，他半晌才出聲，笑得自嘲。「沒事兒，妳回吧。」

「哦。」我應了便出了門，在門外走沒兩步後知後覺地吃吃笑起來，轉身又回了書房。

進屋看見他的目光還盯著我走的方向，看我去而復返亦驚亦喜的，表情一時間有些複雜。我走到他身邊抓著他椅上的扶手，躬身嘲笑他。「想讓我多陪你一會兒就直接說出來，這麼簡單的一句話有什麼不好意思的？」

他坐正了身子吻住我的唇，手上一使勁便把我攬入了懷中，我的手下意識地環上了他的脖子……

今年的中秋過得很熱鬧，人齊心情也好，總覺得月亮都格外的圓。允祥去了皇宮，這種節日宮裡合該有晚宴的。

晚上我率家中大大小小的女人們拜完月後，家宴也早早結束了。大家圍坐在園子裡賞月，和惠拿著塊月餅唧唧咕咕地在蘇蘭耳邊說著什麼，蘇蘭大窘，淡淡的臉上如同開出了殷紅的花朵。靜梭站在邊上布菜，孝敬婆母、照顧小姑都讓人挑不出半點毛病，儼然有了當家主母的模樣，以後建了府我也能放下心。

幾個人說笑了一會兒，靜梭便在大家的哄笑聲中被弘晈叫去夫妻團圓了。我看著蘇蘭道：「去看看暾兒吧，他一直盼著妳來。」

她雖害羞，可還是欣喜地在杏兒的陪同下去了，只剩下我與和惠兩個。她靜靜偎著我，溫柔得像隻安靜的小貓。「以前不喜歡姊姊，因為她是家裡最得寵的女兒，她可以跟阿瑪沒大沒小地撒嬌，可以天天黏著額娘，我卻永遠是害羞不招疼的小女兒，那時候天天盼著她嫁出去。」

我面帶微笑地聽她講述她對暖暖的小心思，她抱緊我的胳膊道：「姊姊嫁了人我卻進了宮，在宮裡想的最多的不是阿瑪跟您，而是姊姊。習慣了跟她住在一起，一下子分開心裡竟難受起來，得知姊姊去世了，我大哭了好幾場呢。」我一直笑著靜靜聽她的敘述，她接著說：「咱們在府裡高高興興地過節，依姊姊的性子定要吵鬧起來，我都想得到她生氣的樣子。」她格格笑著說，許久都沒有下文，低頭卻看見她悄悄擦了淚，旋即又有新的淚落下來。

我溺愛地摟過她的身子，手一直拍著她的背，她的情緒起伏很大，直至啜泣顫抖的肩變得平穩，語言失去了意義，允祥說得對，人與人之間並不一定通過語言就能理解對方，可諷刺的是，兩人若想相知，通過語言交流卻是第一步。

對暖暖的思念，和惠已經替我流完了所有的淚水。

我一個人靠在湖中的石舫上，手裡拿著石子不停地投向湖面的遠處，竄巡的風停了又吹，湖面上的月圓了又虧，生命中的人來了又退，我的日子就是這樣天亮又天黑，好在還有人同我一起承受雨打風吹。

我將最後一顆石子投進湖裡，撣撣衣服腳步堅定地往前走去，允祥也該回來了吧？

雍正六年。

自雍正元年至今，西北、西藏一直有戰事。五年時候的西藏內亂在六年初終於平定，而策反人卻逃去了準噶爾，雍正索人不果，大怒，斥責：「準噶爾、西藏二處實為國家隱憂，滅取準噶爾、安定西藏，不得已必應舉行也。」言下已有對準噶爾蒙古部用兵之意。

允祥是個善於用兵的，出謀劃策少不了他，過了沒幾日便知道他在雍正面前力薦西北用兵的糧草全交由皇商范家來置辦。我恍然大悟，范清平那樣的人若不是為了生意，又怎會邁進怡王府的大門呢？

因為這樣的關係，他來王府與允祥商討事情的次數多了起來，雖然從沒有跟允祥特意提起過我與范清平的過往，但因為他之前說過的那些話，心裡覺得能避就避，好在我並不需要跟他見面，唯一的交集竟成了書房。

有一次在去書房的路上偶然遇見了，兩人在院子裡乾站了一會兒進退兩難，終於還是等到允祥來的時候才緩解了這種尷尬的狀況。

范清平卻很優雅地開起了玩笑。「怡王妃真是眼睛長在頭頂上，昔日的故人相見竟完全不顧交情，好似不認識。」

我也回嘴。「像范先生這樣的人還是不認識得好，指不定哪天被算計了還蒙在鼓裡呢。」

他對允祥笑。「王妃真是伶牙俐齒。」

不等允祥說話，我忙道：「別在我們家爺面前說我不是。」

他笑，允祥也笑，也僅止於此罷了。我有幾次去書房都意外發現他在，乾說兩句便借故走了，允祥不在，似乎同他也沒什麼話說。久了，便也不常往書房去了。

這種情況持續到六月，諸事完畢他回了山西，走時很匆忙，竟連一面也沒見上。

弘暾的身子也漸漸好了起來，臉上是以往根本見不到的神采，愛情的力量著實偉大。因為蘇蘭是從怡王府出去的，再加上上次指婚事件，雍正似乎也明白了這層關係，通情達理地為他們指了婚，完婚倒要推到年底了。

杏兒從雍正指了婚便開始張羅婚事，總說家裡前幾位阿哥格格婚事都不甚如意，難得這次這樣順心，定要看世子高枕無憂地成家立業。我也受了她的感染，喜孜孜地同她一起謀劃。

七月，素慎的貼身丫鬟急匆匆地過來找我，說事態嚴重，讓我一定得去看看。我在路上大體問了下事情的始末，心裡想了半天覺得自己實在無法插手管這件事，可看她為難著急的樣子又不能不去。

剛進院子便聽見清脆的瓷器碎裂聲，緊接著是素慎冷嘲熱諷的辱罵，她說一句弘昤接一句「罵得好」、「說得對」，要麼就是「聽您一席話，勝讀十年書」。聽著的人都有些哭笑不得，

素慎怎能忍受得了？果然聽見她不受控制的大喊以及藤條抽在身上的聲音，自始至終弘昑一句討饒的話都沒有。

「我為什麼要生下你自取其辱？當初真該把你掐死算了。」

「額娘以為兒子想活在這世上嗎？一不如意動輒打罵，現如今不用您動手，兒子自己來。」

我急忙衝進屋去，卻跟跑出來的弘昑撞了個滿懷，小丫頭連忙扶住站立不穩的我，匆忙中卻看見他臉上的傷痕和眼裡屈辱的淚水，我被震懾得說不出話來。反應過來的時候，弘昑早已衝出了院子。

「快攔住他。」

院裡侍候的小廝們聽我的命令拔腿便往外跑，尾隨而來的弘暾看見這景象早緊跟著弘昑追了出去。

小丫頭掀了簾子，我進屋先被一陣熱浪沖昏了頭，茶水茶葉全潑在地上，花瓶古董碎了一地，素慎坐在椅上一動也不動，有塊碎瓷和著血停在肉裡，而地上已經流了一灘。我看著她的模樣心裡竟有些鈍鈍的疼，無奈道了句：「去請太醫過來。」

小丫頭應聲去了，我看著她道：「妳何必傷他又傷己？」

她冷淡道：「不用貓哭耗子假慈悲。」

我冷笑。「我就知道妳要說這句話，我沒興趣知道你們為什麼吵架，自己兒子什麼性子妳最清楚，不想他死就改改妳的脾氣，低一下頭又死不了。」

她又恢復了以往的犀利。「死了也是活該，我能生下他就能讓他死。」

我厭惡又不耐地看了她一眼。「那就等他死了再說這樣若無其事的話。」

吩咐她的貼身丫鬟照顧好她，我便出了屋子。

抬手擦掉額頭上的汗，我扯著領子呼了口氣，這樣惡劣讓人怎能對她好得起來？轉念想起那晚同我針鋒相對、警告我不准欺負他額娘的弘昑，如此深厚的母子情分為什麼偏要彼此傷害？

弘暾回來的時候濕淋淋的嚇了我一跳。「這是怎麼了？」

「四弟跳湖，差點淹死。」

聽完氣得我雙手並用打在他身上。「你是能下水的身子嗎？」

他挨了我幾下，有些抱歉道：「額娘，我下次不敢了，真不敢了。」

杏兒忙吩咐小丫頭道：「去請王太醫來，快點。」

杏兒看著悶頭坐著氣得眼淚都要掉出來的我，又看了看立在一旁急得手足無措不知道該怎麼讓我解氣的弘暾，一把扯了弘暾就去了裡間。「走，先跟杏嬤嬤換衣服去。」

我一聽也反應過來，起身著急地看著他，弘暾回頭喊我。「額娘，我換完衣服回來給您賠不是，您等著，先別跟兒子生氣。」

我又喜又氣地重坐回到凳子上，右眼皮卻跳得厲害。

……

家裡三個病人，太醫忙忙碌碌，怡親王府好不熱鬧。我仔細盯著太醫臉上每一個細微的表情，害怕錯過任一個，他一皺眉我就覺得心跳停了一整拍，終於，他診斷完了。「大幸，世子並無大礙。」我這才放下心來，將他囑咐的話一一記在心裡。

送走了太醫，我板著臉進了屋，弘暾正跟杏兒說說笑笑，我一直斜睨著他眼睛眨也沒眨，弘暾察覺後樂呵呵地望著我，從床上下來挽著我的手讓我在椅上坐下，自己恭敬站好，倒好茶水，屈膝端正跪在地上。「額娘，兒子不孝，且饒了我這次吧。」

杏兒一個撐不住先笑了，我笑著接了茶趕緊扶他起來，驀然清晰地意識到他是真的長大了，竟比我高了一頭還不止，嘴裡還不忘警告他道：「再沒下次了。」

……

一語成讖。

弘昑溺水，也不知道是個什麼情況，我想當娘的心情都一樣，尤其是他們娘倆這麼些年來的相依為命，素慎最是焦心難受。第二天丫頭們來報，四阿哥已經無大礙了，我才稍稍放下心。

還沒安心上兩、三天，弘暾竟病到連床也下不來的地步，太醫的神色有些凝重，我的心便也沈下去，沈下去……

「世子打出娘胎身子便弱，很容易就會患上病，先時肺體受損、肺因耗傷、肺失滋潤，發病後積年累月，久病不癒，乃至正氣虛弱、氣血不足、陰精耗損。久延，則傳遍於其他臟腑，而今，已是肺脾腎三臟虛虧，老臣怕是……回天乏術啊，王妃還是……」

太醫的話不算艱澀難懂，說得清楚明白，可我怎麼也反應不過來，他通篇想要告訴我的是——弘暾要死了？那怎麼可能？前幾天還說他並無大礙，怎麼今天又說這樣嚴重的話？

弘暾已經累得睡著了，我坐在床前直勾勾地看著他，他面色蒼白，從小時候起一直蒼白，因為肺脾兩虛。他身子瘦弱，從小時候起一直瘦弱，因為陰陽不調。他連睡覺都皺著眉頭，從小時候起一直皺著，因為身上總是疼痛。明明面色蒼白，顴骨卻經常泛著不正常的紅，明明大熱的天，他卻怕風畏冷。看慣了他長久的不健康，做慣了多年來花盡心思維持著他脆弱生命的事，於是便也習慣了自欺欺人，說他並無大礙。

我握著他的手，看，連手上的溫度都不正常，涼得像冰。眼裡的淚湧上來好幾次，都被我硬生生逼了回去。我就一直坐在他的身邊，握著他的手陪他說話。

晚上，允祥回府帶了個大夫，對我說：「是新羅國的大夫，我請他來瞧瞧暾兒。」

他臉上很是焦急，帶著大夫便去了。弘暾是他失勢時親自教導、從小看到大的孩子，又是嫡長子，在他心裡的地位非比尋常，是其他兒子所無法比擬的。我連忙跟在身後，希望的火苗又一下子點燃。

……

「再多吃點吧。」我端著飯餵他。

他有些不好意思。「額娘不用這樣，兒子自己來。」

終是沒拗過我，又吃了幾口才放下，我看他的樣子心裡絞著疼，臉上還勉強笑著扶他躺下歇著。出了他的房門，我斜倚在牆上，眼淚不聽使喚地掉下來，形容枯槁，難道真是到了燈枯油盡的時候了嗎？

允祥送完大夫向這邊走過來，我連忙擦了淚迎上去，急忙問道：「大夫怎麼說？」

他搖了搖頭，沈重道：「多跟他待一會兒子吧。」手滯重地落在我肩膀上，拍了幾下。「大夫給了棵人參，妳吩咐廚房摻在藥裡給暾兒喝了。」他說完徑直往前走了。「我去瞧瞧他。」

這是判了死刑了？抬頭看天，殘陽如血，映得半邊天都血淋淋得刺眼，我只覺得眼前一片漆黑眩暈，踉蹌了幾步，閉眼站了會兒等到恢復正常，便照他的吩咐去了廚房。

手裡拿著扇子一邊搧火一邊盯著爐膛中的火苗出神，黑絳的中藥散著濃重的味道，我的心思完全不在灶上，小丫頭進廚房乍看見我吃了一驚，驚惶地喊了句：「福晉……」

我被她拉回心神，藥吊子已經沸了，我連忙拿蓋，卻不小心燙了手，蓋落在地上悶聲響了，我抓了塊布子墊在把上，這才把藥傾倒進碗裡。

心神恍惚地親自把藥端進房裡，允祥坐在床邊凝視著他，眼裡已見血絲，我小聲問他：「睡著了？」

他拿手擋在嘴邊做了個噤聲的動作，拉著我出了裡間。「好不容易睡著，等醒了再讓他喝吧。」

我點了點頭，把托盤放在桌上，他眼尖看見我手上的傷，嘆了口氣問：「藥是自己煎的？」

我笑笑並沒說話，挨著他坐了下來，兩人默默坐了將近一宿，時不時地有弘暾微弱的咳嗽聲傳進耳朵裡。

大約凌晨四點的時候允祥瞇了一會兒，睡了沒多久便要去上朝了，我服侍著他穿衣服，他突然開口。「妳……妳開始著手準備料理弘暾的身後事兒吧。」

他的話讓我的眼圈一下紅了，強撐許久的眼淚順著臉頰掉了出來，我用手抹了抹，吸了吸鼻子答道：「哎。」

最後看他把朝冠戴了上去，囑咐我道：「今兒上完早朝我就回來，藥遣丫頭們去煎。」

我聞言又點了下頭。「嗯。」

張嚴隨侍在右邊，扶著他出了門。

早上的空氣實在好，盛夏炎炎，知了已經開始鳴叫了，我對身邊的小丫頭道：「陪我去把藥熱一下，二阿哥也該醒了。」

她趕忙應了，杏兒阻了我道：「還是我去吧，爺說不讓您去，您就在屋裡待著吧。」

我沒有理她，又往前走了幾步，杏兒一把扯住了我。「主子您怎麼……」

我轉過臉來看見她瞳仁裡我盈滿淚的樣子。「不去煎藥就得準備我兒子的壽衣，妳說，我該怎麼辦？這個不孝的小子，這麼年輕，卻要讓他額娘給他準備壽衣？」

杏兒鬆了手，抱著我嗚嗚哭了起來。

……

我端著藥掀簾子進了屋，弘暾已經醒了，我忙止住了他掙扎著試圖要給我行禮的身子，微微笑著跟他開玩笑道：「今兒臉色比昨兒好多了，你想嚇死額娘嗎？」

他嘴唇乾得裂了，像個孩子般說：「額娘，我想喝水。」

我拿著清水餵他喝了幾口，笑著輕輕打了下他的額頭。「你小時從不跟我撒嬌，怎麼大了倒好起這口了呢？」

他也笑了。「我怕以後再沒機會了，再不做豈不成了人生憾事？」

我強壓下自己的情緒，拿起藥來頗是抱怨地餵他。「說什麼傻話？你從小就不招人疼，不會甜言蜜語也就罷了，實話說起來卻是一點不含糊，難怪你大哥說你是老學究。」他呵呵笑了起來，我憐惜地看著他。「即便這樣，暾兒也是最能替我分憂的一個，是這家裡最省心的孩子。」

我的腦子裡好像有個時鐘，滴滴答答地走個不停，分針秒針快速移動，從來沒像現在這樣嫌惡起時間的流逝，我多想讓它停在這一瞬。

弘暾越來越衰竭的生命跡象時時撥動著我繃緊的神經，周圍的一切草木皆兵，允祥很守信，下了早朝就回家，連朝服都沒換，腳不沾塵地去看他的嫡長子。

「你皇伯伯准蘇蘭來看看你，不一會兒你就能見到她。」

弘暾感激地點了點頭。

允祥又道：「你還有什麼未完的心願，阿瑪盡力幫你達成。」

弘暾的喉結動了一下，每一句話每一個字都說得艱難。「我最想的……阿瑪也束手無策……我……想好起來……同她成親。」

一句話說得我與允祥都淚眼婆娑起來。

蘇蘭是傍晚那會兒到的，雍正可能是覺得人多反而添亂，只准她一人來王府，眼腫得像核桃，只是不停地哭，看見弘暾的時候才好些，我與允祥幫他們掩上門就出去了。

路上我看見他憔悴的神色和眼裡越來越多的血絲，心疼道：「這幾天您一直勞碌，去歇會兒吧。」

「睡不著啊。」他背著手仰頭長嘆了口氣，兩人一前一後地沈默著。

夜，沒有邊際的黑，壓抑沈悶。

我握著弘暾的手，這已經是他病重的第四天，微薄的呼吸如同黑暗中的那一盞燈火，脆弱得不知何時就會熄滅。

家裡的人臉上都帶了疲累，丫頭們昏昏欲睡，府中氣壓很低，壓得人喘不上氣來。

我偏頭看弘暾，臉頰完全深陷，黑眼圈很是嚴重，心疼地摸了摸他的臉，他卻睜開眼睛，聲音荏弱無力，氣若游絲。「額娘去睡一會兒，天天陪在我身邊不合眼，會累垮的。」

我輕聲道：「我怕你一睜眼看不見我，心裡著急。」

「我若死了，就不能替阿瑪跟您養老，也沒有一兒半女留下，是不是很不孝？」他動了動乾裂的嘴唇。

「在替我們養老前，先要過好自己的人生。我同你阿瑪都不在乎的，你不用放心上。」

我安慰的話語讓他滿足地笑了。他閉了會兒眼睛，又睜開，道：「額娘，其實對我來講，死了才是解脫。」我怔怔看他，他費力地再往下說：「我打記事兒起就天天躺在床上，看見的就是帳頂的一方天地，不能同家裡其他的兄弟們一起跟著安達學習騎射，也不能騎馬出城遊玩，我心裡特別委屈，為什麼要得病？為什麼得天天喝藥？為了不讓您強裝笑臉哄我餵我，我每次都乖乖喝了，生起氣來惱到不行的時候就賭氣把藥潑了，可不一會兒身上就開始疼，我只能躲在被子裡偷偷掉眼淚兒。」

他冰涼的手指摸索上我的臉。「額娘別哭，阿瑪來了。」

我回頭看見允祥，不知道什麼時候他就站在了身後。

弘暾道：「我是成不了讓阿瑪驕傲的兒子了，枉費了您這許多年來的教導。」

允祥在我身邊坐下。「你一直都是，是我最優秀的兒子，也是頂天立地的好男兒。」他的聲音平靜又有力度，本身就很有說服力。

弘暾的淚乾澀地掉了出來，一開鬧彷彿委屈也不受控制。「額娘，我年底就要大婚了，為什麼偏偏在這種時候出岔子？我從小就被教導不能任性，所以從沒有特別想要的東西，見了她才曉得想要，盼了兩年好不容易才等到……」他握著我的手有些緊。「我若死了，叫她一個人活在這世上可怎麼辦？」

我儘量溫言軟語地安撫著他激動的情緒，最後只能把他的頭抱在懷裡，待他心情平復一點，允祥聲音喑啞道：「我會再替她另選一門好親事，她還沒有過門，不會委屈她的。」

弘暾顯然是放了心，面上靜如死水，躺在我懷裡的身子也漸漸僵硬起來，他不放心地叮囑我。「額娘……我若死了……您別傷心太久……」

我單手捂著臉，眼淚不聽使喚地滾落，突然想起自己十幾歲時還沒有學會游泳在海裡溺水的情況，就這樣一點一點被無邊的涼水吞噬著。

「額娘……我……不想死，可是……我真累，心也疼……誰能……救救我就好了。」弘暾的手漸漸涼下去，直至一點溫度都沒有，最後一絲微弱的光也熄掉了。

滿屋全是痛哭聲，太監小廝丫頭嬤嬤們站了一屋，連太醫的臉上都是老淚縱橫，他們道：「王爺王妃節哀。」

我的兒子走完了他十九歲的年輕生命。如果我鬆開握著他的手，是不是代表我與他僅存的這最後一點聯繫也將消失無蹤了？杏兒將我拉起來，掰開我與弘暾交握的雙手，幾個年老的嬤嬤趁著身子還未完全僵硬，便開始給他穿壽衣。

「主子，別再憋著了，上次格格去了您就這麼個樣兒，這次還這樣，難道您也不想活了嗎？」杏兒哭得傷心，彷彿是賭氣般地使勁搖晃著我，愣是想把我的淚也晃了下來，她期望得到的回應我終究是給不了她。

允祥將我拉到他身邊，他深深盯著我，一巴掌打在我臉上，手上的勁恰到好處，淚唰地衝

下了眼眶，他嘶啞著嗓子道：「青兒，難道妳想讓我一天之間既承受喪子之痛又承受喪妻之痛嗎？」

我蹲在地上放聲大哭，都是狠心的孩子，一個個走得義無反顧，他們死了是解脫了，可是讓繼續活著的我可怎麼辦？死了倒並不可怕，可怕的是活著。

……

雍正下了聖旨，弘暾按貝勒禮葬，家中的祠堂裡又擺上了新的靈位，弘晛終於不再是孤單單一個人。

十二月，原本定下的好日子，成了永遠都不會兌現的空頭支票。給弘暾佈置的喜房由大紅變成了素白，紅白喜事連番上演。蘇蘭是個認死理的姑娘，允祥態度堅決，不讓她進府，以免誤了好好一個姑娘的終身大事，可她卻一身痲衣跪在十二月的寒冬裡，對別人的指點不管不顧，最後還是由雍正作主，讓她進府來陪伴我。

我看著憔悴不堪的她的臉，慘白著沒了往日的圓潤，身子也瘦得沒了人形，她呆呆地注視著房中的一切，看著一件東西要注視很久，目光再轉向另一件上。

我心疼道：「暾兒的苦心妳怎麼忍心悖逆了呢？」她只是掉眼淚，舊的掉完了，新的又重新湧淌出來，我拿著帕子給她擦著眼淚。

她泣涕漣漣，張大口才能讓呼吸更加順暢一點，終於忍不住撲倒在我懷裡。我輕輕拍著她的背道：「這麼做又是何苦呢？」

她嗚咽道：「我愛他。」

……

雍正七年。

初春，弘昤站在我院子的門口，臉上斜掛著笑，他先開口問：「二哥去了，您是不是恨透我了？」

「說不恨你那是假的，我幾乎要咬碎自己的牙。」

他笑得毫不在乎。「我早想好了要一命抵一命的，您大不必這樣難過。」

我不屑地嗤笑道：「你死了他就能回來了？難過也已經難過過了，你好好活著吧，你若死了，你母親鬧起來，這府裡誰也不好過。」說完轉身便走。

「您到底打哪兒來的？」

我不驚訝反而想笑，小小孩子居然懷疑起我的身分。「從來處來。」

他又執拗地跑到我身邊。「從來不會有大人跟一個小孩子鬥嘴，我處處頂撞您，而您好似不生氣，還會認真回答我的話。」

我盯著他的眼睛道：「再小的孩子也有自由表達自己不滿的權利，所以我尊重你。」

也不管他聽不聽得懂，我快速走了。多看他一秒都覺得心力交瘁，對弘暾的死我仍舊耿耿於懷，如果不去救他，也許就不會死，也許就能大婚……

已經發生的事情，再計較這些，弘暾就能活回來了？以此之矛攻彼之盾，何必？

……

我將家裡的帳目交代給靜梭，她指出了幾處錯誤，擔心地看著我問：「二哥剛去，額娘就不要這樣操勞了吧？」

我盯了會兒帳目，抬眼對她笑笑。「不操勞就忘不掉。」

她臉上的表情十分認真。「為什麼要忘掉？二哥在額娘心裡怕是一輩子都忘不掉了。」

我不置可否，這麼簡單的道理。「可不是，但在心上結痂之前我還是得避著點兒。」

她緊緊握著我的手，臉上的表情是堅定而又充滿希望的，這一個表情讓我感動了許久，看見他們難免想起年少的時光。

……

二月初一這天特別冷，上燈不一會兒我便擁著被躺下了，天寒正適合早睡，前兒管園子的李婆子與廚房的王嬤嬤因為點小事鬧得不可開交，教訓了一通消停了幾天，今兒故態復萌；從小把弘晈看大的嬤嬤又因為短了俸銀哭叫了一番，聲聲嚷著好不容易將小爺兒養大，沒有功勞也有苦勞，老了還要受這種氣？西邊院裡側福晉家的親姪添了孩子，照例要隨錢；明慧太善，總是被房裡的人欺負，那天放在奩中的首飾就不見了，侍候她的人讓我給個公道……

我恨恨想，都是夥戰爭販子，一天也不讓人清靜，這幾十年我究竟是怎麼過來的？腦子裡卻開始想處理的法子。

隱隱約約聽見喊誰誰跳湖了的聲音，我也沒怎麼在意，漸漸地聲音越來越清晰，跑的人上氣不接下氣。「跳湖了……阿哥跳湖死了……」

我問睡在外間的杏兒。「他們這是說誰呢？」

她披衣起身，走到床邊幫我把帳子掛了起來。「誰知道呢？」又一聲傳了過來，這下聽得清楚。「四阿哥跳湖了……四……」

杏兒驚了一跳，看向我的臉上全是不確定。「主子，他說四……四阿哥？」

四阿哥？弘昑？跳湖死了？

「我早想好了要一命抵一命的……」他說的這句話驀地清晰地在我腦海裡浮現，這笑話一點都不好笑，我趕忙跳下了床。「快問問怎麼回事兒？」她「哎」了一聲就出去了。

我在杏兒的陪同下走過夾道，穿西角門，進西院，過抄手遊廊，漸漸看見隱在黑暗夜色下素慎住的四合院。

弘昑跳湖，天太冷沒人在意那邊，撈上來的時候已經沒了氣兒，身子冰涼。那天他來找我，我竟沒有發現他的異常，只當他是說孩子氣的話，誰想竟真的尋短見？我想好若素慎過來跟我大吼大叫，歇斯底里地吵鬧，我會任她說個痛快，誰想等了半晌，一點動靜都沒有。若她來找我我還能放心，可她愈安靜，事態就愈嚴重。

還沒走到門口，就看見黑壓壓的一幫人堆在門口，看我來了自動讓出路來，她的貼身大丫頭站在門外急得跳腳。「我家主子將自己跟四阿哥關在裡面，任奴才們怎麼敲也不開門。」

我盯著緊閉的院門，心裡一股不祥的預感浮上來，急忙吩咐道：「趕緊想法子把院門撞開。」

小廝們手忙腳亂地照我的話做了。

空檔裡我問：「去請爺了嗎？」

她擦著眼淚道：「主子不讓。」

「怎麼就這麼糊塗？」氣得我拉住一個小廝。「去交輝園把爺請回來，趕緊著。」

他應了便往門外疾馳而去。

度日如年地又過了一會兒，門訇然響了，院子裡死一般寂靜，我把眾人都關在了門外，只帶著杏兒打著燈籠走進去。

進了上屋，湖底淤泥刺鼻的味道無預料地闖進鼻腔，黑漆漆一片什麼也看不見。我再往裡間走去，床上平躺著兩個人，是素慎與弘昑，素慎的一隻手放在她兒子的臉上，一隻手摟著他的胳膊，我一時有些懵，趕緊跑過去。

「誰讓妳進來的？」素慎驀地發話，讓我生生打了個冷顫，還好她還活著。

她從床上爬了起來，笑著走到我身邊，燈籠淡淡的光影照在她慘白的臉上，披散著頭髮的她像個女鬼一般。

「福晉，我兒子也死了呢。」她在我面前站定，嘻嘻笑了。「咱們都成了傷心人，不如一起死吧？」語調輕柔，倒像是在溫和地同我商量一個不錯的主意。

杏兒驚恐地將我拉離了她。「您在說什麼呢？」

素慎伸手將杏兒擋開，看著我笑，慢慢舉起雙手放在我脖子上。「掐死妳，我一定不曾苟活在這世上，咱們一起死吧？啊？」她再問，帶了懇求的意味。

杏兒點亮了屋裡的燈，回過身來看見她的動作駭在當場，只剩嘴裡喃喃道：「瘋子，妳瘋了……」

「杏兒，把門外的嬤嬤們叫進來，先給四阿哥料理後事。」看素慎的樣子指不定會做出什麼事來，不能讓杏兒也跟著我把命賠在裡頭。

她好似察覺到了什麼非要拉著我一起出去才放心，我拉了拉她的手，給她個放心的表情才把她送走。

看杏兒走了，素慎道：「妳把她支走，是不是已經準備好要跟我一起死了？」

我挌開了素慎的手。「我還不能死。」

她輕輕笑了。「為什麼呢？他一次又一次傷害妳，害妳死了這麼多孩子，妳若不嫁他，所有悲劇都不會發生，所以他才是罪魁禍首，他害死了咱們的兒子。」

我看著她亟待得到肯定答案的樣子。「不是他，是我。」

素慎睜大了眼睛，長長的睫毛忽閃忽閃地顫動，不相信地又回頭看了看躺在床上的弘昑。

「妳為什麼要害死他呀？」她像個天真的孩子，問得很是甜稚。

我便把弘昑找我時說的話告訴了她。

素慎笑得開心。「這樣究根揭底的，那我豈不是成了害死他的凶手？是我打了他，他已經跳了一次湖不是嗎？」她的表情有些哭笑不得。「原來是我害死他的呀。」臉上沒有痛苦的表情，可淚水卻順著眼不停地流淌。

我把她扶著坐進椅子，她卻把屋裡的燭檯扔在門框上，屋子全是木頭建造的，遇火便著了，我連忙扯著她往屋外跑，她卻掙脫了我的手。

「我要跟我兒子在一起！」拉扯了好長時間，直至煙嗆得兩人喘不上氣來，我扯著她蹲在地上用自己的帕子捂著鼻子讓她照著做，準備往門口方向跑，她猛地拉我，毫無準備的我後腦勺著了地，臨閉上眼前她靜靜地道：「我死妳也得死，妳不死我也不死。」

# 第十一章　決心留下

很長很長的時間裡，我可以清晰地感受到自己心臟怦怦跳動的聲音，滾滾濃煙順著暗紅的火光往上衝，恍若吸血鬼大口大口地吐著氣兒。阿瑪、額娘、弘昍、暖暖的臉在我腦中一遍遍地閃現，我不得已合上了遲滯的雙眼。

還是那個聲音，他又來了，問的仍然是同一個問題。「妳想通了嗎？回現代去吧？」

這一次我想也沒有想，堅定地告訴他。「我若能活著，便不願再回去了。我還有許多想做的事，陪他一起看著我們最小的兒子長大成人，跟他一起在府中含飴弄孫，與他一起把剩下的路走完。」

我說完他便笑了。「看來妳確實屬於這時代，有著無法改變的烙印。」

「什麼意思？」

「妳之前待的那個時空並不屬於妳，也是因為時空互換，妳才去了那裡活了二十年。如今妳接受了那兒的教育再回來，卻也面目全非了，所以才會受這許多的苦難。這是最後一次機會，要我送妳回現代嗎？」

我沒有說話，只是搖了搖頭。

他聲音裡有些憐憫道：「若這樣的話，咱們以後也不會再見面了，妳好自為之吧。」

「你說過會告訴我為什麼我要來這裡？」我急忙問道：「我終究是回不去的了，如今你也該告訴我真相吧？還有，你是誰？」

「妳本來就屬於這個時代，只因時空錯位才會在現代生活，如今我再送妳回來，讓妳從八歲開始適應這裡的生活，若妳想回去，這裡所有的一切就會全部忘記不會痛苦，如何？要回去嗎？」

「本來是我的，逃也逃不掉；不是我的，強求也求不來。」

他嘆了口氣，緩緩道：「罷了。」

「你也該告訴我你是誰了。」

「說起來妳我同族，我是兆佳氏的後人。妳在現代時不是一直對本家的族譜感興趣嗎？民國時候創下這份家業的就是我。宗族長輩的命令我已完成，我最後再問一遍，妳回不回現代？要是不回，只能留在這裡一輩子了。」

看我搖頭，他便走了，而我卻昏昏沈沈地睡了過去。

耳邊有人輕輕喚著我，越漸清晰起來。「額娘，醒了嗎？」

睜開眼睛看見蘇蘭、弘晈和靜梭擔心的眼，我道了句：「幸好還能見到你們。」

蘇蘭以為這只是我劫後餘生的話，拿著帕子哭了起來。

我身子一向不錯，沒過幾天便恢復了，素慎雖然傷得比我輕，但因著新近的喪子之痛，好起來很是艱難。我交代蘇蘭和靜梭把弘昑的後事一項項辦妥了，便準備去素慎的院子，卻被小廝們擋了個嚴實。「爺吩咐了，以後誰也不准進側福晉的院子。」

「那我看她一眼。」

小廝們緊跟在我身邊，我捅破窗戶紙看見素慎的樣子，畢生難忘。她靜靜坐在炕上，好像虛空中有些讓她難以抗拒的東西，忍不住伸手去抓，卻又悄悄縮回手，長時間地凝視某一個點，臉上的表情執拗而認真，嘴上自言自語在跟誰說著話，還一直笑著。

「出去吧。」我道。

小廝馬上帶了笑，他巴不得我說這句話。

……

躺在床上時，我同允祥講：「日子過著過著就一年，有時候聽你說著說著話就睡著了，爭強好勝的心沒了，倒是開始覺得累了。」

他微微笑道：「大概因為老了的緣故。」

我呵呵笑了。「離死還有多遠？」

「誰知道呢？也許明天就死了，也許七老八十也死不了。」

我嘆氣道：「咱們一起死行嗎？」

他沈默不語，我轉頭他已經閉上了眼睛。是太睏太累睡著了？還是故意不想回答我這個問題？

七月，雍正給和惠指了婚，下嫁到蒙古去。

農曆八月十五，允祥將她和弘曉接回了府，因為家中接連歿了兩個兒子，弘曉便正式留在了家中。

和惠看著席上的眾人，無限悵惘道：「怎麼才一年光景，府裡人口就這樣稀少了？」

想起去年的熱鬧勁兒，今年卻是人少得可憐，素慎瘋了，弘暾、弘昑死了，連和惠也要遠嫁蒙古了，家裡還剩下幾個人呢？

蘇蘭哭紅了眼，靜梭拿帕子抹著淚，和惠也沈默不語。

「好好的怎麼又這樣了呢？」我笑著勸她們。「今天可是團圓的日子，和惠好不容易出來一趟，快把眼淚擦了吧。」

她們依言做了，但興致都不高，知道我定有話囑咐和惠，妯娌兩人留了一會兒便攜手走了。

「惠兒，額娘有幾句話一定要告訴妳。」她抬起頭看著我，我站起身子緩緩道：「人生最難的事，就是認識自己。我花了一輩子的時間執著於妳阿瑪的真心，可到最後連自己都不知道真心究竟是什麼。很多事情存在即為合理，認真過頭就是較真了，不要跟額娘犯一樣的錯誤。」

她努力聽著我的話，可能聽不太懂，但還是不停點頭。

我笑著摸她的臉。「嫁了人就是大姑娘了，額娘從前跟妳說的妳一定要記在心裡，要照顧好自己。」

她點了點頭道：「我樂意去草原，從小見著皇伯伯、阿瑪、您都活得太累了，我不喜歡皇宮，也不願禁錮在這裡。」

我欣慰地看著她笑了。

從和惠進宮，我便告訴她草原種種的好，養在宮裡遲遲不放她回家，除了嫁去蒙古不作他想。既然逃不脫這命運，倒不如未雨綢繆，在更高遠的地方，風箏才能飛得更高。去草原放羊，我盼了一生的願望終究還是讓她實現了。

總覺得允祥近來瞞著我什麼，我一年見不了他幾面，每次見了也看不出具體的變化，可就是覺得不對勁。我思來想去地放不下心，就把張嚴叫來，一開口就問他：「爺身上不利索是從什麼時候開始的？」

他大驚。「福晉怎麼曉得的？」

我豎著眉頭問他：「什麼時候的事兒？」

「今年春裡就有些不適，先前沒當回事兒，八月裡請太醫看了一回，太醫只說是舊疾，開了藥沒喝幾天就忙忘了。近來時常咳嗽，腿上也腫了。」

我頭一次對張嚴發了火，看著地上摔碎的茶杯才知道自己成了驚弓之鳥，這家裡任一個人再病再傷再死，我也快堅持不下去了。張嚴只一個勁兒地磕頭認錯，我揮了揮手讓他下去，對杏兒哭道：「他要也有個三長兩短的，我可怎麼辦？」

哭完還是叮囑張嚴一定看著他把藥喝完，懇求他多代我照顧他。

……

十月，他意外地回了府，吩咐人備馬車，我驚訝地問他：「這是要做什麼？」

他拉著我的手道：「去把身上衣裳換一下，今兒帶妳出府。」

我審視了他半晌，眼睛一瞪，凶狠道：「說，你做什麼虧心事了？」

他極是配合，真低頭想起來，後恍然大悟道：「多了，哪能讓妳全知道？」

我笑著打了下他的胳膊，回房他一件一件衣服地挑，這個不好那個也不好，我賭氣道了句：「人長得不好看了，可不是穿哪件都不好？」

他抬頭了然道：「對啊，這麼簡單的道理我怎麼沒想到？」

我無語。「這人，真是……」

抬頭，他笑得高興，挑來揀去地選了件青色的夾襖，一色兒的裙道：「就這件吧。」

走到府門外，馬車已經備好了，我看了看，忍不住道：「咱家這車，夠顯眼的，還是以前當皇子時候那車好，又破又性格。」

他聽完我的話笑得前仰後合。「若皇上見我坐那樣的車，直接革了我的爵，保不齊還罵一句『我大清朝的臉全讓你丟盡了』。」

我也隨他笑了起來，他學雍正學得極像，想必是在一起時間久了，連神態也模仿個七、八分。

掀了簾子看向車外，嘴上冒了句：「許久不出來，外面真是好……」

他深深地看了我一眼，好似有話卻不說出來，我這次沒有輕易放過。「你想說什麼？」

他看著繁華的街鋪道：「好日子長著呢。」

這句話真突兀，他想表達什麼意思？

他轉了視線看我。「不想知道我為什麼帶妳出來？」

他只要一轉移我的注意力，我便知道他不想讓我深究上一個問題，於是順著他道：「當然想。」

「青兒的生日跟我同月，又離著很近，每次盡顧著替我慶生，自己的卻沒過過幾次。」

我看著他，心突然狠狠揪了一下，這話聽了心裡是很高興的，可不知道為什麼總是不安。我的直覺太準了些，從弘晛到弘暾無一不應驗，一想到這裡我的淚就掉了下來。「允祥，你別嚇我，你是不是有什麼事兒瞞著我？」

他笑著從我手裡抽了帕子，語氣輕責。「我一片好心全讓妳攪了。」

尾隨著他進了酒樓，那年我們一起喝酒的地方又翻了新，比之前的更具規模，我笑侃。「以後置一塊地，咱們也附庸風雅，學學相如和文君。」

他聽我異想天開的話，不甚贊同地問了一句：「咱們的府院怎麼辦？」

「捐了蓋寺廟。」

他忍俊不禁，一口茶差點噴出來。「虧妳想得出來。」

我看著他的樣子，問了句：「允祥，你跟我在一起是真高興嗎？」

「嗯。」

「那我就不枉來這兒一遭。」

他聽我說完也並不覺得這句話會再有其他意思，頓了一會兒，他破天荒地有了回應。「這一輩子有妳，我也不枉在這世上活一遭。」

因為這句話，我低頭笑了很久，直到飯菜全都上齊，他一手執壺，給我倒滿了酒，臉上掛著賞心悅目的笑。「我第一次見妳，妳就穿著件青色的長袍，一手托著腮，另一隻手還不忘跟妳哥哥揮著，嘴裡不停地說：『行了，快打住吧，我這叫毀人不倦，是毀滅的毀……』」

我一聽也笑了，那都是多久前的事了？他又開始給自己斟酒。「我第二次見妳，就是在這酒樓上，妳同十四弟笑得高興，看見我先是一愣，後來又笑得嘲諷，席間竟沒怎麼理過我。」

我隨他一起回憶，滿是甜蜜地說：「那是因為十四爺說您紅顏知己多，我打翻了醋罈子。」

他哈哈笑了。「原來那時候就藏著小心思了。」

允祥確實有些反常，我們就這樣一邊喝酒一邊回憶往事，後來才知道他說的每一句話都是刻意想讓我記住曾經的過往。

過完生日的第二天，允祥回了趟交輝園，將一些不必非要他管的雜事交代完了之後，便回府靜養身子，雍正親自下的聖旨。允祥肯定病得不輕，否則牙硬如他，不會輕易要求放假休息。接連喪子的慘痛打擊，和惠的遠嫁，八年來四處奔波，朝堂上件件操碎了心的事，現在才倒下，已經算大幸了。

太醫已經數不清究竟是第幾次光臨我們家，見了我都快沒話說了。

「王爺只是操勞過度，休息一陣子便無大礙，王妃寬心。」

「太醫，能不能換兩句詞兒，我現在聽『無大礙』心都顫。『無大礙』就是『還有礙』是不是？既有『礙』那就好好治，您以後不用說寬慰我的話了，將實情全告訴我就感激不盡了。」我的話讓太醫臊著臉就退了。

我端著碗粥，調適好臉上的表情，笑了再笑，終於覺得臉部線條不再那麼僵硬，就讓丫頭打簾子走了進去。允祥面容安詳地斜躺著，還是以往安靜沈穩的樣子，手裡捧了本書兀自讀得入神。

我把托盤遞給丫頭，看也不看他，隔著他身子探手撈過了被，團成了一卷，拍拍他示意挪開身子，他很聽話地讓我把被塞在他身子底下倚著，道了句：「我說先前怎麼那樣不得勁兒。」

我還是板著臉，接了粥坐在他床沿上，語氣不善地說：「我說昨兒怎麼那麼好心又請吃飯又陪喝酒的，原來就是為了今兒讓我侍候你來著？」

小丫頭旁邊一聽有些忍俊不禁，低著頭猛憋著笑。

他笑著張了口。「我也沒想病成這樣，先前還好好的……」

沒等他說完我就把粥遞進了他嘴裡。「不用解釋了，看你病著，我不跟你計較，等好了再跟你慢慢算帳。」

他突然不再笑，把身邊的丫頭遣了下去，屋裡只剩下我們兩個人。

「我這病怕是……」

我著急說話堵了他的下文。「你晚上想吃什麼，我這就去張羅。」

「青兒……」

他還想再說下去，我的眼淚突然落了下來，背轉了身子不想讓他看見，他伸手握住我的手，我道：「允祥，你這個人從年輕就沒聽過我一次勸，自己拿定了的主意誰也改不了。這回你就聽我一次，行嗎？」

「什麼？」他問。

「別留我一個人。」我幾乎是在哀求他了。

他一把將我擁進了懷裡。

雍正八年。

雍正八年的新春姍姍來遲，弘曉拿著爆竹進了房，一臉的不高興，見允祥也在，趕忙打了個千兒。「兒子給阿瑪請安。」

我跟允祥看他的動作都是一驚，後來忍不住笑了，我問他：「這是跟誰學的呀？快過來，瞅這二桶鼻涕。」一邊笑著一邊拿帕子給他擦了。

他道：「家裡沒人跟我玩兒，不是小太監就是小廝。」

我看允祥稍稍暗了臉色，害怕惹他想起弘暾傷心，就笑著打岔，對弘曉說：「不是還有你三哥嗎？」

他略略委屈地噘了嘴。「三哥天天出京，嫌我小屁孩兒根本不帶我玩兒。」

我再拿了塊新帕子在臉盆裡絞了，將他拉到懷裡擦著他髒兮兮的臉，道：「那以後多去書房唸書不就成了？」

他緊閉著眼嘟著嘴讓我給他擦著，嘴裡還不忘了說：「兒子會唸，前兒先生剛誇了兒了。」

允祥頗有興致，和藹地看著他道：「唸兩句聽聽。」

弘曉怯怯地看了看允祥，又轉頭悄悄看了看我，我衝他笑著點頭，他便開始背。「項脊軒，舊南閣子也，室僅方丈。可容一人居，百年老屋……」

我與允祥臉上都是一驚，看著對方靜靜笑了。自那之後，目光就一直追著弘曉，一直等他通篇背完，允祥問：「書房已經在教這個了？」

弘曉恭敬地點了點頭。

允祥再問他：「弘曉大了，想幹什麼？」

弘曉看看允祥再看看我，問道：「額娘，能說實話嗎？」

允祥笑得高興，問：「你本來想說什麼？」

「像阿瑪一樣，輔佐皇伯伯治理天下。」

「實話呢？」他緊盯著弘曉接著問。

「作詩。」

一句話讓允祥陷入了沈思，弘曉又跟我們待了一陣子，始終覺得沒意思，便出去找人放爆竹去了。我再三叮囑弘曉，不准爬樹，不准去湖邊，不准打鳥，放爆竹一定小心著，好在他是個聽話的孩子，一一應了便迫不及待地跑了。

允祥突兀道了句：「這孩子大了勢必省心，不會鬧事兒。」

我點頭也同意他的說法，敏感問他：「你想讓弘曉接弘暾的位置？」

他沈思道：「弘晈性子太浮，又容易衝動，在天子手下當差勢必不行，這一家人交在他手裡我還真不放心。弘曉看現在的樣子對朝政並不上心，這樣倒合了我的意，只是現如今他太小了，再等一陣子吧。」

我盯著他皺眉沈思的臉，呆呆看了陣子，他問：「怎麼了？」

我蹲下來幫他捏著腿，問了句：「好些了嗎？」

他摸著我頭髮的手突然停了，手從頭頂扒拉了兩下，然後稍有刺痛。

「怎麼了？」

他輕描淡寫地說：「沒事。」

我埋怨他。「我還以為長蝨子了呢，您別一驚一乍的嚇人。」

他往袖子裡塞了東西，我心裡明白得很，可能是白頭髮吧，允祥是怕說出來惹我傷心呢。

過完年不久，京裡的春闈考試開始，各地的舉子們蜂擁而來準備取一個功名。

允祥面上從不顯病態，可事實並不像他表現出來的那樣。我不再輕易掉淚，心裡也早做好了打算，一旦認定了就不那麼慌張了。他還是會早早地起來上朝，上完朝便回府跟我待在一起，即便是處理公務，也不再輕易趕我走，我一邊翻醫書一邊看著他愣神，自己心裡再作一番打算。

四月十九，范清平帶著浩靄來了王府。西北戰事吃緊，允祥讓我帶著浩靄四處逛逛，他跟范清平留在屋子裡商討了許久。

浩靄一時間不知道該叫我什麼，我還是讓他喊我青姨，他笑著同我講。「青姨走得匆忙，范先生也從來不對我們講起您的事兒，後來才曉得原來您竟是怡王妃，嚇壞了我們。」

我糾正他的錯誤。「是嚇壞了你，笑晏那丫頭指不定怎麼罵我呢，她那性子我還不知道？」

浩靄笑得好看。「瞞不過您，不過後來說起來也是時時想的。」

我又問了問他科舉的情況，他道：「還算順利，否則只能拿著皇上賜的銀子回鄉了。下月初五殿試。」

我安了心，後不無調侃地說了句：「范先生真是賺得倉滿缽溢啊。」

聰明如浩靄一下子明白了我話中的意思，便隨我一起笑了起來。

「別在背後說人是非。」范清平低沈著嗓子，不知道什麼時候已經站在我們背後。

我心想這教訓旁人的話竟也被他用上來教訓我了，回頭看見允祥也在，先給范清平賠了個不是，起身站到允祥身邊說了句：「隔牆有耳一點也不錯。」

各懷心事的四人都笑得不甚好看。

我皺眉看著允祥的笑，一直深鎖著眉頭，他心裡到底在想些什麼？這笑容背後意味著什麼？他究竟對我隱瞞了什麼？

五月初，允祥交卸了手中最後一項該管的事兒，直隸水務全權交由大學士朱軾定奪辦理。我趴在床沿上嘲笑他。「全回去了，這樣也好，您什麼也別幹，就舒坦在家歇兩天。」

他也自嘲。「年輕時候總在家偷懶兒，歲數大了卻成日忙得不可開交，我這一生怎麼跟常人顛倒個兒了？人生如戲，你方唱罷我登場，誰曉得這下一場又是誰主角兒呢？」

我無限自憐地說了一句：「我這一輩子就唱了一齣戲，從頭到尾主角就您一人。」說完覺得自己也無聊，可允祥並不隨我笑，他的眼長時間地膠黏在我臉上，那隱藏著的潛臺詞快要逼瘋了我。

……

五月的夜晚有微醺的風，五月的天氣很好，可人卻要分離。允祥為范清平和浩霱餞行，我勢必要去的，那晚上除了我被蒙在鼓裡，所有人都心裡亮堂，男人都是夥什麼玩意兒？竟都這樣善於隱藏自己的心思，三個人蒙我一個，頭頭是道。

那晚的酒太濁了，比摻了沙子還讓人覺得難受，硌得心疼。

第二天醒來的時候頭疼得厲害，我直覺地叫杏兒，喊了兩句覺得不對勁，這是在哪兒呀？不是王府，也不是我的屋子。馬車顛簸得厲害，我幾乎要叫起來，腦子裡轉了千百個念頭，綁架？劫持？都不像，一個念頭越來越清晰，我卻越來越不敢相信，身上的衣服已經由昨晚的旗裝換成了平常的裝束，身邊擺著封信，我恨得眼淚要掉出來，因為那字跡再也熟識不過。

我想我是被人設計了，被我的丈夫。

允祥說：「青兒，我恐是大限之期不遠矣。」

我心裡嗤笑：又不是大夫，你亂下什麼評斷？

「青兒，我若死了，王府這諸等雜事又須妳來操勞，我實為不忍心看妳這樣。」

操勞受罪也是我願意做的，不用你來瞎操心。

「青兒，妳為了努力活著受了多少委屈我最清楚，所以我不能讓妳陪我一起死。」

沒見過這樣多情的人，誰說要跟他一起死？

「青兒，我知道這樣的安排妳一定接受不了，我這一生欠妳太多，唯一能替妳做的就是讓妳離開我。」

我已經厭倦透了他這樣隨意支配我的人生。

「青兒，我知道妳不怕死，連死都不怕的人又怎會害怕活著？」

那也得跟你在一起才行啊。

五天之後，在太原落腳，一路上馬車就相當於是個牢籠，除了吃喝拉撒我一點轍都沒有。車

佚都是我不認識的生面孔，允祥想得可真周到啊，若是范清平親自送我，沒準我會說動他再送我回北京。可是范清平連個鬼影也看不見，到底讓我找誰去？我心裡的火積到了一定分上，彷彿是隨時都可能爆發的火山。

一個人站在太原陌生的街道上，想著允祥指不定哪天就徹底消失在這世上再也看不見，看不見他對我笑，往日「日日與君好」的場景也全成了虛幻，我的火全化成了委屈，什麼樣的人才會做到這樣狠心的地步？一邊哭著一邊在街上漫無目的地走，身後幾個人緊追著我害怕出什麼意外，我兜兜轉轉，在偏僻的巷子裡終於等到了一個，我抓著他的領子道：「范清平在哪兒？帶我去見他。」

他不說話，任我怎麼好言相勸威逼利誘都咬緊了牙關不說。我猛地拔了頭上的釵，對準自己的脖子道：「死的怡王妃對你們來講還有意義嗎？」

他跪在地上道：「奴才真的不知道，王爺只叫小的護送到這兒。」

「你是王府的人？那更好辦，叫人備馬車帶我回去。」我說得清楚，他遲遲不動，釵真的戳在了肉裡，血一滴滴地順著手腕流到了我的袖子裡。「別跟我耍心眼兒，要麼帶我回去，要麼我死在這兒，看王爺是怎麼吩咐你的。」

他有些驚恐地看著我，轉了轉眼珠道：「小的這就去。」

「你在前面走，不准回頭，也別跟我說話。」我小心防備他會對我不利，那人便乖乖聽話在前面走了。可我卻被人敲昏了，忘了他們的同夥還在四周。

孤身一人的我為了他，還要跟他派來牽制我的人周旋。

再醒來時脖子上的傷已經處理好了，我看著還算熟悉的四周，應該是回到了范家。范清平始終不露面，我被變相軟禁，不吃不喝三天，他才來見我，我沒有力氣跟他客套，開門見山道：「我要回京。」

他坐在我床邊的凳子上。「我答應了他，所以要信守承諾。」

「讓我回京。」我依然平靜地跟他說話。

他也平靜地把飯菜擺在我面前。「妳這樣豈不是辜負了他一片心？你們夫妻間的事兒，何苦要我左右為難呢？」他看著我的臉接著說：「他是王爺，我只是個小老百姓，范家的老本全下在了西北的糧草上，這一切全在他手上握著呢，別再為難我，快把飯吃了吧。」

「我要回京。」我從頭至尾只說一句話。

他嘆了口氣。「妳怎麼這麼冥頑不靈呢？他既不想讓妳回去，妳就一定回不去，妳一個弱女子能做得了什麼？」

他把飯直接推到我面前，又開始利誘。「妳都餓了三天了，難道一點也不想吃？」看我依舊沒反應，范清平不緊不慢再道：「京中傳來消息，他已經病危，妳快馬加鞭回去也不一定能見上最後一面了，過了這幾天，以後妳想去哪兒都行。」

緊繃的神經終於在聽見這句話的時候成功崩裂了，我使盡全身的力氣一下子掀了眼前的飯菜，碟碟碗碗砸在地上發出清脆的聲響，我幾乎要叫破了嗓子。「別再讓我一而再、再而三地說

了，我要回京，我要回京，難道你聽不見嗎？」

淚順著臉頰一直滑進胸口，我只覺得憤怒，太陽穴彷彿都突突地響起來，我根本不受控制，只能聽見自己歇斯底里又尖厲無比的叫聲。「別再折磨我了，求求你別再說了，讓我見他一面，我只想見他一面，讓我見他一面吧，嗚……」脖子上的傷因為我激動的情緒再度裂開了，殷紅的血滲透紗布滴在我的手上，我掙扎著下地，整個身子往地上栽去。

范清平一把將我摟在懷裡，緊緊抱著我聲音嘶啞道：「青寧，我送妳回去。」

我嗚嗚哭個不停，怎麼有那麼多的淚水，又哪來那麼多委屈？一直往外洩一直往外洩的，沒完沒了。

回京的路上，范清平一直摟著我，害怕我再出什麼意外，我虛弱得沒有說話，只是盯著東北方，他說：「妳丈夫說若妳想做成一件事誰都困不住妳，起先我還不相信，現如今終於信了。」

我冷笑。「知道無濟於事他還做這些有什麼意思？」

范清平無限悵惘地說：「你們若都能不為對方這樣著想就好了。」

我笑得眼淚都掉了出來。「從沒見過這樣令人生厭的男人，讓我這樣恨他。」

六月十八號的子時才到了京城，若按范清平的話，允祥應該不在人世了，可我總是執拗著不相信，難道命運對我連一次眷顧的機會都不給？兩次回來都是為了奔喪，額娘沒見著，丈夫也見不著？

我走到王府門口的時候突然沒了勇氣，若允祥真死了，我該怎麼辦？范清平看我的樣子，就上前替我拍了門，許久都沒人應，拍了很長時間，我的心一寸一寸地逐漸冰涼。

我轉身就跑去了角門，狹長的通道上聽見兩人的交談聲。「唉，生在皇家又如何？一樣擋不住生老病死，瞅瞅這一家子，真是慘吶。」

「唉……」另一個人也發出了長久的嘆息聲。

我的心緊緊抽搐了一下，不會的，我能見他最後一面。

角門上連往日守門的小廝也不在，門環抓在顫抖的手裡，抬上去又放下來，另一隻手指甲全掐進了肉裡，這隻手便重重拍了下去。人意外地安靜下來，心卻越來越空，那慢慢形成的洞吞掉了愛恨酸楚，我就機械地敲著門，一下又一下。

門「吱呀」一聲開了，我想也沒想就衝了進去。西院門，夾道，東院門，抄手遊廊，四合院，我一腳踢開門，房子竟是空的，沒人。我扯住一個小丫頭，小心翼翼但又十分艱難地問她：「爺呢？」

「福晉……您怎麼……」

我使勁抓著她的肩膀又問了一次。「我問妳爺呢？」

她看我的樣子嚇得面如土色。「書……書房小屋……」

每往前走一步都需要使盡全身的勇氣，心裡是極想見他的，可腳卻不聽使喚的慢，腦海中不受控制地突然蹦出的一句「如果死了呢」，讓我先前「不會死」的假設完全成了白費。

什麼結果都能接受，我打定了主意走進屋子，看見熟悉的眾人，眼睛清一色都是掛著淚的，「主子、額娘」地哭叫個不停，我煩躁地舉起手，只拉過杏兒眼神無助地盯著她。

「爺呢？他還在嗎？」

她一下跪在地上，頭抵在我腿上嗚咽個不停。「主子，前後腳的事兒，您為什麼不再早一點兒，再早一點點就能見到了啊……」

真的去了。我笑著任眼淚落了下來。

大腦一時間供血不足，我跌倒的時候被杏兒接在懷裡，睜開眼睛後想了一陣子，逐漸反應過來事情的始末就掙扎著站起身，杏兒伸手扶我，我抬手甩開，看著屋裡的眾人命令道：「別杵在這兒盡顧著哭，都把衣服換上去。杏兒，妳回屋把衣服拿來給我換上。」

她太瞭解我，一句也沒多說，哭著出門取麻衣去了。

我開始解頭髮，把簪子、首飾扔了一地，弘曉哭著蹭過來，抱著我嗚嗚哭個不停，他只叫兩個字。「額娘，額娘……」

這麼小的孩子哭得很是傷心，他知道阿瑪死了意味著什麼嗎？失了依憑，以後叫他怎麼辦？我拍著他的背柔聲哄他。「乖，跟嬤嬤回屋把衣服換上去。」

他抽噎著聽了我的話，被擦著淚的嬤嬤帶出了門。

弘晈「撲通」一聲跪在地上，抱著我的腿聲音哽咽。「額娘……您……節哀。」

靜梭和蘇蘭緊接著都跪下了，哭得傷心。我摸著弘晈的頭對他說：「你們先出去，讓我跟你阿瑪單獨待會兒。」

還是靜梭扶起了她的丈夫和蘇蘭，臨走前叮囑我一句。「額娘，您小心身子。」

我應了，他們便走出去了。

我掉頭走到允祥身邊，步子遲滯，重若灌鉛。他已經跟我走時見到的模樣大相逕庭，身高整整縮了近一半，臉色蠟黃，眉眼彷彿也不是以前的樣子。

我扶著床沿跪下，一如以往無數次注視著他一樣，我輕輕開口。「你說你這人怎麼這麼彆扭呢？都說了別留我一人，你還是眼睛不眨地把我留下了。」雖然期望中他溫和的微笑始終沒有出現，我卻抿著嘴笑著伸手撫上他尚存餘溫的臉。「人都說這會子魂兒還不會散，你應該還能聽見我說話。允祥，聽著，從我嫁進來到現在，三十年了，臨了你也不給我留個好，讓我這樣恨你。」

還是沒有回應，我的淚落了下來，忍不住搖著他的胳膊。「你說話，給我賠不是，說你錯了，說你不該什麼事都瞞著我，說你不該將我送走連最後一面都見不上。你怎麼忍心留我一個人孤單在這世上，你怎麼這麼深沈的心思？瞞到最後把我送走了事，你到底在想什麼？知道我堅持不下去還走得這麼義無反顧，連最後一面也不讓我見，你讓我以後怎麼活啊？我再也堅持不下去了，我恨死你了。」

我被推門而入的杏兒拉離了允祥身旁，她掉著眼淚說：「主子，別這樣，爺看見您這樣怎麼走得安心？」

……

卯時，一大家子都穿上了麻衣，兩年時間家裡卻三度設靈堂，雍正親自來了，他靜靜站在允祥的靈前，點了香佇立了很久，我磕頭還完禮，抬起臉來看見兩彎泉從他堅韌的臉上無聲淌過，皺著的眉頭一刻也沒展開過。

之後，烏囔囔地來了太多人，大都是響應號召，做足了面子功夫。還沒過頭七，已經有人堅持不下去，遲到早退的、笑著喝著的大有人在，所謂樹倒猢猻散，生前風光逃不脫身後炎涼。

幾天之後，雍正又來看允祥，我長久地跪在地上跟他說了很長時間的話，知曉了一些事情也決定了一些事情，心裡也有了安排。

棺木被墊得很高，堂前的燭火隨風跳個不停，我看著睡在我懷裡的弘曉，哭腫的臉上依然還掛著未乾的淚，他蜷在我懷裡，時不時地想找個舒服的位置。我低聲吩咐旁邊的嬤嬤。「把小阿哥抱回屋睡吧。」

她輕輕接過他，卻發現弘曉的手抓住了我的前襟，我一點點掰開他緊握的小手，看他越來越遠地離了我的視線。

靈堂裡只剩下我一個人，弘皎幾天沒合眼，守靈還要招呼家中不停到來弔唁的人，疲累得瘦了好幾斤，我心疼他，便讓他回屋睡去了，站起身子在靈前燒了幾刀紙。「爺，如果下輩子投胎，就讓我把這世的記憶全忘了吧。下個輪迴，咱們再別這麼互相折磨了，都坦誠一點，互相讓一步，行不？」

一張張的紙入了火盆，伴著我的聲音被燒得只剩灰燼了。「我能替你做的也沒幾件事，最後一面沒見上，就讓我送你這最後一程吧。」我一邊說著一邊把紙投進火盆。

身後的腳步聲很輕，素慎走到我身邊跪了下來，呆呆凝視著棺木和靈堂裡用滿漢語寫著的牌位。

我問了句：「來了？」

她輕輕點頭，從我手裡抽了一半的紙，一張張地往火裡送著。半晌，有聲音問：「他真的死了嗎？」

我也問：「妳真的瘋了嗎？」

誰也不回答，許久都沒有聲音，我偏頭看她，素慎已經是淚流滿面，微紅的火光映著她的臉，淚水也熠熠發起光來，她終於停了手上的動作，捂著臉癱坐在地上，嘴裡口齒不清地喃喃道：「真的死了，就這麼死了。」

我一閉眼，蓄滿的淚水迫不及待地跑了出來。

七七之後，允祥正式下葬，他臨終前告誡家裡眾人，喪事儘量減省，不要鋪張。因為這句話我又紅了眼，眼瞅著送喪儀的隊伍抬起棺木，悲愴的嗩吶聲猛然響起，聲聲如泣，哀婉真如人的哭聲，樂器也有性靈？否則怎會覺得心也被它挖出來了？在漫天的白色悲寂裡，飄舞落下的紙錢也變得感傷，允祥是離我越來越遠了，這以後就真的是一點聯繫也沒有了。

雍正封弘曉為怡親王，襲了允祥的爵位。

弘皎被封為郡王，有了自己的府院，不日就要搬走。

弘曉有了新的怡王府，舊王府以後改為寺廟。

有一彎新月掛在深藍的天空裡，我擁著弘曉坐在遊廊裡，他眨巴著眼問：「額娘，他們見了兒子都跪在地上喊怡親王，怡親王不是阿瑪嗎？怎麼又成兒子了？」

我笑著親了下他的額頭，道：「『怡親王』是你阿瑪送你的禮物，這禮物啊，幾乎耗盡了他畢生的心血，有阿瑪跟額娘也辛酸也快活的過往，你要好好珍惜。」

他點了點頭，後來又問：「阿瑪為什麼要把咱們好好的府院建成寺廟呢？」

我把他抱在懷裡，道：「因為呀，阿瑪許了額娘以後要開間酒肆，可他失了信……」淚不停地砸在他腦門上。

弘曉看我哭了，他也哭道：「額娘不哭，以後兒子給妳開酒肆，開一間大的。」我一下抱住了他，失聲痛哭。

「弘曉，你喜歡杏嬤嬤嗎？」我穩定了下情緒接著問他。

「喜歡。」

「那以後要聽她的話，好好孝敬她，替她養老送終，像待額娘一樣待她，好嗎？」

他似懂非懂地點了點頭。

我再親了下他的臉蛋道：「額娘最放心不下的就是你，你阿瑪只剩你三哥跟你兩個兒子，以後要善待彼此、互相扶持，知道嗎？」

他似乎感覺到了什麼，淚又浮了上來，抱著我就是不鬆手。「額娘不要兒子了？」

「又說傻話，額娘怎麼會不要你呢？」

弘曉緊緊抓著我的袖子，哭得上氣不接下氣。「額娘，您說兒子哪兒錯了，兒子一定改，您別不要我。」

我吸了吸鼻子，給他擦了淚。「弘曉，即便以後阿瑪跟額娘不在身邊，也要一個人堅強活下去，知道嗎？」

他哭著哭著就睡著了，連日來替他父親守靈累壞了他。我把他交給杏兒。「好好照顧這一家子，以後妳就是怡王妃，皇上准了的。」

杏兒滿面淚痕。「主子，咱們一輩子過了那麼多坎兒，這一次也一定過得去。」

我搖頭苦笑。「這次我實在是邁不過去了，我想休息一下。」說完就轉身去了家設的祠堂。

推門進去意外發現素慎也跪在裡面。我掩了門跪在她身邊的蒲團上，她笑著看我。「我來跟我兒子說會兒話。」

我笑了笑，雙手合十閉了眼。

聽不出任何情緒的素慎道：「我又拆散了你們一回，上次的走水（註三）讓他下定了送妳走

註三：「走水」，為清代的專有名詞，火災之意。

的決心，否則，他才捨不得放妳離開。」
我靜靜跪著不作聲，素慎又笑。「福晉，咱們一起死吧？」
我只覺得意識漸漸模糊起來，仰頭看著允祥的牌位，心裡不停祈禱。允祥，咱們一起走，別留下我一個人。
素慎嗤笑了一聲，後來覺得我不太對勁，便緩緩將我的身子轉向她，看著我胸口的匕首和不斷流出來的殷紅的血，她悲愴地說：「終究還是輸給妳了，說好一起死的。」
她嘆著氣起身，拿起案上供著的燭檯先把帷幔燒著，慢慢地火大了起來。
素慎跪在蒲團上，看著案上的靈位道：「愛新覺羅允祥，咱們所有的過節都一筆勾銷。」她懷抱著自己兒子的靈位，緊緊摟在懷裡，淚水灑滿了前襟。
火勢越來越大，我已經睜不開眼。
允祥道：「還是這麼不聽話。」
我哭著打他，用腳踢他，恨不得撲上去將他撕咬成碎片，他只是笑著將我擁進了懷裡。
「我恨你，恨得死了都不解恨。」
他還是好脾氣地笑。「這下是永遠都能在一起了。」
我流下最後一滴淚，笑著閉上了眼睛。允祥，此生我們真的是真真切切地愛過，深深地愛過。

# 番外一 允祥篇

傍晚的天空有好看的火燒雲，雲霞彷彿沾染上了太陽的暮色，夕陽無限好，只是近黃昏。

允祥就站在院中望著西邊方向，一動也不動，彷彿泥塑了一般。張嚴候在身邊，輕聲道了句：「爺，起風了，進屋吧。」

他「唔」了一聲，可能是站的時間久了，腿竟有些拖不動，張嚴忙去扶住了他。允祥嘆了口氣，心裡知道自己是撐不了幾天了。

「去書房小屋看看吧。」他淡淡吩咐了一句。

進去一看，還是昔時的模樣，屋裡有幾枝月季插在瓶裡，已經有些殘敗，徒留清淡的香。

允祥走了過去，呆呆看了半晌。

張嚴忙道：「福晉前幾天鉸的，奴才換了它？」

允祥沈浸在自己思緒中久久拉不回心神，腦海中想起她低頭嗅著花的嬌俏模樣。「我素來不喜菊花，聞不上那個味兒。」

張嚴看他面色有些憂傷，恐他情緒不穩定加重病情，又喊了聲：「爺？」

允祥斂了眼，莫名蹦了句：「福晉走了幾天了？該到太原了吧？」

張嚴一下子沒了話，看著自己主子，心想：明明這麼想念，你何苦還要送她走呢？

……

自那之後，允祥每晚都去書房小屋歇著，身上的病一天天重起來，腿也疼得很，他硬是咬著牙不說話，杏兒打簾子走了進來，把一個雕漆的木匣子擺在他眼前，回話道：「爺，主子的東西全在這兒了，都是她平常珍愛的東西。」

允祥點頭，擺擺手示意她可以下去了。

杏兒突然哭著跪在他面前。「爺，接主子回來吧，別再折磨您跟她了，奴婢求求您了。」

允祥艱難地微微坐正身子，將匣子撥到自己面前，道了句：「下去吧。」

杏兒看他臉色，甚覺無奈，這才曉得她們家格格有多難，這樣凜然決絕的態度早把人拒之門外，連一點商量的餘地也沒有。她無助地用袖子擦擦臉便退了下去。

允祥皺著眉頭翻匣子裡的東西，每一件翻出來，似乎都把塵封許久的記憶也挖了出來。他送她的每一樣禮物都如新的一般，還未成親前送她的書箋、七夕時送的玉簪、以前往來的書信也都整齊放在裡面。

他動作緩慢地一封封拆開來看，通信最頻繁的時候就是他隨皇阿瑪去塞外的時候，插科打諢什麼都寫，她說：「十三這個數字在西方傳教士眼中是最不吉利的，您怎麼偏偏就排了個十三的序？從大婚那天起就充分顯示出了倒楣的跡象，光給前面的哥哥們端茶行禮就折騰死我。」允祥年輕時還以為她只是開玩笑，一味地慣著她胡鬧，今天再想起來，倒覺得她竟是個未卜先知的。

再拿起下封信，竟是她第一次寫的「情書」，自己看完之後沒幾天又被她要了回去，她直嚷著：「別順手就扔了，我要收藏的。」允祥想起她時時嗔怪自己的樣子，嘴角不自覺帶了弧度。

早年被兄弟間的奪位鬧得人心惶惶，生怕一步走錯就步步皆錯。失勢後人人白眼，府中度日艱難，她卻能苦中作樂一人撐起這偌大的府院，上百口人。東家長西家短事事操心，她也從未抱怨過一句，難過的時候她偷偷掉眼淚自己也看在眼裡，若換了現在的自己，只要對她溫言軟語兩句，可能就會平復她所有的委屈，可那時的自己從未將個女人的心思放心上，還嫌她太嬌氣了。

允祥想到這些的時候悵悵嘆了口氣，單手揉了揉太陽穴，覺得口渴便起身想倒口水喝，下床艱難，逼不得已便喊了聲張嚴，張嚴應聲而入，允祥吩咐了兩句，他便出去泡茶了。

這邊的允祥坐在炕上又想起那年患了腿疾的事兒來，他不能下床，她正懷著弘暾，也是這般的情景，他素來身邊不喜有人，想吃茶便自己掙扎著起身，手剛摸上茶杯，她便給喝止了。犯了病自己心裡正不自在，便輕聲訓了她幾句。「有身孕的人了還到處亂跑什麼？」

她不怒反而笑了。「我知道你這麼個倔強脾氣，不放心過來瞅瞅，誰想被我捉在當場。」

他看她誇張地說得有趣，便也隨她笑，這才看見她手上的托盤，納悶問了：「這是什麼？」

她一邊盛在碗裡一邊道：「我怕你渴，遣廚房熬了百合銀花粥。問過太醫了，對你身子有好處，大晚上別喝茶。」說完就端著粥向他走過來，允祥看著她大著的肚子，因為天熱額上微微沁出汗，很奇怪的，覺得這畫面真美，便一直留在自己腦海中，抹也抹不去。

這時候張嚴捧著茶進了來。「爺，您要的茶來了。」

允祥的心一下空了，看著這茶，對比那粥，心裡這才曉得，知冷知熱的只有自己的妻子，以

前她待他的千般好怎麼非得等到有了對比才察覺得出來？有些時候他總嫌她太不聽話也不懂事，又愛胡思亂想，腦子裡稀奇古怪的想法一大堆，可現在他卻希望再一次看見她不聽話的樣兒。

張嚴看他的臉色小心翼翼說了句：「爺，剛有人來報，福晉到太原了。」

允祥沈思，半晌緩緩問：「沒傷著自己吧？」

他太瞭解她，不信她能乖乖就範。

張嚴囁嚅道：「拿釵刺傷了脖子。」

允祥虛握著拳擋著嘴猛烈咳嗽起來，氣得把茶杯摔在地上，強抑住自己的怒火，沈聲道：「跟范清平說，若再傷一根頭髮讓他等著破產吧。」

張嚴給他拍了半天的背才將他的咳嗽止了下來，允祥將他遣出了門。看了看匣子，才驀然發現有記憶的東西也不過這些，雍正元年至今自己竟從未關心過她，她喜歡什麼不喜歡什麼，想要什麼不想要什麼自己統統不知道，他總覺得她離不開他，一個弱質女子能去哪兒？不過是賭氣，過不了多久就會回來。他狠下心來不找她，可日子一天天過去她還是不回來。他第一次著了慌，四處打探，直到她回來奔喪。兩年後見到她，看見她的眼神才知道，她不似一般女子，她不以夫為天，她若想開始一段新生活誰也攔不了她。

允祥心裡忍不住犯嘀咕，若當初他不主動留她，也許她就真的不留在他身邊了。他曾經說她：「不過仗著我喜歡妳，妳才這麼恣意妄為。」那時的自己也一樣，不過仗著她心裡有他，他施苦肉計傷害自己惹她心疼才能留下她，誰又比誰高明多少呢？

她回來的那一、兩年裡，正如她說的那樣，一直活得卑微。看著她在府中一天天地消沈，允祥覺得自己或許真的錯了，可每次看見她笑著的模樣，又慶幸自己把她留了下來。歲數大了，她不再將心思全放在他身上，所以孩子接連喪命對她是致命的打擊，她變得不愛說自己的心事，埋藏自己悲傷的情緒，看見她這樣，才曉得不知道什麼時候開始夫妻的情分早就淡了，允祥心裡卻極不願意這樣，不願看見她，故意忽略她。

允祥想到這些的時候臉上很是無奈，咳嗽斷斷續續地折磨著他，腿上的傷隱隱作痛，他想起早夭的弘晛、早逝的弘暾、婚姻不美滿的暖暖、遠嫁的和惠，過不了多久再加上個自己，想著想著又堅定了自己的想法，幸好將她送走，即使恨他，也不能讓她再忍受這些了。

張嚴進了屋子，小心稟道：「爺，夜深了，早歇息吧。」

允祥也實在累了，不一會兒就睡著了，夢見的卻盡是她為了回來不停傷害自己的情景，他難受地醒過來，一宿便沒再睡著，疼疼醒醒。

兩天後，允祥把弘曉叫進了屋，他心疼地看著自己的兒子，弘曉只是一味問他：「額娘呢？我要額娘。」

他嘆著氣勸：「額娘出遠門了，等阿瑪走了額娘就回來了。」

弘曉止住了哭，又問：「阿瑪又要去哪兒？什麼時候再回來？」

他心裡苦得很，可能一輩子都回不來，嘴上卻還笑著哄他。「不過幾天就回來。」頓了會兒

道：「弘曉替阿瑪辦件差事兒行嗎？」

弘曉突然高興起來。「行，阿瑪說，兒子一定辦。」

允祥這邊卻想起他第一次見她的情景：擺著手聲音清脆地說毀了他名聲的女孩子，一回頭笑得乖巧可人。十四扯他袖子嘰咕道：「十三哥，豔福不淺，配你不差。」卻惹得她故意潑了十四滿身的水，連帶著揚起下巴毫不示弱的臉那樣鮮豔動人，背起《項脊軒志》卻沈靜得與先前判若兩人。

弘曉扯他袖子，用眼神詢問他究竟辦什麼事兒？允祥笑道：「你額娘在書房的後院裡種了些花草，中間有塊地空得緊，你幫阿瑪栽棵枇杷樹吧？」

那天他實在看不下書房枯萎的月季花，便去了她種花的後院，看見突兀的空地，心思一動便想起來是該栽棵樹的。

張嚴進屋，先給床上的允祥行了禮。「爺，范先生送來的信。」

允祥道：「拿過來。」

自己拆了信迫不及待地看，看完不知道是長長吁了口氣還是嘆了口氣。

張嚴輕聲問：「爺，怎麼了？」

他還是不作聲，張嚴跪在地上垂下了淚。「爺，奴才求求您了，讓福晉回來吧。」

允祥愣了會兒神。「起來吧，就快來了。」

張嚴沒敢再問下去，心裡琢磨了半天突然喜上眉梢，福晉快回來了，他終於還是拗不過她。

范清平信上說：「王妃絕食三天三夜，草民實不忍看她死去，擅作主張，帶她回京，任憑王爺處置，毫無怨言。」

允祥道：「早知道是這樣的結局，我又何必這樣煞費苦心呢？」

那天，素慎的院子裡通紅的火光映亮了天，允祥回府一看，急了。「王妃呢？」

杏兒嗚咽道：「側福晉卡著主子脖子，我出來叫人，還沒進去就著了火。」

他一聽就衝了進去，張嚴死死抱住他的腿。「爺，使不得，萬萬使不得啊！」

他一腳踹開人，腿上的傷劇烈疼起來，他也顧不上那麼多，看見已經有幾個小廝抱了個人出來，他喊：「青兒……」

不是，是素慎。他想也沒想就進了屋，看她仰著頭平躺在地上，心裡莫名恐慌了起來。「青兒，別死。」

他只覺得自己無助極了，多少次朝政上的事兒再頭疼再危險他都應付自如，可這次完全慌了神，他沙啞了嗓子說：「我額娘走之前就這樣，妳別嚇我。」又進去了幾個人死拖硬拽地把兩個人救了出來，他也顧不得那許多禮數、眾人的眼光，抱著她就往外跑，沒幾步腿上已經受不住，他咬著牙恨恨地想，年輕時候多少次行圍打獵也不當一回事，現如今我的福晉還抱不動了？

一路忍著疼把她抱回了屋，與其說要給她治病，不如先給他治。

當天晚上他就宣佈：「側福晉瘋了，把她給我關了。」

若不是有這麼一件事，他是死也不願讓她走的。可是允祥又想起，她抬頭向他哭訴。「爺，別留我一人在這世上。」

那時他就知道她在想什麼，若是他死了，她決計也不會偷生。可他一撒手人寰，誰知道素慎會不會再害她一次？年少時讓她受了許多委屈，現如今唯一能做的就是讓她離開。

允祥把信收了，心想范清平還是心裡有她，若不是這樣，任憑她怎麼鬧也不會心軟的，他是男人，太瞭解男人，從他看她的眼神就洩漏了一切。單手把信捏在手裡攥了個稀爛，心想她是聰明的女人，早知道他心裡不滿，但就只有她才會那樣道歉，一句「我來招供」鬧得他一點脾氣都沒了。想到這些，嘴角又微微上揚起來。

從病情加重他送她走直至如今，他徹底撂下了朝中的事，十來天仔仔細細把他倆之間的事想了個清楚，她以前總愛說：「您怎麼能這樣冷漠，我這麼努力難道您一點都看不見？為什麼連點回應都沒有？您心裡到底有沒有我？」

以前額娘告誡他與容惠，在宮裡生存就要隱藏自己的心思，誰都不能相信。他總覺得他對她好，事事包容，看她撒嬌，容她發脾氣，哄她高興，不能不算好，她卻哭著道：「我知道你對我好，可你對誰都這樣好，如果這就叫好，那我寧肯不要。」

這究竟是個怎樣的女子？碰得頭破血流也要求一個真心？活得再辛苦，只要牽著我的手她也能挨得住別人的嘲笑白眼？別人不管再怎麼誹謗懷疑我，她卻認真到使盡手段處處維護我？所有人都說爺脾氣好，福晉是個有福氣的，可我心裡明白，這一生有她這樣對我，我才是最有福氣的那個。

允祥想到這兒的時候，心緒波瀾起伏，以前再多關注一下她便都看得清楚，十來天就能想明白的事情因為自己的不坦誠卻讓她想了一輩子。這一生有多少個十來天不能想，可自己全讓它白白度過了。想起自己作的決定也後悔起來，虛耗了一生的光陰，連這最後幾天也浪費了。

他盼望著她能早回來，她一向比他堅定，認準了的事不會輕易放手，可自己的病卻等不下去了。

他開始安於躺在床上，最不愛求人的人卻開始事事需要別人的服侍，身子越來越瘦弱，因為心裡微存的那一點渺茫的希望，他還在等。他笑著同張嚴講：「若我不等她回來，她定會恨死我。」這一句話有多少辛酸，斷斷續續地說也說不完。

張嚴嘴上只說：「爺多慮了。」心裡想著，看他臉色就知沒多久了，可福晉怎麼還不回來？

他很少有能睡著的時候，若不是撐著想見她一眼，藥也不會喝，最後的病痛折磨得他沒了人形，他艱難地問張嚴：「什麼……時辰了？」

「爺，初五子時了，您撐著點，福晉就來了。」張嚴急促地喊道。

允祥奄奄一息，腦中不自覺地浮現出一個場景，她從火海中逃生，躺在床上休息，杏兒問她為什麼喜歡爺？自己那時站在窗外正想進去，一下止住了步子想聽個究竟。她淺淺笑。「我怨他比喜歡他多。」

裡邊杏兒偷笑著，外邊他無奈搖頭。

只聽見她說：「允祥啊，很高，我搆不到的東西他會幫我取；他其實是個害羞的人，但有一

次當著府中眾人的面拉著我的手走；我說笑話的時候不管好不好笑他都會笑；每次碰到難事兒的時候他一個人擔著，事後被我追問急了，他才揀著最不要緊的告訴我，輕描淡寫。」她眼裡含著淚，說得頭頭是道。「他不會吵架，我離家出走，他氣急，說話大聲，可怎麼聽怎麼像在跟我解釋；我每次下棋都耍賴，他說：『就准妳這次悔棋，沒下次了啊』，可下次該怎麼悔怎麼悔。」

杏兒呵呵笑了。「您啊……」

她笑著繼續回想。「他是個言而有信的人，幹起事兒來說一不二。哦，對了，他身上的味道很好聞，混著檀香幽幽的直跑到心裡去了，可他從來不知道，我也從來不告訴他。」她笑裡帶著絲狡黠，後又正經道：「我哭的時候他會給我抹眼淚兒，我從來沒下廚給他做過一次飯，他也從不埋怨，我……」她聲音有點哽咽，沒說下去，杏兒拿帕子擦了擦眼。她嗔了一句：「好好的妳哭什麼？我還沒說完呢，我時常覺得活著真累，但他要是活著，我絕不死。」

允祥想到這兒的時候眼裡含了淚，氤氳著眼，面帶微笑道：「我……想她……想得……不行，多想……見……她一眼。」

張嚴哭紅了眼。「爺，您再撐一會兒，真的來了。」他不知道，這句話一點不假。

充實飽滿的淚還是落下他清臒的臉，他笑著閉上了眼。「怕……是……天都……不成全……了。」嗓子裡咕噥了最後一下，終於走到了生命的盡頭。

張嚴喊了幾聲，淚無聲地衝下來，門外響起了一片悲愴的痛哭聲，喊「王爺、阿瑪」的都有，下一秒鐘她站在門外，彷彿知曉了什麼似的，欲哭無淚地問：「爺呢？他還在嗎？」

# 番外二 今夕何夕，見此良人？

我從圖書館醒來的時候，外面天氣晴明。白色的窗幔安靜立在牆角，不知道什麼時候，管理員已經關了窗。

我遲滯的打量著四周，一排排的書架上整齊碼著分門別類的各種書籍，頭頂的白熾燈管已經蒙了一層灰塵，耳邊間或有手機訊息聲響起……

「回來了……」心裡有個聲音在不停的重複。「回來了，這下是真的回來了……」

可是回來的這個時代對我來說竟如此遙遠。

這兒沒有我那相濡以沫的丈夫，沒有那群身不由己的兒女，陪我走過一生的杏兒也不在身邊……

我徹底失去了他們，只在夢醒的瞬間。夢裡繁華三千皆如過眼雲煙，留下的只有心中那些捨不去的繾綣，道不出的遺憾。

我拾起手邊放著的那卷《清史》，清清楚楚的看著那些戳心戳肺的字。「五月初四日辛未，怡親王允祥逝世，康熙二十五年生，終年四十四，謚曰『賢』。」

我一下子合上書，眼淚迫不及待的流了下來。

沒錯，他死了，他甚至連最後一面都沒有讓我見著就這麼死了。

深切的痛楚一把揪住了我的心，我掙扎著站起身子，腳步蹣跚的走了出去。明明還是二十多歲的年紀，心卻滄桑如耄耋老者，夢裡的一切歷歷在目，我能夠清晰想起他與我在一起的每一個脈絡，可不知為何，他的面容卻是越漸模糊了。

是耶非耶？夢裡之劫。

日子在我身上如同流水一般的滑過去，七月的時候，學校一批人迅速的消匿，而另一批人迅速的崛起，旦夕之間，面目全非。我便也開始扳著手指算自己還有多長時間也會從這裡畢業？不過是一年而已。

畢業後不知道自己是否也能如願嫁給一個像夢裡那樣的丈夫？遺憾的是，我總也記不起那個我曾經深深愛過的男人究竟長什麼模樣。

九月的某一天，我從大學城坐公車去市區買東西，因為是從大學城發的車，所以車上清一色全是年輕面孔，後座傳來幾個男生快樂的笑鬧聲，我低頭翻著手上的筆記，已是數不清的多少次再一遍疏理著從雍正元年到八年間怡親王允祥的生平點滴。可恨史書總是冰涼生硬，但從那些隻言片語裡我還是看清了他到底有多麼忙碌，對於一個三百年前的男人來說，他給自己妻子的那些閒暇時光已是盡了最大的努力。

我正想得入神，後車門一開，強勁的風力將我放在膝頭的筆記本「呼」的一下子吹遠了。我嚇了一跳，趕忙回頭去找，後座上有個年輕男子正彎腰低頭去撿，我望著他長長的後背愣了神，記憶中允祥的背也是這般的修長。

男人抬起頭，將本子遞了過來。那是一張清臒好看的臉，蕭肅若林下清風，我對上他沈靜如春水的一雙眼睛，心裡好像被什麼撞了一下，便趕忙接了過來。

「謝謝。」

他只是笑了笑。

我轉身走回座位，直直坐著好半天也沒敢回頭，心臟卻不受控制的大力跳起來。在這種奇異的不受控制的心跳裡，我挺屍似的坐了一路，在即將下車的那個時刻鼓足勇氣回頭看，恰恰對上那男人的眼睛，兩個人都有些愣住，我不敢再看下去，抱著本子低頭下了車。

「今夕何夕，見此良人？」

腦子裡反反覆覆的就這麼一句話。那時太子犯事，一眾出行塞外的阿哥都被康熙關了起來，在經歷無數個驚心動魄的日日夜夜之後，允祥回家了。

那是一個落英繽紛的日子，他穿過層層桃林，站在我面前時身上甚至還沾著桃花瓣，端的是手神俊秀，溫雅如玉。

我心中漾上巨大的忐忑，那忐忑裡還夾雜著一絲意味不明的甜蜜，在這種似曾相識的感覺裡，我停下腳步忍不住又往公車上看去。

似乎有感應一般，男人本來低著的頭又抬了起來。隔著玻璃窗，四目交接的我們就這麼呆呆看著對方很久，而這時公車緩緩動了。

我心裡受了很大的觸動，雖然只有那麼一瞬間，心底深處卻湧上一股巨大的情感，允祥，是你嗎？如果真的是，為什麼我們的相遇卻如此匆匆，甚至連個開始的機會都沒有，就這麼轉瞬消失在茫茫人海了？

我悵然若失的站在站牌那裡很久，心中因失落而裂開的那道縫隙隨著時間的流逝變得越來越大，膨脹甚至要吞噬掉整顆心臟。我直覺自己丟掉了很重要的東西，那是我夢寐以求追尋良久的東西。

世事無常，既然讓我醒過來，為什麼要讓我忘記他的面容，如果能夠再次遇見，為什麼連個開始的機會都吝嗇給予。人海茫茫，你讓我上哪裡再去找他？

夜裡可能是因為想這件事想得入了神，所以輾轉反側總睡不實，迷迷糊糊的好不容易睡著，那個熟悉的聲音又入我的夢來。

「恭喜妳回來。」

我像抓住了一根救命稻草似的迫切問他：「這是怎麼回事？你不是說我會在那個時代裡灰飛煙滅嗎？為什麼我會再回來？」

「我受人之託，所以要忠人之事。」

「你受了誰的託？」

「自然是妳那個時代的丈夫。他沒能見妳最後一面，自然心中有憾，長此以往形成執念，歷經三百年而不散，我瞧妳也是個死心眼的人，既然能帶妳回去歷練一番，便也不會撒手不管妳如今的姻緣。」

「是他嗎？」我喜不自勝的問：「那個在公車上偶然遇見的人？」

他莞爾不答，只是說：「這一次妳便等著他來找妳吧。」

他交代完了便要離開，我心中始終存在疑惑，忙道：「雖然這麼說很沒有禮貌，但是我總覺得很奇怪，為什麼偏偏是我在夢中經歷這些……其實我……我是從不相信鬼神之說的。」

「哈哈哈……」他被我逗笑，問道：「何為鬼神？人死為鬼，山川為神。祖先就是鬼神，上輩的人積了德，庇佑妳生活和順，這又有什麼難理解的？雖然妳跟祖先們不在一個時空裡生活，但並不代表他們就不存在啊。小ㄚ頭，妳的路還長著呢，好自為之吧。」

我從混沌中醒來時，外面已是天光大亮。

城市依舊車水馬龍，人聲喧囂，生機嚷嚷。是啊，正是因為祖先們一代代的創造，才有了今天這樣的樣貌。我在滿腔的期冀中等待允祥的到來。

「十一」七天長假，很多學生都回家了。

我因為實習的關係便留在學校，七天時間每天都有旅行社在佈告欄裡張貼廣告，第五天時我不用去實習單位，便把時間空了下來，心想與其一個人無聊的呆在宿舍倒不如出去走走，這樣想著，就參加了一個爬山的活動。

旅行社將集合地點定在學校門口，我到達的時候許多人都已經到了，看來留校的學生不在少

數。

我上車選了個靠窗的座位坐下，那本曾經見證奇蹟的筆記本躺在手上，我忍不住又想起那天讓自己怦然心動過的那個男生，嘴角忍不住就彎起了笑。

一個多小時後，我們抵達風景區。

同車有學生下車後用挑剔的目光看了老半天，不滿地說道：「就這樣還能叫名山？有什麼看頭。」

我笑了笑便獨自往山上去了，爬到半山腰時，四周已經沒有同車的眼熟的人。我找個蔭蔽的乾淨地方坐下，山石一擋，幾乎遮去全部身影。

我攤開筆記本繼續跟怡親王的生平年代作對照，有一些歷史事件是我知道的，有一些是不知道的，有一些驚心動魄的朝堂鬥爭，允祥曾經輕描淡寫的告訴過我，而有一些則是他刻意隱瞞的。比如說……九阿哥的死。

那個桀驁不馴眉眼凌厲的人至死都不肯低下他那高傲的頭顱，雍正三年革爵，四年革去黃帶子，削除宗籍、改名塞思黑，四十四歲生日當天病逝於保定拘禁地……

九阿哥病逝的那天居然是他的生日？他走得竟是如此淒涼?!我想起那斑駁累累的孔明燈，忍不住就紅了眼眶。

天上的浮雲變了好幾種模樣，時光在我身上靜靜流淌。

突然聽見簌簌的腳步聲，接著茂密的山間植物被拂開，轉過山石，我納悶抬起頭，一個高大的身影遮擋住夕陽灑下的餘輝，背著光我看不清眼前人的面貌，卻聽見一把溫和醇厚的男聲道：

「再不下山就趕不上車了。」

我這才驚覺時間的飛逝，便拍拍身上沾著的青草，緩緩站了起來。陽光一點點灑在眼前人的臉上，在光影的交錯中我慢慢看清了他的面貌。

「今夕何夕，見此良人？」

巨大的震驚中，我望著這個不久前剛在公車上邂逅過的男子，竟是一句話也說不出來。

他笑著開口。「這麼巧，又碰見了。」

我喃喃重複著他的話。「是啊，這麼巧。」

「走吧。」

他轉身從山石後面繞出來，我緊緊跟上他。

出來之後才發現，我藏身的地方竟如此隱蔽，如果不是他提醒，也許我真的會錯過下山的車，如此，深夜裡被野獸吃了都不知道自己是怎麼死的。

想到這裡我只覺十分害怕，於是急忙向他道謝：「謝謝你來叫我，不然一會兒大家都走了，我還真不知道怎麼回學校呢。」

「巧合罷了，上山的時候恰好看見妳躲進去。」

我望著他爾雅的面龐，聽著他輕描淡寫的話，忍不住微微笑，真的很像允祥呢，這樣的寡言內斂。

「我們下去吧。」

爬山的時候眼裡只盯著路，所以覺不出山的陡峭，下山的時候視野一開闊，這山的巍峨就盡在眼底了。

「等一下。」

他從路邊折了根樹枝，一頭握在自己手裡，另一頭卻遞給了我。

我心中不解，傻傻望著他，眼前的男人淡定的保持著距離等我反應過來。慢熱的我終於體會到他的用意，這才心懷感激的執起樹枝。「謝謝！」

他略略彎了下嘴角，回過頭去牽著我一級臺階一級臺階的往下走。

我望著他的背，巨大的靜寂吞噬著此刻的呼吸。

三百年前，允祥曾經對我許諾，不管是什麼樣的路，不管這路有多麼長，他都會牽著我，與我一起走。

淚眼矇矓中我再度抬起眼望著眼前人的背，心裡輕輕問他：「允祥，是你嗎？你來找我了對不對？」

毫無回應。

我不能坐以待斃，如果再錯過，如果就這樣錯過，那麼我是否還有第三次機會再度巧遇眼前的男人？

我猛地頓住了步子，他回頭，有些不解的望著我問：「怎麼了？」

「我是A大法學院大四的學生，我叫……」

「青寧。」

他輕輕說著，我被這一聲呼喚釘在原地，前塵往事撲面而來，像幻燈片一樣一幀幀浮現在我眼前，自我及笄至我不惑，心裡從來就只有允祥一個男人，而我那相濡以沫的丈夫的臉跟眼前這個男人的臉漸漸重合在一起，恰恰是他青年時候的模樣。

從來沒有一刻能像現在這樣清晰，我記起來了，自我醒來到現在，夢裡輾轉反側，可望而不可即的那個迷濛的臉龐就是眼前這個男人的啊！

「我知道妳叫青寧，」他笑著再度告訴我。「妳的筆記本上寫了，法學二班的學生，我還以為妳學的是歷史專業，筆記記得這麼認真。」

我輕輕地隨他笑了。

「我只是對那段歷史很感興趣。你呢？也是我們學校的學生？」

「是啊，我是醫學院的研究生。」

「外科嗎？」

「胸腔外科。」

「將來一台手術會站十六個小時的外科醫生？」

他呵呵笑了，道：「也可能會更長。」

「一個星期回不了幾次家，絕大部分的時間都奉獻給了醫院？」

「這就是我未來職業的特點。」他說出這句話的時候表情很淡，而他那張臉在夕陽的映照下顯得特別好看。

我心裡的火苗隨風飄搖，三百年前跟三百年後的允祥沒有太大的變化，忙碌已經成為他根深柢固的習慣，而我也已經從前車之鑑裡學會了怎樣去愛這個沈默深情的男人。

「走吧。」

他看我沒有話再問他，便轉過身去繼續往下走。

一前一後的走了沒幾步，他頭也不回地又把樹枝遞了回來，我再一次握住樹枝後又頓住了腳步。

他納悶回頭。「又怎麼了？」

我臉上一紅，半天才鼓足勇氣開口問他。「你……能不能牽我的手？」

他的表情明顯一滯，好半晌才笑著搖頭，他收回樹枝，突然揚手將它拋向遠方。

我看著那細瘦的乾枯藤條騰空劃出一道弧線後，徹底隱沒在莽莽大山中，心中感到說不出的緊張。

「妳總是這麼勇敢嗎？」

他笑著這麼問我，還未等我回答，他便俯身執起了我的手。

「不過，能讓我一見鍾情的女孩應該是個勇敢的人。」

我感受著他手掌的溫度，像是找到了連接過去與未來之間的那條紅線，我目不轉睛的望著他，不知為何，眼淚就這麼靜靜地流了下來。

允祥，在三百年後的另一時空裡，我們還在一起，真好。

——全書完

繁華盛世，
皇子有情、福晉難爲，
小小姑娘穿越入清，笑淚交織的生命體驗……

清穿寫手第一人

# 琴瑟靜好

愛傳千古　粉墨登場

獻上情感動人纏綿到極致，
悲其所悲、愛其所愛的宮廷大劇——

文創風 009　2011/12/15 出版！

## 青瓷怡夢 二之一〈願嫁良夫〉

十三阿哥貴為皇子，丰神俊朗當朝無人可敵，誰能不愛？
當大婚之際，他說：「以後做了我的福晉，心裡就不能再有別的男人了。」
她乖乖點頭，意識到自己是他的妻子，今後將以夫為天。
雖私心裡她不能接受一夫多妻制，
要她和眾妻妾爭寵、在府裡過關斬將，她寧可一閃了之。
但面對的是他，有夫如此，她作夢也會笑呀！
在這年代，兩心相許已屬難得，何況皇上指婚她也不得不從。
他們之間隔著三妻四妾數百年時光，
看似順利的婚姻生活實則暗礁四伏……

文創風 010　2012/1/12 出版！

## 青瓷怡夢 二之二〈死生契闊〉

福晉難為，在妻妾成群的皇子府裡，小小姑娘持家就像過關斬將，
她退讓偏安於他心中的一隅，明槍暗箭仍防不勝防，
但無所謂，萬千苦惱她都能忍受，只要他的心在她身上就好。
偏他實在太傻，喜怒不著顏色，內斂到極致，深情到傻勁；
讓她誤會了他，骨子裡的叛逆因子蠢蠢欲動，
離府出走，只為找一個答案！
可周旋在俊美多情的九阿哥和溫柔斯文的皇商之間，
心中還是放不下他，偏偏再回頭，一切已不成樣兒……

文創風 010

# 青瓷怡夢

國家圖書館出版品預行編目資料

青瓷怡夢. 二之二, 死生契闊 / 琴瑟靜好著. --
初版. -- 臺北市 : 狗屋, 民101.01
面 ; 公分
ISBN 978-986-240-730-1（平裝）

857.7　　　　100026325

著作者　琴瑟靜好
發行所　狗屋出版社有限公司
地址　台北市104中山區龍江路71巷15號1樓
電話　02-2776-5889～0
發行字號　局版台業字845號
法律顧問　蕭雄淋律師
總經銷　知遠文化事業有限公司
電話　02-2664-8800
初版　101年01月
國際書碼　ISBN-13　978-986-240-730-1

定價250元
狗屋劃撥帳號：19001626
網址：love.doghouse.com.tw　E-mail：love@doghouse.com.tw

狗屋硬底子，臺灣文創軟實力，原創風格無極限！